文 化 中
边缘话题

主编⊙乔 力 丁少伦

爱情范本
纯真明朗《西厢记》

张 伟/著

济南出版社

图书在版编目(CIP)数据

爱情范本:纯真明朗《西厢记》/ 张伟著. —济
南:济南出版社,2013.3(2023.5 重印)
(文化中国/乔力,丁少伦主编.边缘话题.第3辑)
ISBN 978 – 7 – 5488 – 0750 – 6

Ⅰ.①爱… Ⅱ.①张… Ⅲ.①《西厢记》—戏剧研究
Ⅳ.①I207.37

中国版本图书馆 CIP 数据核字(2013)第 052171 号

策　　划　丁少伦
责任编辑　吴敬华
装帧设计　侯文英

出版发行　济南出版社
地　　址　济南市二环南路 1 号(250002)
发行热线　0531 – 86131730　86131731　86116641
印　　刷　肥城新华印刷有限公司
版　　次　2013 年 8 月第 1 版
印　　次　2023 年 5 月第 3 次印刷
成品尺寸　168 毫米×230 毫米　1/16
印　　张　14.25
字　　数　170 千字
定　　价　43.00 元

(济南版图书,如有印装质量问题,可随时调换。联系电话:0531 – 86131736)

编辑委员会

中国传统文化悠远深沉、丰厚博广，犹如河汉之无极。对历史文献的发掘、梳理、认知与解读，则是一个持续不断的过程。而《文化中国：边缘话题丛书》，借以丰富坚实的史料，佐以生动流畅的散文笔法，倚以现代的思维和理性的眼光，立以历史的观照与文化的反思，将某些文化精神进行溯源与彰显，以启发读者的新审美、新思考和新认知。

何谓"文化中国"？"周虽旧邦，其命维新。"文化中国乃以弘扬中国文化为主旨，以传承中国文化为责任，以求提升中国民众的人文素质。而传统文化的发掘与传承，需要新的努力；传统文化解读与现代意识反思之间的纠葛与交融，需要新的形式。正如陈从周先生在《园林美与昆曲美》中所说的那样：

文化中国·边缘话题

主编人语

中国园林，以"雅"为主，"典雅"、"雅趣"、"雅致"、"雅淡"、"雅健"等等，莫不突出以"雅"。而昆曲之高者，所谓必具书卷气，其本质一也，就是说，都要有文化，将文化具体表现在作品上。中国园林，有高低起伏，有藏有隐，有动观、静观，有节奏，宜欣赏，人游其间的那种悠闲情绪，是一首诗，一幅画，而不是匆匆而来，匆匆而去，走马观花，到此一游；而是宜坐，宜行，宜看，宜想。而昆曲呢？亦正为此，一唱三叹，曲终而味未尽，它不是那种"嘭嚓嚓"，而是十分婉转的节奏。今日有许多青年不爱看昆曲，原因是多方面的，我看是一方面文化水平差了，领会不够；另一方面，那悠然多韵味的音节适应不了"嘣嚓嚓"的急躁情绪，当然曲高和寡了。这不是昆曲本身不美，而正仿佛有些小朋友不爱吃橄榄一样，不知其味。我们有责任来提高他们，而不是降格迁就，要多做美学教育才是。

《文化中国：边缘话题丛书》，亦如陈从周先生所言之"园林"与"昆曲"，正是以展示中国文化此种意蕴与神韵为己任的。

何谓"边缘"？20世纪80年代后期，学术降落民间，走向大众，体现了对大众文化和下层历史的更多观照。由此，"大历史观"下的文化研究，内容日趋多元化，角度渐显层次，于是，那些不处于主流文化中心的，不为大多数人所熟悉的，或散落在历史典籍里的，但却是中国传统文化重要组成部分的人或事，日渐走进人们的视野，丰满了历史的血肉。对于这些人或事的阐述与解读，是对中国文化精神进行透视与反思的一个重要方面，其意义亦甚为厚重而深远。

何谓"话题"？《文化中国：边缘话题丛书》，为读者提供了一种文化解读的别样文本，讲求深入浅出、雅俗共赏，采用"理含事中，由事见理"的写作风格，由话入题，由题点话，以形象化、生动化的表述，生发出个人新见和一家之言。这种解说方式是以学术研究为基础的，绝不戏说杜撰，亦非凿空立论，正是现如今大多数中国读者所喜闻乐见的讲述方式，呈现出学术与趣味的统一，"虽不能至，固所愿也"。

《文化中国：边缘话题丛书》第三辑共计五种。然而，它却与此前已经面世的第一、第二两辑，表现出颇为明显的类型性差异。换句话说，即第三辑不再像以前那样，择取某些历史文化人物、事件、现象或横断面为关注题材，自拟书目以叙写我们的重新发现和特定的认知理解，而是依托中国传统文化经典宝库的一些文学作品所生成——其实，这种显著的不同，也更充分体现在《文化中国》另一并列的系列《永恒的话题》已出版过的几十种书上面。在这里，固然也循例述说相关文学作品的缘起、流变、思想内容及影响，评论其艺术特征、审美理想，但是，它却并非文学史性质或相应作家作品研究的专题著作。

要言之，本辑与大型丛书系列《文化中国》的总体旨趣、撰写取向仍然相一致，据此以阐发、析论这些古典戏曲巅峰之作（是可谓"极品"）所贯注的某种文化精神，那深层所含蕴勃动着的、持续彰显出的时代意义（古代的和现代的）；并以之追寻那终极价值的认定，或参与到有关集体情感的繁杂艰难重塑过程里。"浩茫连广宇"，因时间而空间，上溯古人形象，下及读者群体，期待能臻达心灵深处的契合感应，接受我民族传统里本有的一种纯洁美好，日渐疏离那些世俗的浮躁和阴霾……

所以，依据本辑的主题，即它穿透漫长岁月编织就的重重云雾，却依然不变的那份恒久持守，便径直命名为"永远的青春与爱情"（这在《永恒的话题》和《边缘话题》两大书系中，则属另类专有）。因之它的整体风格面貌，也自然特别于此前的凝重端严或轻便闲适，转而趋向了热烈浓挚，不时流溢出蓬勃的生命活力与丝丝温润柔和情味，甚至还笼罩着一些纯净的理想主义色彩——这也许是当下的"最稀缺资源"。简单说来，就是从所处时代氛围中，立足于现代人的视觉、意识去重新看待古典戏曲的那些人和事，由文学而及文化层面，作个体生命现象与社会人生意义的再解读。如果仍然以整个丛书所习用的依类相从的方法，这五种却又各有所侧重：

《西厢记》历来就被文学史、戏剧史家们激赏作"天下夺魁"，虽万口莫有异辞。它的情节美、人物美、意境美、曲词美，犹如"花间美人"，集众美于一体，是中国古典戏曲的辉煌标志。不过，《爱情范本：纯真明朗〈西厢记〉》还更关注其所创具的艺术范型意义，从其诞生后的几个世纪以来，这个喜剧早已经从虚构的故事演变成为人生的真实愿望，牢牢根植在社会大众心底，它"愿天下有情人都成了眷属"的鲜明主旨，至今也仍然能够让人们充分意识到人性的美好和自由的可贵，认清楚束缚人们的自由心灵、阻挠人们的纯真爱情、摧残人们的良善人性的势力是多么可恶可憎，更相信人生幸福必须要靠自己去争取奋斗。

《牡丹亭》描写了"情不知所起，一往而深。生者可以死，死可以生"的"至情"，它与《西厢记》虽然同样关注个体生命之爱，但是，《痴情穿越：浪漫唯美〈牡丹亭〉》更强调了对生命尊严和个性自由的热切呼唤，张扬了青年男女对幸福爱情的执着追求，并认为剧中的这个"情"字，深刻触及社会的人性伦理、道德秩序，乃至其时代人格和艺术品格之坚持，实开启着"人情之大窦"。你看，那一灵未泯、人鬼抵死缠绵的曲折离奇故事，对所有的有形无形束缚羁绊的不懈抗争，浓墨重彩地渲染夸张青春与情欲之美，都抹去了《西厢记》的轻喜剧色调，涉及到更为复杂广阔的社会现实生活。在"妙处种种，奇丽动人"的艺术境界里，激烈冲撞伴随着浓挚灼热的情缘相共生。

向称"南戏之祖"的《琵琶记》与通常类型的爱情剧有显著不同，它并没有对男女恋情多费笔墨，却将夫妻之情融合在历史人生大背景下，就古代读书人的普遍遭遇，展现出一个典型的家庭悲剧。故而严格说来，将其视作婚姻类型的社会剧更恰切些。《真情持守：凄苦缠绵〈琵琶记〉》认为，综览此剧的立意主旨，或许是在于说明那个时代与世风，那些礼教观念和社会制度对个人命运的严密制约，对人自由自主的严酷压抑。所以，剧中塑造的主要人物形象虽无一不备具美好的人性、善良贤德，他们之间所产生的沉重感情纠葛却既非来源自本身，也更难以判断是非，遽作取舍。无解之下，也只能以相互退让，凭谦恭包容求得"大团圆"式的欢喜结局了。

至于《长生殿》和《桃花扇》二剧，则皆为那种基本上依托于或多或少的历史真实，且与国家政事密切关联交融，甚或直接推动决定了情节走向与结束的"准爱情"类型。在这里，情侣双方之间的关系，以及两个人各自的遭际命运，都无不受制约而被动于当时的军国政治局势和朝野上下某些事件的发生影响，而当事者本人却对自我人生道路的选择颇为无奈。《挚诚情缘：千古遗恨〈长生殿〉》尤揭示出此种"宿命"，尽管主角拥有皇家帝室的特殊尊贵身份，仍显隐不等地主导或参与到大唐王朝由盛转衰的关捩中来。它紧紧把握住历史的主脉，再去全面梳理、分析这段史上最受关注、最为著名的情变故事，其超迈许多政治与爱情背叛的泥沼所建立起的挚诚恋情，却终至毁灭的曲折历程，那因多种可能选择组成的扑朔迷离的结局，以及"男女知音互赏"、"爱情背叛者悔恨痛苦"、"仙界团圆浪漫神秘"的新表现模式，使之成为中国文学史和艺术史上流传久远、已经佳作迭现的"李杨爱情"题材的最后巨制。

《桃花扇》也同样取借历史上的真实人物作为男女主角，不过，与前者所不同之处在于，它只是对二人原先较为平淡短促的悲欢聚散经历加以渲染点化，用之贯穿勾连起南明弘光小朝廷的兴亡。那么，其篇幅所占比重自然便有限。《离合兴亡：文人情怀〈桃花扇〉》画龙点睛式地认为，爱情固然亦作为本剧之主线，但却并非以描写儿女私情为主旨；它着重表现的是南明王朝一载即败亡覆灭的始末本源，关注对历史教训的深刻反思，不时流露出对故国的深沉悼念，浸染着浓重的家国意识。并特别指明，《桃花扇》的作者置身在异族入主中原的新朝伊始，犹及亲自见闻于前朝遗老风范与故都风物，且有意多所交接历览，故之那份种族兴替的巨大创痛、朝代更易的沧桑变感，也便会迥异于其他剧作者而更加切实深永了。

诗云："鹤鸣于阴，其子和之。鹤鸣九皋，声闻于天。"《文化中国：边缘话题丛书》洋溢着对中国传统文化的热情，贯通着对优秀文化传承倡扬的理想追求。它也依然循守这套大型丛书系列的整体体例和价值倾向，即根柢于可征信的确实文献史料，透过新时代意识的现代观照，出之以清便畅朗的"美文"与图文并映互动的外在形式，以求重新解读那些纷杂多元的历史文化话题及文学现象，就相关的人物、事件给出一些理性评说和感性触摸。所以，它因其灵活生动的巨大包容性，强调"可操作性与持续发展之张力"，已经形成为一个长期的品牌选题，分若干辑陆续推出，以期最终构建起大众文化精品系列群。

乔力　丁少伦

于 2013 年季春之月

目 录

引　言

昼读西厢夜听琴

爱情范本
纯真明朗
《西厢记》

WEN

HUA

ZHONG

GUO

　　一见钟情，二目相对，三生有幸。在青春洋溢、情感一触即发的美好年华里，在红了樱桃、绿了芭蕉的躁动季节里，恰恰遇到了那个让自己"每日价情思睡昏昏"的人，从此两人便一往情深，共结连理。期间虽历经许多阻挠，但也只是锦上添花，使得这两人的情感更深，相思更浓。这就是《王西厢》摹写的崔莺莺和张生的爱情故事，缠绵而凄美。

　　正是这样绝伦动人的爱情，使得王实甫的元杂剧《西厢记》成为中国戏曲史上最为光辉灿烂的著作之一。明代的戏曲论著《太和正音谱》称赞它为"新杂剧，旧传奇，《西厢记》天下夺魁"。《西厢记》流传至今已六百多年了，其产生的影响之大难以估量。王季思先生评价它说："就像女娲炼石补天时掉下来的一块神灵的大石头，被抛进这个文明古国的历史长河里。它激起的波涛如同万马奔腾，势不可挡，在每一个新的历史时期，都出现继承它的反封建精神的新创作，赢得了千千万万读者和观众的赞赏。"① 著名学者赵景深把它与《红楼梦》并称为"中国古典文艺中的双璧",就是说《西厢记》是中国古典戏曲的顶峰。在漫长流传过程中,许许多多的学者、文人对它的本事、作者、版本、批评,全剧的思想主旨、字句的疑义等方面的问题进行过探讨,研究系统而深入。随着时代的变迁和观念的转变以及更多史料的发现,现代人再读《西厢记》,必然拥有更多不同的心情和不同于前人的想法。

有句俗话说:"少不看《西厢》,老不看《三国》"。就是说人在少年时期,血气方刚,易受"女色"的诱惑,不应看逾墙偷情的《西厢记》;到了老年,人渐渐深谙世故,看了《三国》容易变得奸诈狡猾。从这里可以看出《西厢记》对人们的精神生活产生了多么大的影响,也可看出人们对西厢故事的简单定位。

明代朱权在《太和正音谱》中这样评价王实甫作品:"如花间美人,铺叙委婉,深得骚人之趣,极有佳句,若玉环之出浴华清,绿珠之采莲洛浦。"他说出了《西厢记》的美,像杨贵妃在华清池里出浴那样好看,就像美人绿珠在洛浦边上采莲花那样美丽,《西厢记》就是一个千娇百媚、美玉无瑕的"花间美人"。它的故事美,情节美,人物美,意境美,曲词美,《西厢记》美不胜收,叫人百读不倦,百看不厌。它的"美"的魅力产生出它的时间延续性和空间的共振性,能够给不同时代,甚至不同国家不同民族的人们以精神情感的激荡。

有人说,崔莺莺和张生的爱情,讲壮烈和浪漫,他们比不过《牡丹亭》里的杜十娘和柳梦梅,讲缠绵和凄惨他们比不过梁山泊和祝英台。但《西厢记》演的是"天下有情的都成了眷属"的冲破封建藩篱

---

① 王季思:《西厢记》的历史光波,见《西厢妙词》,赵山林选编,江西教育出版社,1999年1月,106~107页。

的故事，表达的是青年男女要求恋爱自由、婚姻自主的愿望。现代社会男女自由恋爱已是社会风气，婚姻完全可以自己做主，可是人们依然对《西厢记》非常欣赏，那是因为王实甫所描摹刻写的《西厢记》情节曲折生动，结构紧凑，文辞优美华艳，写景写情、写人写事，无不词彩飞扬，读来心旷神怡，听来沁人心脾。

说到底，《西厢记》的美，就在于当今该剧仍然能够让人认识到人性的美好和自由的可贵，认识到束缚人们自由心灵、阻挠人们纯真爱情、摧残人性的势力是多么地可恶；认识到人生的幸福是不会从天而降的，必须要靠自己去争取，去奋斗！今天，时代是变了，社会是进步了，但是束缚人们自由与爱情的种种旧思想、旧势力、旧传统依然存在。所以观赏《西厢记》，在今天依然会使很多人激动不已，甚至被感动得潸然泪下。这一切皆有赖于王实甫的生花妙笔和富丽才情。

爱情范本
纯真明朗
《西厢记》

WEN

历来对《西厢记》的评价已经太多太多，无需再去说什么。如果真的喜欢西厢，倒不如真正回到文本，细细品读，从中体味出一些能进入自己内心的东西。读《西厢记》一部戏就可以领略到不同风格元杂剧的韵味，西厢里有大世界。

HUA

这部《爱情范本：纯真明朗〈西厢记〉》，分为五大部分。随着这本小书的打开，您将更加喜欢《西厢记》，走进西厢故事，感知剧中主人公崔莺莺和张君瑞的浪漫感情世界，跟着他们悲，随着他们喜；还有聪慧机智灵活热心善良的丫鬟红娘、严厉虚伪不守信用维护封建礼教但又爱女心切的老夫人，和尚惠明、可怜的小丑式人物郑恒等，通过了解他们的各种形态状貌，察看他们围绕崔张爱情的所作所为和心迹变化，透过剧中多姿多彩的人物画廊，细细体察莺莺和张生那纯真明朗的爱情，对西厢故事作一个全面概括的解读和赏析。第一部分"天下夺魁《西厢记》"，通过对西厢故事源流与演变的梳理，来明晰从《莺莺传》到《王西厢》的量变和质变过程；通过对《西厢记》的

ZHONG

GUO

版　本

故事性、爱情心理刻画和主题的剖析，从思想内容上阐释其作为爱情范本的特性；最后通过对《西厢记》艺术特色的分析，说明其是一部名副其实的"花间美人"精品。第二部分"西厢故事面面观"，选取"开放的唐代婚姻、《西厢记》为什么会在元朝诞生、崔莺莺到底有多美、爱情第一但不是唯一、傻傻的'志情种'张生、红娘仅仅是个丫鬟吗、老夫人真的就那么可恨吗、死缠烂打的小男人郑恒和贴上爱情标签的普救寺"等几个点为代表，从社会背景、正面人物的美貌智慧才情和对幸福的追求与抗争以及反面人物的可怜可憎可恨等方面进行分析，挖掘西厢故事中能够全面反映当时社会生活并且与现代社会紧密相关的事件，力求全面认真地对西厢故事画像。第三部分"经典的爱情模式"，通过对崔、张爱情等古代经典爱情的梳理，总结出"知音互赏、持守忠贞式，身处异地、心心相印式，无悔付出、不求回报式，感性投入、理性回归式，移情背叛、遗恨无期式，生不逢时、相见恨晚式，刻骨铭心、难以自拔式，落花有情、流水无意式"八种爱情模式，全面缕析他们的古今影响，点击他们爱情的激情按钮，为现代爱情提供借鉴和经验。第四部分"琳琅满目的西厢名句"，通过对《西厢记》中经典名句如"花落水流红，闲愁万种，无语怨东风"、"怎当他临去秋波那一转"、"隔墙花弄影，疑是玉人来"、"杨柳眉颦，人比黄花瘦"等的赏析探究，让您尽情领略西厢故事的无限艺术魅力，把剧中形形色色人物的性格、状貌等尽收眼底。第五部分"《西厢记》与作者王实甫"，从学术的角度，研究剖探"王实甫的生平和创作、《西厢记》繁多的版本和历史流变以及《西厢记》作为戏曲经典爱情经典等的影响"，让您清晰地看到西厢故事的传承脉络和巨大魅力。全书图文并茂，让您领略西厢故事趣味风采的同时舒畅地怀想，轻松愉悦地拥有属于您自己的那份浪漫和洒脱。

作为千古佳作，《西厢记》的无穷魅力吸引了古代人，同时也吸引着当代人。《西厢记》的注释、校对、解说、编选、赏析，可以说连年不断，中学、大学还都将其选段列入课本，作为教材。《西厢记》依旧是戏曲舞台上盛演不衰的剧目，全国各大剧种如话剧、京剧、昆曲、评剧、越剧、豫剧，及大部分地方戏种都有《西厢记》的改编本。另外还有种种说唱曲艺形式的改编，如大鼓、评弹、东北二人转，还有现代艺术样式的电视剧、舞剧、音乐剧的改编等。对于《西厢记》这一古典名著的竞相改编，可以说是一个又一个时代的连绵不断的盛举。而《西厢记》的故事和人物，则在绘画、雕刻、泥塑、陶瓷、剪纸等种种手工艺行业，也成为它们表现自身艺术美的题材来源。

可以说，正因为《西厢记》本身所具有的无穷的艺术魅力，才使得它能够超越时空，具有永恒持久的生命力。《西厢记》有拉丁文、英文、法文、德文、俄文、意大利文、荷兰文、日文、韩文、越南文等许多种译本，并且在这些国家和地区剧院上演这出戏时，也都是座无虚席，喝彩声不断。毫不夸张地说，《西厢记》已经影响了全世界。正如日本学者波多野太郎所指出的：《西厢记》"已成为世界戏剧史上的伟大的文学作品"。

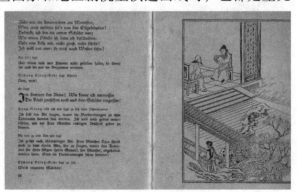

版本流传

005

爱情范本

纯真明朗
《西厢记》

WEN

HUA

ZHONG

GUO

《西厢记》不是浓词艳曲，也不能把它简单地看作是才子佳人的故事。在正统儒家思想一统天下的时代，一曲西厢，唱醒了多少青年男女对真挚爱情的强烈渴望。大团圆是中国文人永远的才子佳人梦，但受时代的局限，我们不去过多地责备才子们的寡情薄意。西厢故事里，尽管剧本近四分之三的部分都弥漫着春愁和秋恨的悲剧意味，但否极泰来、悲欣交加。莺莺和张生，最终有情人幸福地生活在一起，像风含着情，水含着笑。人生如戏，也许会经历很多阻碍，有泪也会有笑，有苦也会有涩，但如果努力了，最终都会是含泪的笑。爱情是两个独立的个体，即使彼此明了了对方所有的缺点和不完美，却就是那样地无法分离，简简单单，喜怒哀乐，朝朝暮暮，油盐酱醋。大千世界里，找一个你爱的也爱你的人，认真地生活，一起慢慢地变老，这就是幸福。

　　月色溶溶夜，听一曲《琴心》，仿佛心弦都被拨动；风轻天朗日，手捧二十折的《西厢记》，禁不住涵咏起那余香满口的诗句："兰闺久寂寞，无事度芳春。料得行吟者，应怜长叹人。""待月西厢下，迎风户半开，隔墙花影动，疑是玉人来。"昼读西厢夜听琴，人生的享受莫过如此！

第一章

天下夺魁《西厢记》

007

爱情范本
纯真明朗
《西厢记》

WEN

HUA

ZHONG

GUO

　　王实甫的杂剧《西厢记》全名《崔莺莺待月西厢记》，后人为别于《西厢记诸宫调》，称之为《王西厢》。这是一部故事曲折、情节跌宕、形象鲜明、文辞华美的元杂剧，是中国古代戏剧中的经典之作。元代贾仲明在《凌波仙》中说："新杂剧，旧传奇，《西厢记》天下夺魁。"《西厢记》代表了元代爱情剧的最高水准，是中国古代爱情戏中成就最高、影响最大的作品之一，在中国戏剧史上占有重要的历史地位。它与小说《红楼梦》，一起被誉为"中国古典文艺中的双璧"。

一、水之源，木之根——《西厢记》的源流与演变

　　唐代中期，产生了崔莺莺与张生热恋，后来遭到遗弃的悲剧故事。北宋时期，这个故事通过多种文艺形式广为流传。到了金代文人笔下，悲剧演变成喜剧，莺莺和张生最终美满团圆。元代前期，剧作家王实

甫对历史流传的崔、张故事进行全面的加工和改造，将之编写成歌颂爱情、反对封建礼教的杂剧《西厢记》。《西厢记》的杰出成就，不是王实甫一人凭空创造出来的，它不是无源之水、无根之木，它是植根于深厚的艺术传统之中，经过长期的滋育蜕变出来的。

最早来源：唐传奇元稹《莺莺传》

说起《西厢记》，人们一般会想到元代王实甫的《西厢记》，殊不知，崔、张故事，源远流长，最早见于唐代元稹（779～831）的传奇《莺莺传》。《莺莺传》原题《传奇》，载于《异闻集》，《太平广记》收录时改作《莺莺传》，又因其中有赋《会真诗》的内容，亦称《会真记》。《莺莺传》不足千字，写出了唐代贞元年间书生张生在蒲州普救寺寄寓时与少女崔莺莺恋爱、结合，后又将莺莺遗弃的悲剧故事。

《莺莺传》文笔优美，描述生动，尤其擅长刻画人物性格和描述人物心理。故事的内容大致是这样的：年轻多情的张生，寄居在山西蒲州的普救寺，正巧遇上远房姨母郑氏携女儿崔莺莺回长安，她们途经蒲州，也寄居在普救寺。因遭遇兵乱，崔氏富有却惶恐无所依托，幸好张生与蒲州将领杜确有交谊，得其保护，崔氏一家免遭劫难。为了酬谢恩人张生，崔氏设宴款待并让女儿莺莺出见，莺莺勉为其难，宴会不欢而散。可张生却对莺莺一见钟情且情不能已。央得丫鬟红娘大力相助，于是两人传书幽会，情意绵绵。后来，张生去长安，几个月后返回蒲州，两人又缠绵数月后，张生再去长安应试，没有考中，于是留在长安，与莺莺情书来往，互赠信物以表深

元　稹

情。可最终他把莺莺抛弃了。一年多后，莺莺另嫁，张生也另娶。后来有一次，张生经过崔莺莺的住所，要求以表兄的身份与莺莺见面，被莺莺严词拒绝，并写了两首诗来表达自己的意思。

《莺莺传》

故事虽短，但流传深远。鲁迅曾说过："其事之震撼文林，为力甚大。"① 因为作者第一次塑造出一个性格鲜明独特的美丽少女莺莺，还有封建时代的少女对爱情的向往和追求。对崔、张的爱情和莺莺性格的某些描写，楚楚有致、细腻动人。崔莺莺是一个在封建家庭的严格闺训中长大的少女。本来，通过她的侍婢红娘，张生与她已相互用诗表达了爱情。可是，当张生按照她诗中的约定前来相会时，她却又"端服严容"，正言厉色地数落了张生的"非礼之动"。数日后，当张生已陷于绝望时，她忽然又采取大胆的叛逆行动，主动夜奔张生住所幽会，"曩时端庄，不复同矣"。崔莺莺的这种矛盾和反复，真实地反映了她克服犹豫、动摇而终于背叛封建礼教的曲折过程。请看下文对莺莺的描写：

> 艺必穷极，而貌若不知；言则敏辩，而寡于酬对；待张之意甚厚，然未尝以词继之。时愁怨幽邃，恒若不识；喜愠之容，亦罕形见。

这是贵族少女所特有的性格，她多情而又矜持端庄，她爱慕张生但感情并不奔放；内心有深沉痛楚，却隐秘深藏从不轻易示人，甚至

---

① 鲁迅：《唐宋传奇集》卷四，1927 年编定，由北新书局出版。1956 年文学古籍刊行社重印出版。

有时还会在表面上作出完全相反的姿态。她内外矛盾但非常真实，莺莺的悲剧性格既有独特性又有普遍性，它典型地概括了历史上无数个女性受封建礼教束缚、遭负心郎抛弃的共同命运。跟杜丽娘相比，她缺少些许浪漫，她不锋芒毕露不咄咄逼人，她比林妹妹让人感到温暖，感觉可心。她也有正常的喜怒哀乐，但她是独一无二的。莺莺的悲剧性格既单纯又丰富，她最后拒绝张生的求见，体现出性格由柔弱向刚强的转变。但这篇传奇显然是站在张生的立场，美化张生，为他的薄幸行为辩护。

莺莺给人的印象历久不衰，也使得西厢故事源远流传。究其原因，离不开她的悲剧命运，是她的遭遇唤起了人们的同情和慨叹。而张生的"补过"，不仅玷污了她的形象，也让人们的心灵变得沉重不堪。

张生承认，莺莺是罕见的美女——"尤物"，他曾经为她神魂颠倒不顾一切。可当他抛弃她时，这种"尤物"，却变得"不妖其身，必妖于人"。并且他还说："余之德不足以胜妖孽"，所以"忍情"弃舍。他是这样说的："大凡上天所造就的绝代佳人，不危害她自身，就一定为害别人。如果崔莺莺婚配富贵人家，凭借着娇宠，不成云不成雨，就成为蛟成为螭，我不知她会变成什么。以前殷朝的辛帝，西周的幽王，拥有百万人口的国家，力量很雄厚，然而一个女子就可以破坏它，溃散他的民众，宰割他的躯体，至今仍被天下人耻笑。我的德行不足以战胜妖孽，因此只好克制感情。"由此可见，张生在抛弃莺莺时是多么地"为难"，他竟然还提到他的"德"！这个始乱终弃的无义之徒，不仅为自己的无耻大找借口，而且还不惜血本大肆污蔑莺莺。更有甚者，竟然称赞张生是个"善补过者"。这是颠倒是非，混淆黑白啊！比之莺莺，张生的形象写得较为逊色，不仅人物形象前后不统一，传奇的主题思想也出现了矛盾。

莺莺虽有深情，但她内心痛苦而软弱，充满了情与礼的挣扎。在被张生追求时，由于出身和教养的束缚，她曾经顾虑重重，后来才冲破封建礼教的束缚，大胆与张生结合；但被张生遗弃后，她只有哀怨，而不敢责难，甚至还觉得与张生的结合，有"自献之羞"。她在思想上始终未能彻底摆脱社会、出身、教养所加给她的精神桎梏。她仍然认为私自恋爱结合是不合法的，"始乱之，终弃之，固其宜矣，愚不敢恨"。可能一些人不能接受，两个相爱的人，怎么一开始爱得死去活来，到了最后，一个完全撇清干系，一个又自怨自艾了呢？

张生的完全撇清干系，是因为他可能根本就没有爱过，在他的眼里，根本就没有看得起女人。可作者却称许张生为善补过者，真是让人情何以堪！不过，经后人考证，张生其实就是作者元稹自己的影子。正如鲁迅先生所指出的，"元稹以张生自喻，述其亲历之境"①。元稹对比他大 11 岁的薛涛始乱终弃，风尘才女薛涛，只是他生命中的一支小插曲，只是无数个和他诗酒共乐的乐伎之一，他哪曾想过与她朝夕相伴终身厮守啊！他去了扬州之后，便割断了这份感情的红线。与莺莺一样，薛涛虽铭心守望，但也没有挽救那注定成灰的爱情。她穿起了道士服，度过了浅浅淡淡安安稳稳的晚年，宛如一朵带着香味的芍药。

《莺莺传》的文过饰非诚然不可取，但它却叙述了一个贵族少女追求幸福的爱情生活，结果被抛弃的动人故事。故事婉转华艳，颇切人情；加之元稹早有诗名，张生和莺莺的爱情故事便在当时士大夫中广为流传。唐代以来有不少咏写西厢故事的诗歌，它们颂扬崔、张爱情，起到了传播西厢故事并扩大其影响的作用。元稹本人在写作《莺莺传》的同时，也写了《会真诗三十韵》。这是一

---

① 　鲁迅：《中国小说史略》，北京人民文学出版社，1973 年版。

011

爱情范本
纯真明朗
《西厢记》

WEN

HUA

ZHONG

GUO

首长达 60 句的五言排律，它用华丽的语言，详细地描述和渲染了崔、张西厢幽会的全过程。此诗即附于《莺莺传》中。此外，元稹的西厢诗还有《莺莺诗》、《春晓》、《赠双文》等。元稹的西厢艳遇为人所知以后，他的朋友杨巨源、李绅分别作了《崔娘诗》、《莺莺歌》。杨诗是一首七言绝句，只是简单概括一下崔张恋情。李诗则是一首长篇叙事之作，董解元《西厢记诸宫调》中有四处引用此诗，共 42 句，称作《莺莺本传歌》。如李绅在贞元二十年（804）九月写的《莺莺歌》：

伯劳飞迟燕飞疾，垂杨绽金花笑日。绿窗娇女字莺莺，金雀娅鬟年十七。

黄姑上天阿母在，寂寞霜姿素莲质。门掩重关萧寺中，芳草花时不曾出。

这首诗意思是说张生与崔莺莺两人“明月三五夜”相约在西厢，巫山共云雨，而红娘在二人之间扮演最关键的角色，后来莺莺遭到遗弃，只能自怨自艾。此外，唐末诗人王涣的《惆怅诗十二首》之一：“八蚕薄絮鸳鸯绮，半夜佳期并枕眠。钟动红娘唤归去，对人匀泪拾金钿。”也是专写西厢故事的。罗虬《比红儿诗》其七十七：“人间难免是深情，命断红儿向此生。不似前时李丞相，枉抛才力为莺莺。”即以莺莺为比。李丞相即李绅，李绅曾用歌行的形式写过《莺莺歌》咏莺莺事。元稹的朋友李公垂、白居易、沈亚之等也都曾为此唱和、题咏。

另外，作者元稹可能受到《游仙窟》的影响。所谓“游仙”，本意写嫖妓宿娼；所谓“会真”，实质是写偷情艳遇。所以作者抱着欣赏文人风流韵事的态度，对张生始乱终弃的行为加以肯定。但崔莺莺的悲剧形象和悲剧命运赢得了人们的同情，一些文人诗作中不时提到“莺莺”和“待月西厢”的故事。莺莺这个形象的塑造，既为后世作者勾画出一个基本的性格轮廓，又为形象的再创造留下了广阔的余地。此外，流传的西洛书生张浩与东邻女李莺莺逾墙相会终成眷属的故事和蒲妓崔徽为裴敬中憔悴而死的传说，在题材和人物、情节上对《西厢记》也都有某种影响。

莺莺这部传奇文，既反映了爱情理想被社会无情摧残的人生悲剧，也宣传了男尊女卑的封建糟粕。虽说结尾难以让人们接受，但它引起了当时许多人的注意，并给后世作者以深远影响。正如鲁迅所说："虽文章尚非上乘，而时有情致，固亦可观，惟篇末文过饰非，遂堕恶趣。"① 对《莺莺传》的肯定和批评都十分确当。《莺莺传》是一个沾有泥淖的珍珠，因为它是珍珠，所以人们都想把它的泥淖拂拭干净。

《莺莺传》在唐传奇的发展中具有里程碑的意义。在它之前的小说，如《离魂记》、《任氏传》、《柳毅传》等反映爱情生活的作品，都多少带有志怪的色彩。《莺莺传》写的则是现实世界中婚恋人情。自它开始，陆续出现了《李娃传》、《霍小玉传》，使唐人传奇中这类题材创作达到了顶峰。《莺莺传》是唐人传奇中影响最大、流传最广的传奇作品之一。当时，李绅就受其影响，写了《莺莺歌》，宋代有赵令畤《商调蝶恋花鼓子词》、《莺莺传》话本、《莺莺六幺》杂剧，金代有董解元《西厢记诸宫调》，元代有王实甫《西厢记》杂剧，明代有李日华《南调西厢记》、陆采《南西厢》，清代有查继祖《续西厢》杂剧、沈谦《翻西厢》传奇等。直到今天，活跃在电影、电视以及各种剧目中的西厢故事，《莺莺传》仍是其源头。

民间流传：宋代有关《莺莺传》的著述

在宋代，西厢故事十分流行，《西厢记》里的人物、事件等不但成为文人诗词中的典故，被争相深情歌咏；而且进入了说唱领域，成为民间艺人的说唱经典；甚至在小说中也流行开来，成为文人墨客笔尖

---

① 鲁迅：《中国小说史略》，岳麓书社，2010 年 1 月版。

爱情范本
纯真明朗
《西厢记》

WEN

HUA

ZHONG

GUO

上的美谈。

北宋词人晏殊在《浣溪沙》中这样描述："一向年光有限身，等闲离别易销魂。酒筵歌席莫辞频。满目山河空念远，落花风雨更伤春。不如怜取眼前人。"这首词慨叹人生有限，抒写离情别绪，所表现的是及时行乐的思想。"不如怜取眼前人。"这一句的意思是去参加酒筵歌席，好好爱怜眼前的歌女。作为富贵宰相的晏殊，他不会让痛苦的怀思去折磨自己，也不会沉湎于歌酒之中而不能自拔，他要"怜取眼前人"也只是为了眼前的欢娱而已。这里化用了《莺莺传》中的诗"怜取眼前人"。北宋八大家之一的苏轼，在诗歌《赠张子野》中也有"诗人老去莺莺在，公子归来燕燕忙"的句子，并专门注明是用《莺莺传》里的故事。周邦彦的词中也运用了"待月西厢"的典故。

莺莺和张生的故事还被写成调笑转踏歌舞曲。苏门文人秦观和另一位北宋词人毛滂分别作《调笑令》，以一诗一词来吟咏这个曲折缠绵的爱情故事，使它成为歌舞曲词。这种曲词是由一首七言八句诗和一首小令《调笑令》组成的叙事歌曲，常用于宴会时边歌边舞演出。由于容量较小，体裁所限，秦观只写到崔、张月下私会，毛滂则写到莺莺答书寄怀。他们在内容上都没有超出《莺莺传》，但与元稹不同的是，他们都没有赞美张生的"补过"，反而舍弃了莺莺被遗弃的结尾，表现了对莺莺的同情，并且有着鄙视薄情负心人的倾向。

值得注意的是，北宋文学家赵令畤（字德麟）把《莺莺传》改编为韵散相间、可说可唱的鼓子词。他以民间说唱文学中的鼓子词的形式来讲述这个故事。开头一段，交代写作缘起，说到了《莺莺传》的流传之广：

> 夫传奇者，唐元微之所述也……至今士大夫极谈幽玄，访奇述异，无不举此以为美话。至于娼优女子，皆能调说大略。

赵词是为了把这个故事播之声乐，形之管弦而作的，又更加推动了它的流传。他同意当时学者的考证意见，认为《莺莺传》是元稹的"自叙"，所以将鼓子词直接题作《元微之崔莺莺商调蝶恋花词》。他主要用《莺莺传》的文字作为说白，中间插进他写的十二首《蝶恋花》唱词，曲白相间，说唱西厢故事。这其中删去了《莺莺传》中张生骂莺莺为"尤物"、"妖孽"及为自己的"忍情"开脱的部分，并在最末一章中表现了对张生行为的不满和对崔、张"终相失"的遗憾。虽然故事仍未超出《莺莺传》，但已更多地突破了原作的思想局限。鼓子词开头说得更显露些："最恨多才情太浅，等闲不念离人怨。"说张生把莺莺的离怨等闲视之，含有指责张生之意。词中结尾又写道：

　　弃掷前欢俱未忍，岂料盟言，陡顿无凭准。地久天长终有尽，绵绵不似无穷恨。

明确指出张生是"弃掷"莺莺，使她遗恨无穷，明显地表现出对莺莺离恨的同情，和对张生寡情无义的批评。这在毛滂的《调笑令》里已微露其意："薄情年少如飞絮。"原来被元稹视为错误的爱情，在鼓子词中开始被纠正并获得美的价值。什么"尤物"啊，"补过"呀之类的调调没有了，张生的丑恶行为开始受道德的检验。遗憾的是，作者还没有洞悉这一悲剧发生的更为深刻的社会原因，他仍然袭用了张生背盟的结尾，这样就不能充分赞颂他们的具有反封建性的爱情行为。错误的爱情被"矫正"为令人遗憾的爱情，这是美中不足的。

后来又有南宋皇都风月主人的小说《绿窗新话》，其中有《张公子遇崔莺莺》。此外，南宋罗烨的《醉翁谈录》"小说开辟"中记有小说《莺莺传》，但已佚失。《绿窗新话》中的《张公子遇崔莺莺》，也删去了传奇小说文中张生诋莺莺为"尤物"、"妖孽"的部分，赞赏莺莺的真情，同情她的命运，并对张生的行为颇有微词。此外，民间艺人亦有讲说《西厢》者，"至于倡优女子，皆能调说大略"（《商调蝶恋花·鼓子词》）。宋官本杂剧《莺莺六幺》、金院本《红娘子》等，可

爱情范本
纯真明朗
《西厢记》

WEN

HUA

ZHONG

GUO

惜都已失传。自宋至金，崔、张故事代代相传，从未间断。宋杂剧有《莺莺六幺》佚，见南宋周密《武林旧事》。南戏有《西厢记》一目佚，见《永乐大典戏文三种》。

质的飞跃：说唱文学金代董解元《西厢记诸宫调》

董解元的《西厢记》

《西厢记诸宫调》是金代的说唱文学作品。作者董解元，生活在金章宗时代，"解元"是当时对文人的尊称，作者名字不详，我们只知道它是一位董姓文人的作品，所以又称《董西厢》。"诸宫调"是北宋形成的一种大型说唱艺术形式。一个宫调统辖若干曲牌，构成一"套"，把许多"套"连接起来，插入说白，讲唱长篇故事。这种民间艺术从宋代流行至金元。董解元就是以西厢故事为题材，在说话、说唱、歌舞的基础上，把只有 3000 字的《莺莺传》铺展为 5 万字的讲唱文学作品。

这部鸿篇巨制的艺术精品共有 14 宫调、193 套组曲，它的出现，是西厢故事流传中的一次根本性演变，其思想主题、情节内容和人物形象都有了质的飞跃。

与传统西厢故事相比，《董西厢》有着它的独具特色之处。

首先是悲剧结尾的改变，这使主题思想得到了升华。《西厢记诸宫调》挣脱出了《莺莺传》的窠臼，摒弃了《莺莺传》的悲剧结

局，把莺莺遭遗弃的悲剧改变成为张生和莺莺共同反对封建礼教、取得婚姻自主的喜剧。以张生和莺莺双双私奔的大团圆作为结尾。《莺莺传》中矛盾的双方是张生和莺莺，导致莺莺悲剧命运的因素，是张生的薄情和道德败坏；而《西厢记诸宫调》中对立的双方则是争取团圆的崔、张和以崔母为代表的封建势力，他把老夫人推到了前台，让她站在审判席上，成为罪大恶极的"罪魁祸首"。这种改变从而使其主题上升到追求婚姻自由、反对封建礼教的时代高度。

其次在于主要人物性格的变化使得人物形象更加丰满。从《莺莺传》到《西厢记诸宫调》，崔母从一个性格软弱的老婆婆，成为封建势力的维护者，她是崔、张婚姻的直接障碍；张生从一个思想感情上存在矛盾的背信弃义的负心郎，变成一个对爱情忠贞不渝、敢于反抗封建礼教的志诚情种。就这样，一个风流倜傥、朴质钟情、乐观又带几分幽默气质的正面青年的光彩衬照出《莺莺传》中张生的卑鄙灵魂；而莺莺的形象则显现出鲜明的反抗性，《西厢记诸宫调》删去了莺莺所说的"始乱之，终弃之，固其宜矣"一类话，并写她和张生一同投奔了白马将军。她不再是哀婉凄切、逆来顺受的柔弱女子，变成了执着追求爱情理想，敢于和情人私奔的相国小姐。红娘的地位和作用更加突出，她身世卑微，但她正直热情、机智俏皮，她泼辣大胆的穿针引线成就了崔莺莺和张生，这样，原本无足轻重的红娘成人之美，也成为十分活跃的角色；《西厢记诸宫调》还创造了法聪这个小人物，并赋予他勇敢、机智的性格和济危解难的侠义肝胆。爽直勇敢的法聪和尚，推动了情节的发展。另外还塑造了个纨绔子弟郑恒，作为破坏他人幸福的反面形象。这就使得《董西厢》中的人物形象有了崭新的个性特征，较之前的作品有诸多突破。

第三在于结构布局的宏伟扩展使得情节更加曲折生动，矛盾冲突更加集中凸显。《董西厢》把两三千字的短篇扩展成结构宏伟、情节迁

爱情范本
纯真明朗
《西厢记》

WEN

HUA

ZHONG

GUO

古本董解元《西厢记》

回、长达5万字的鸿篇巨制，增添了许多人物和情节，并且创作了大量精彩动人的曲词，描摹人物惟妙惟肖，写景抒情生动周详。此外，作者设计安排了一连串的新的情节，如"赖婚"、"闹简"、"赖简"、"拷艳"、"长亭"等，这些情节都写得那么曲折而富有吸引力，把一个"冷淡清虚"的爱情故事写得热闹诱人。《董西厢》中的矛盾冲突也有了发展变化，由崔、张二人之间的恩恩怨怨转移到他们为追求爱情幸福而与讲究世家大族体面的崔老夫人的矛盾斗争上。后来杂剧《西厢记》的情节规模、结构布局，就是在《董西厢》的基础上奠定的。

第四在于诸宫调精湛语言技巧的运用使得文章醇厚甘美。个性化的语言使得摹情状物都惟妙惟肖。本来这类才子佳人的题材，没有那些动人心弦的激烈场面，没有争奇斗胜的巧妙情节，它主要是写人物的细腻感情，如果没有精湛的语言技巧，很容易写成陈词滥套。可《董西厢》不同，它顾盼多姿的语言就像美酒醇醪那样深厚有味。如写张生思念莺莺："待不寻思，怎奈心肠软，告天，天不应，奈何天。"只一个"天"字就有三层转折，形象地写出相思的九曲回肠。再如："没一个日头儿心放闲，没一个时辰儿不挂念，没一个夜儿不梦见。"先说一整天，再说天中之时，继说时中之夜，那分分秒秒"一日不见如隔三秋"的刻骨的思念之情跃然纸上。作者独具匠心，在自然的语言中寄寓着作者的精心雕琢打磨。另有如"碧天涯几缕儿残霞，渐听得珰珰地昏钟儿打，钟声渐罢，又戍楼寒角奏'梅花'"；"过雨樱桃血满枝，弄色的奇花红间紫，垂柳已成丝。对许多好景，触目是断肠诗"。这些语言新奇巧丽，有的景色如画，有的艳丽脱俗。还有一些充满警句美词的名句，让人警醒而又细腻。《董西厢》就像一首首抒情长诗，写景抒情，妙趣盎然。

这些新的特色的出现，是突破窠臼的质的飞跃，最可贵的是他冲破封建阶级对待爱情的传统观念，大胆地赞美了真善美的男女自愿结合的爱情。他在改写西厢故事的时候，没有为了加强反封建的主题而把人物关系简单化，没有离开具体的生活现实，凭主观臆想去摆布人物。情节安排是以真实的性格冲突为基础的，他的目的不在写情节而在塑造真实可信的立体形象。它们极大地丰富了作品的思想内容，为元杂剧《西厢记》的创作提供了蓝本。这是董解元的莫大功绩。没有《董西厢》，就没有后来的《王西厢》。

虽然《董西厢》所歌颂的爱情，缺乏更加深广的社会内容，还只是停留在才子佳人的层面；对人物性格的刻画，也缺乏完整性和统一性；另外，结构的安排也有失之偏颇的地方，如，以六分之一篇幅铺叙法聪冲阵，显然喧宾夺主；作品说白部分的语言枯淡空泛，不如曲词写得活泼生动。但不管怎样，这些都不能够抹杀《董西厢》的历史功绩。从《莺莺传》到《董西厢》，构成杂剧《西厢记》的深厚艺术传统。尤其是《董西厢》，它完成了一个质的变化，直接给杂剧《西厢记》的创作以深刻的影响，奠定了深厚的基础。清代焦循在《易余籥录》中说：王实甫《西厢记》全蓝本于董解元。《董西厢》可以看作是《莺莺传》和《王西厢》之间的桥梁。

重新创造：元代王实甫《西厢记》

元代大戏剧家王实甫在《董西厢》的基础上把崔、张故事改编为《西厢记》，经过他的润色和丰富，西厢故事也更加出色和丰满，可以说，到了《王西厢》，崔、张故事完成了由说唱文学到戏剧的重新创造，《西厢记》也成为彪炳千古的元代杂剧之冠。

王实甫

说他重新创造，是因为王实甫从好多方面对西厢故事进行了修改，使得《西厢记》更加楚楚动人惹人怜爱。

从主题思想方面来说，《董西厢》虽然把《莺莺传》"始乱终弃"的悲剧改写成了喜剧，莺莺和张生也成为争取婚姻自由的典范，但是，它描写爱情，常常与"报德"相连，说"报德难从礼，裁诗可作媒。高唐休咏赋，今夜雨云来"。爱情的纯真度难免牵强。更主要的是，《董西厢》强调："自今至古，自是佳人，合配才子"，仍没有脱出才子佳人爱情的旧俗老套。董解元虽然赞扬崔、张对爱情的追求，但又想方设法用封建的道德礼仪来拘囿他们的行为，这一点，恰恰显出他的改造不彻底。而《王西厢》则不同，他对《董西厢》的主题改造和提升都比较彻底。在《王西厢》中，崔、张一见钟情，爱情的发展势不可挡，一旦受阻便爆发出冲破封建礼教束缚的举动。他们的爱情本身纯洁无邪，无需用"报德、合礼"来掩饰。另外，张生和莺莺固然是才子配佳人，但才与貌并不是他们结合的唯一条件。尤为重要的是，王实甫在剧本的末尾发出呐喊："永老无别离，万古常完聚，愿普天下有情的都成了眷属。"他这样做，既大胆歌颂了美好纯真的爱情，又正面地表明剧本的题旨，具有更鲜明的反对封建礼教和封建婚姻制度的主题，境界之高，不是《董西厢》所能比。

从人物形象方面来说，《王西厢》也是做了精心的打磨和雕琢。故事主题被改造了，与之相适应的人物必然要变。王实甫在剧中增加了不少关目细节，使得人物的性格与行为发生了很大的变化，显得更加丰满生动。《董西厢》中的张生，敢爱敢恨但懦弱轻浮，他甚至想和红娘"权作妻夫"，还想把莺莺让给郑恒。可在王实甫的笔下，张生是一位玉树临风对爱情执着痴迷的"志诚种"，同时又是一位才华横溢的封建才子。《董西厢》里的崔莺莺，虽追求爱情但始终羞羞答答，她渴望得到爱情但拘泥于封建思想的束缚，她的献身是为了"报德"，长亭送别叮嘱张生要"必登高第"。而在《王西厢》中，莺莺变得大胆而坚定，西厢幽会为的是爱情本身，长亭送别叮嘱张生"此一行得官不得官，疾便回来"，以至在她和张生同居之事暴露之后，并无丝毫的惶恐和后悔。这一系列合乎剧情和人物身份的改造，使莺莺变得更加可爱了。《王西厢》对红娘这一形象的塑造更见功底。比之《董西厢》，王实甫在红娘身上增加了很多关目，把她从一个普通的小丫鬟变成了有勇有谋机智勇敢的"月下老人"，用各种办法撮合莺莺和张生。老夫人的形象也是在《王西厢》中变得更加典型，更加像是封建礼教的卫道者。另外，火头僧人的形象也非常鲜明。

从情节结构方面来说，《董西厢》趋于简单，甚至有的情节不合理，结构安排比例失调。如孙飞虎兵围普救寺、白马将军出兵解围一节，臃肿杂乱，不仅比例失调，而且喧宾夺主冲淡了主题。王实甫把《董西厢》的某些重要关目做了很大改动，还删除了一些不合理的情节和有损人物形象的细节。如张生调戏红娘，要与她"权作妻夫"那一节，有损张生的形象和性格，作者全部删除。而孙飞虎兵围普救寺、白马将军出兵解围一节，作者只是一笔带过。对一些不合理的重大情节也进行了改写。如《董西厢》写老夫人二次悔婚后，张生、莺莺私奔，靠白马将军做主，才得团圆。这一重大情节明显不合情理。张生此时已是新科状元，荣耀之极，根本没有必要自失身份，私奔去求助他人。故《王西厢》改为张生就在崔家与老夫人、郑恒对抗，取得胜利，而白马将军则赶来庆贺。《董西厢》是供说唱艺人自弹自唱时用的搊弹词，间杂说白，目的只是讲述故事，因此作者只按情节的发展把全文分为八卷（实际上就是八个段落），没有立具体的关目名称，更不

WEN

HUA

ZHONG

GUO

分场次。而《王西厢》则是供杂剧演员登场演出用的剧本，根据戏剧演出的需要而作了详细的关目安排，并作了具体的场次划分（本、楔子、折）；其曲词、科、白等也都作了个性化的处理，不仅符合故事发展的趋势，而且使得剧情的铺展更加合情合理。

从心理刻画方面来说，《董西厢》已经开始注意人物的内心世界。比之完全没有心理刻画的《莺莺传》，《董西厢》已经有了突破。在《董西厢》中，我们可以看到莺莺和张生私会前内心的挣扎，人物形象也更加真实可信，但它的心理刻画与《王西厢》比较，就显得形式单一内容单薄了。王实甫是爱情心理刻画专家，在中国戏剧史上，他第一次成功刻画了爱情心理。剧本采用了很多种方法刻画人物心理。有直抒胸臆的，如："但得一个并头莲，煞强如状元及第"；有借景抒情的，如："晓来谁染霜林醉，总是离人泪"；有以情衬景的，如："夕阳古道无人语，不黍秋风听马嘶"……还有比喻、夸张、用典、对比、对偶、排比、反复、叠音、设问等多种修辞方法的妙用，如："昨宵今日，清减了小腰围"。另外，剧中还采用大量语句对人物心理进行刻画，如刻画离愁别恨的："经历艰难，始能结合，昨夜允婚，今日别离"；如表现埋怨不满的："拆散鸳鸯，催逼上路，此情难诉，此恨谁知"；如体现惴惴不安的："异乡花草，再行栖迟，停妻再娶，忘情负义"。《王西厢》的心理刻画细腻传神，为人物锦上添花。

从体制创新方面来说，元杂剧作品一般是一本四折，在表现故事方面有局限。而《西厢记》共有五本二十折，它突破传统的杂剧体制，以宏伟的体制更完美地设计和安排戏剧冲突。在有些折中还突破了一个人主唱整折戏的通例，如第一本第四折，就由张生、莺莺、红娘轮唱；第四本第四折，开场时张生唱三支曲子，接着莺莺上场唱五支曲子，跟着又由张生、莺莺分唱数曲，整折戏实际上由张、崔轮番主唱。另外，《王西厢》中每一本第四折的末尾，既有"题目正名"，标志着故事情节到了一个转折性的段落，又有很特别的一曲"络丝娘煞尾"，起着沟通前后两本的作用。这些都说明王实甫在创作《西厢记》时，成功地进行了体制的创新，把崔、张爱情喜剧演绎得波澜迭起，悬念丛生，曲折动人。

虽然《王西厢》直接继承了《董西厢》，与《董西厢》的故事情节大略相同，但它在此基础上做了巨大的创新，题材更集中，反封建的思想倾向更鲜明，又改写了曲文，增加了宾白，剔除了一些不合理的情节，艺术水平也有很大的提高。作为我国古典戏剧中的一部典范性作品，其规模之宏伟、结构之严密、情节之曲折、点缀之富有情趣、刻画人物之生动细腻等，不仅前无古人，而且超过了元代的其他剧作家。可以说，王实甫对西厢故事进行了不折不扣的重新创造。

杂剧有什么特色

前面讲到《西厢记》，它是从唐传奇《莺莺传》而来，经过宋代说唱文学等形式的丰富，再加上金代诸宫调的加工打磨，最终形成了流传久远经久不衰的著名杂剧西厢故事。可以说，唐传奇为它准备了故事内容和人物形象，说唱文学为它提供了艺术形式，诸宫调的乐曲和对白更直接为它提供了体制上的借鉴。杂剧吸收了前代各种艺术的营养，到元代发展成熟壮大。它到底是一种什么样的艺术式样，能够吸引住人们的目光，还产生了众多班头呢？

虽然在春秋时代戏曲就产生了，但它与杂耍和巫术相似，而且没有规模，没有体制。汉代有"百戏"，唐代最早出现杂剧，泛指歌舞以外诸如杂技等各色节目。百戏和杂剧差不多，内容多而杂，虽然有戏也有剧，但还没有今天所说的"戏剧"的意思。到了宋代，"杂剧"逐渐成为一种新的表演形式的专称，包括歌舞、音乐、调笑、杂技等，内容庞杂。所以从严格意义上说，宋代才有了真正意义上的戏曲。到

元杂剧

金代产生了院本，因为那个时候的勾栏瓦舍、倡伎所居之处一律称之为行院（王国维说），他们所演唱的底本叫做金院本。元代是中国戏剧的顶峰，杂剧是相对南戏而言的，也叫北曲，它直接产生于民间艺人。由于其语言活泼，格调直率、道情、谐讽，所以长盛不衰，成为一代之绝唱，以至于人们一直把元杂剧与唐诗、宋词并称。

现在存世的元人杂剧约计162种。后人据此历史资料，摸索出了一套完整的元杂剧创作规律。元杂剧是在金院本基础上以及诸宫调的影响下，融合各种表演艺术发展起来的一种完整的戏曲形式，是一种综合性的舞台艺术。元杂剧有着成熟的文学剧本。从结构上说，一般是一本四折，一"折"意味着一个故事单元，有的还加有"楔子"。"楔子"篇幅短小，一般放在第一折的前面，作为剧情的开端，对故事情节作简单介绍；也有的用在折与折之间用以衔接剧情，相当于过场戏。个别杂剧有突破一本四折的形式的，如《赵氏孤儿》为五折；也有一些作品超出一本，是多本的，如《西厢记》即为五本。元杂剧的剧本主要由曲词、宾白、科范三部分组成。曲词是剧中人物的唱词，有严格的格律，是元杂剧的主体。宾白是剧中人物的对白和独白。元杂剧以唱为主，说白是宾，所以称为宾白。科范则是剧本中关于动作、表情、效果等的舞台指示。

唱词是元杂剧的核心，杂剧每一折用同一宫调（宫调是音乐的各种调式，用于表示声音的高低。宫调不同，音调就不同）的一套曲子组成，并一韵到底。四折可以选用四种不同的宫调。也就是说，一本杂剧，由四个套数组成，每一套数又由若干支曲子（小令、狭义散曲）组成，音乐的起、承、转、合都符合戏剧情节的发展变化。剧本中每套曲子的第一支曲子前面都标明宫调。元杂剧的宫调有：仙吕宫、南吕宫、正宫、中吕宫、黄钟宫、双调、越调、商调、大石调。宫调不同，音乐的情绪就不同，它是与剧情的变化相对应的。如《窦娥冤》第三折第一支曲子标示的【正宫】【端正好】，表示这一折自【端正好】以下各曲均属【正宫】。楔子只能用一二支小令，不能用套曲。《西厢记》中正宫调端正好、滚绣球套数，越调斗鹌鹑套数等就常用。

杂剧的角色主要分"旦"、"末"两类。其中旦，又分正旦、贴旦、外旦、老旦、花旦等。正旦为女主角。末，又分正末、副末、冲末、大末、小末等。正末为男主角。此外还有净，俗称"花脸"、"花面"，后来"净"又分出"丑"。凡身份略高一些、更多几分邪恶色彩的多由"净"扮，如衙内、昏官、地痞、恶棍、奸商、凶徒；身份较低贱、带有几分滑稽色彩的人物皆由"丑"扮，如店小二、走卒、家童、行者、船夫、驿吏、牢子、道姑等。此外还有外、杂等角色。元杂剧通常限定每一本由正旦或正末两类角色中的一类主唱，正旦所唱的本子为"旦本"，正末所唱的本子为"末本"。"楔子"在一部杂剧中是相对自由的部分，通常只有一两支曲子，不用套曲，也不限由何角色演唱。

元杂剧语言活泼通俗，常用的一些俚语和古白话词：行动些（走快些）、没来由（没由来）、葫芦提（糊涂）、只合（只应该）、也么哥（词尾助词）、怎生（怎么）、哥哥行①（哥哥那边）、兀的（"这"的意思，带有惊讶语气）、咱（元曲中常用于句尾，表示祈使语气，相当

025

爱情范本
纯真明朗
《西厢记》

WEN

HUA

ZHONG

GUO

---

① 哥哥，对一般男子的客气称呼。行，宋代和元代口语里自称或者称呼别人的词后边，有时加"行"字，大致相当于"这边"、"那边"或者"这里"、"那里"。

于"吧")、着（命令）。另外，元杂剧还讲究格律、韵脚等工备齐整，有诗一样的语言。它不仅在内容上丰富了久已在民间传唱的故事，而且广泛地反映了当时的社会现实，成为广大人民群众的最爱。

作为中国戏曲艺术发展到成熟阶段的最早的戏曲种类，杂剧以其完备的艺术形式、赚人眼球的情节冲突和丰富多变的人物形象成就了它的辉煌。它凭着日常生活中的熟事和滑稽调笑的插科打诨说唱舞蹈、表演故事，流行大江南北，为广大群众所熟知传唱。其实，晚唐时期已经有了"杂剧"的说法，到了宋代，随着商品经济的繁荣发展，市民阶层对文化生活有了迫切的需求，东京（今河南开封）出现了集中演出各种伎艺的瓦肆、勾栏，这都为戏剧向综合艺术发展提供了条件。在继承歌舞戏、参军戏、歌舞、说唱、词调、民间歌曲等艺术传统的基础上，各种艺术形式融合、发展，宋杂剧应运而生。最早杂剧在宫廷中演出，后来在民间瓦肆也独立上演，据史料记载，《目连救母杂剧》在中元节可连演七八天，观者云集。可见当时杂剧已在民间广泛流传。元大都（今北京）是当时的政治经济文化中心，集中了全国的财力和艺术，再加上当时的文人备受歧视，他们也加入到杂剧创作的行列中来，壮大了元杂剧创作的人才队伍，这样杂剧便在北方迅速兴盛起来。据记载，从元初到元大德年间（1279～1307），元杂剧演出非常活跃，作家辈出，名作如林，出现了关汉卿的《窦娥冤》、《救风尘》、《拜月亭》、《单刀会》，王实甫的《西厢记》，马致远的《汉宫秋》，纪君祥的《赵氏孤儿》等不朽作品，反映了广大人民的苦难和呼声。

伴随着元代南征的大军和南徙的人口，兴盛于北方的杂剧艺术也辗转来到了南方。富庶的江南，为杂剧生长提供了肥沃的土壤，一时间星河灿烂，名家汇聚。杂剧的重心向以杭州为中心的南方戏剧圈转移，杂剧兴盛进而取代了南戏的位置，成为剧坛的主流。元代末年，政治黑暗，经济衰微，北方重灾，更由于科举恢复，文人转趋仕途，元杂剧渐趋衰落。

明初，杂剧进一步宫廷化，代之而起的有体裁简短的短剧和专唱南曲或兼用南北曲的南杂剧，其中虽有少数较好的作品，如徐渭的《四声猿》等，也终于不能挽回杂剧衰亡的命运。至此杂剧艺术在中国戏曲音乐的继续发展中完成了自己的历史使命。

元杂剧演唱的原貌，已不可见，只能从历史记载、曲谱、昆曲中的北曲以及戏曲文物中了解到它的基本情况，但它的一板一眼、一招一式、情节冲突、人物形象、俚词唱曲等还犹如在眼前耳边。它吸收、融合了中国传统艺术的优秀成果，对当时的南戏和明代以来南北各种地方声腔剧种给以广泛而深刻的影响，在中国戏曲艺术发展的进程中，具有非常重要的地位。

二、纯真明朗的爱情范本——《西厢记》的思想内容

《西厢记》摹写演绎的是相府小姐崔莺莺和书剑飘零的穷书生张君瑞的爱情故事。他们在普救寺佛殿上一见钟情，然后知音互赏，最终有情人终成眷属。故事的结局美好团圆，但中间的过程却不是风和日丽一帆风顺的，他们为了追求自己的爱情、捍卫幸福的婚姻，同封建礼教的束缚禁锢进行了艰苦卓绝不屈不挠的斗争，里面有浪漫、有誓言、有激情、有快乐，也有犹豫、有猜疑、有阻隔、有眼泪。内容丰富，故事凄美，主题明确，思想超前，是一部纯真明朗的爱情范本。

美轮美奂的故事

"美轮美奂"这个成语出自《礼记·檀弓下》："晋献文子成室，晋大夫发焉。张老曰：'美哉轮焉，美哉奂焉。'"原意是形容房屋的高大、众多和华丽。笔者把它放在这里，用来形容西厢故事的引人注目和魅力无穷。

人们说一个故事就是一件艺术品。就像所有艺术品一样，西厢故事经过王实甫的加工创造，也成为了一件至高无上的艺术品，让人欣赏，让人难忘。

每个故事都有它的意义，不论这个故事是好是坏，讲故事的人都扮演着传达者的角色。王实甫是个讲故事高手，他带来了"艺术的礼物"。他对故事有最真诚的欣赏和判断，也让我们沉浸在他的叙述中，感受到了它的华光并且认同了它的感染力。所有能称得上好故事的作品都有人们一致认同的风味和特质，西厢故事也不例外，它有着独特的画像和表情。

前朝崔相国去世，夫人郑氏带着女儿莺莺，孤儿寡母送丈夫的灵柩回河北安平安葬，但中途因故受阻，暂时居住在河中府普救寺里。莺莺年方19，针黹女红、诗词书算，无所不能。她父亲在世的时候，就已将她许配给老夫人郑氏的侄儿郑尚书的儿子郑恒了。因为郁闷无聊，老夫人让丫头红娘陪着小姐莺莺到殿外玩耍，碰巧遇到了书剑飘零上京赶考的书生张君瑞。张生本是西洛人，父亲原来是礼部尚书，可父母双亡，家境贫寒。他只身一人赴京城赶考，忽然想起他的八拜之交杜确就在蒲关，于是住了下来，到景致美丽三教九流都瞻仰的则天皇后香火院普救寺里游玩。

无巧不成书，本是欣赏普救寺美景的张生，无意中见到了倾国倾城的美人崔莺莺，再加上莺莺离去前那多情的"秋波一转"，张生便魂不守舍。为能多见上几面，

他便与寺中方丈借宿，住进了西厢房。故事就这样发生了。

打听到崔老夫人将为亡夫做道场，确信莺莺要来上香，张生买通法本和尚，堂而皇之地先进入道场，借为父母斋戒之机，等待莺莺的

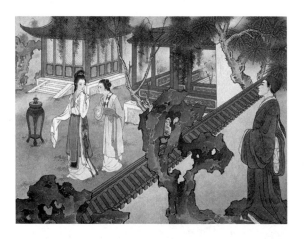

和　诗

来临。他殷勤地忙来忙去，引起了莺莺的注意。后张生从和尚那里知道莺莺小姐每夜都到花园内烧香。夜深人静，月朗风清，众僧都睡着了，张生来到后花园内，偷看小姐烧香。他看着月下莺莺的美姿，随即吟诗一首："月色溶溶夜，花阴寂寂春；如何临皓魄，不见月中人？"莺莺也随即和了一首："兰闺久寂寞，无事度芳春；料得行吟者，应怜长叹人。"两人你来我往，张生的夜夜苦读，也感动了莺莺，她对张生的爱慕之情油然而生。如果才子佳人的故事就这样发展下去，不免有落入俗套平铺直叙之嫌。可偏巧孙飞虎成就了张生，让故事起了波澜。

叛将孙飞虎听说崔莺莺有"倾国倾城之容，西子太真之颜"，于是率领五千人马，将普救寺层层围住，限老夫人三日之内交出莺莺做他的"压寨夫人"。大家都束手无策。莺莺是位刚烈女子，她宁可死也不愿被贼人抢去。危急之中，夫人许诺说："不管是什么人，只要能杀退贼军，扫荡妖氛，就将小姐许配给他。"张生挺身而出，英雄救美。他的八拜之交杜确是武状元，时任征西大元帅，统领十万大军，镇守蒲关。张生先用缓兵之计稳住孙飞虎，然后写了一封书信给杜确，让他派兵前来，打退了孙飞虎。很显然，如果这时老夫人遵守诺言，张生和莺莺便会顺理成章地结为秦晋之好了。但老夫人出尔反尔，她设宴

酬谢张生，在酬谢席上以莺莺已许配给郑恒为由，让张生与莺莺结拜为兄妹，并厚赠金帛，让张生另择佳偶。这一举动让张生和莺莺都苦不堪言。到了这里，故事眼看将要陷入僵局，可爱打抱不平的红娘看到这些，心生不满，她安排崔、张二人夜晚相会。张生弹琴向莺莺表白自己的相思之苦，莺莺也向张生倾吐爱慕之情。看来，老夫人的阻挠反而加深了莺莺和张生的感情。

赴　约

自从那日听琴之后，多日不见莺莺，张生害了相思病。莺莺派红娘去探病，张生趁机托她捎信给莺莺，莺莺虽假意嗔怒红娘，但她心中窃喜，回信约张生月下相会。夜晚，小姐莺莺在后花园弹琴。张生听到琴声，爬上墙头一看，是莺莺在弹琴。他急不择路，便翻墙而入。可莺莺见他莽撞，反而怪他行为下流，发誓再不见他。这下可不好了，张生的病情更加严重了。莺莺借探病为名，到西厢房中与张生幽会。

老夫人看莺莺这些日子神情恍惚，言语不清，行为古怪，便怀疑他与张生有越轨行为，于是叫来红娘逼问。红娘无奈，只得说出实情。红娘向老夫人求情，并说这不是张生、小姐和红娘的罪过，而是老夫人的过错，老夫人不该言而无信，让张生与小姐兄妹相称。红娘的话句句在理，老夫人无可奈何，她告诉张生：如果想娶莺莺小姐，必须进京赶考，取得功名，否则休想。莺莺与张生在十里长亭难分难舍，她再三叮嘱张生休要"停妻再娶妻"，休要"一春鱼雁无消息"，并说考不上没有关系，只要他赶紧回来。声声血泪，字字悲戚。长亭送别后，张生行至草桥店，梦中与莺莺相会，醒来不胜惆怅。

张生考得状元，写信向莺莺报喜。张生信守承诺，一举高中，与莺莺成婚，本是自然，可故事却又有曲折。原因就是莺莺的准丈夫郑恒来到普救寺，他捏造谎言：说张生已被卫尚书招为东床佳婿。于是善变的崔老夫人再次将小姐许给郑恒，并决定择吉日完婚。恰巧成亲之日，张生以河中府尹的身份归来，征西大元帅杜确也来祝贺。真相大白，郑恒羞愧难言，含恨自尽，张生与莺莺终成眷属。

拷艳

故事一波三折，到这里画上了圆满的句号。细细想来，不论是人物的多姿多彩，情节的波澜起伏，还是有情人终成眷属的主题，都成就了西厢动人的故事。如莺莺、张生、红娘，都被塑造成十分生动可爱的形象。反之，对为了维护门第尊严、勉强要把莺莺许配郑恒的老夫人，凭仗暴力、要夺取莺莺为妻的孙飞虎，仗着父母之命、要上门抢亲的郑恒，都给他们画上了不同的丑恶嘴脸。在封建制度压迫之下，男女恋爱不能自由。张生、莺莺的月下私期，是那么美满欢畅、有情有义；他们的长亭分手，是那么缠绵婉转，难解难分；这就使处在封建统治下的无数青年男女为他们这种美满的恋爱生活所歆动，所陶醉，引起他们对于封建礼教和封建婚姻的不满和反抗。另外，作为贯穿全剧的主要矛盾，老夫人和张生、莺莺、红娘之间的正面冲突，总是被放在矛盾的转折点上，对一些最能揭示性格特征的情节和场面进行集中的描写。如第二本第三折"赖婚"和第四本第二折"拷艳"，都是通过戏剧冲突的"突转"，反映两种对立的社会力量之间的尖锐斗争，

WEN

HUA

ZHONG

GUO

突出地表现了老夫人冷酷、虚伪、自私的阶级本质和出尔反尔善于权变的个性。而在其他的场面中，老夫人的戏并不多，但她的活动通过后场处理不断得到提示，使人们处处感到她在起作用，从而更深刻地揭露了封建势力对青年一代幸福的无情摧残，大大开拓了作品的思想深度。矛盾发展的方式是喜剧性的，作者常用尖刻、诙谐的语言，揭穿封建礼教的虚伪、荒谬，而使老夫人等处于令人额手称庆的难堪境地。同时，在张生、莺莺和红娘之间，通过性格的对比，引发出一系列的喜剧性冲突。如老夫人赖婚以后，王实甫从第二本第四折到第四本第一折，用了整整六场戏（还带两个"楔子"），生动细致地展现了张生、莺莺在红娘的帮助下，逐步克服心理上的阴影和性格上的弱点，进一步发展爱情、大胆结合的过程。张生、莺莺和红娘由于身份、处境、教养、个性不同，他们对待封建礼教的态度有所差异，所采取的反抗和挣脱精神束缚的方式也各有不同，因而在三个不同身份、不同个性的人物之间，不断发生冲撞和误会，不时进行试探性的捉弄，常常出现令人捧腹的局面。正是这些喜剧效果十分强烈的冲突，鲜明地展现了人物复杂的内心世界，使人们在轻松愉快的气氛中，进一步理解了人物的苦衷，并为他们的胜利而放声欢笑。当然，环境的描摹、气氛的酝酿，都能把读者自然地带到戏剧规定的典型环境里，与剧中人分享那一份月色与花香、风声与鸟语。为着更切合崔、张这一对在封建时代有着相当文学修养的青年的性格，王实甫更在曲文里熟练地运用中国古典文学里许多为人传诵的诗句与词汇，来表达他们深沉的情愫和优雅的风格。他们唱的许多曲文，都像一首首优美的抒情诗，使剧中处处呈现出诗的意境，把这部爱情剧烘托得更有感人的魅力。

爱情心理的描摹刻画

自古以来，人类就在不断探索爱情。《诗经》中有关于爱情的描绘，柏拉图《文艺对话集》中有关于爱情的论述，司汤达《论爱情》中还有关于爱情心理的观点。我国古代的文学作品中描写爱情的篇章数不胜数，但关于爱情心理，虽有一定的规律可循，却千人千问题，万人万感应。爱情的悸动因人而异，千差万别。王实甫的《西厢记》是"有情人终成眷属"的典范，其中对爱情心理的刻画更是细腻精致，如打理整洁的发丝，丝丝服帖，丝丝入理。

作为相国小姐的崔莺莺，环境的约束，封建礼教的教养，对她有着非常深刻的影响。她的青春觉醒，在行动上经历了不断追求和动摇的曲折过程。她既是情不自禁地向爱情走去，但又竭力控制自己的感情，在行动上表现出来的就是反复"作假"。

033

爱情范本

纯真明朗
《西厢记》

WEN

HUA

ZHONG

GUO

书影莺莺

第三本"楔子"的开头是这样写的：

　　莺莺："自那夜听琴后，闻说张生有病，我如今著红娘去书院里，看他说甚么？"（叫红科）

　　红娘："姐姐唤我，不知有甚事，须索走一遭。"

　　莺莺："这般身子不快呵，你怎么不来看我？"

　　红娘："你想张……"

　　莺莺："张甚么？"

　　红娘："我张着著姐姐哩。"

很简单的几句对白，意思是莺莺想打发红娘去探望张生。但问题就出在莺莺上，她有心病。她担心张生，但又不好意思直接表达，所以她先发制人，责备红娘不来看望她。红娘心直口快，差点儿直接说出莺莺心中所想，让莺莺下不来台，但她很快就纠正了。红娘的聪慧不用多说，但莺莺的闪烁其辞让人捉摸不定，不仔细分析，还真不知

《西厢记》第三本

道她心里到底想的是什么。

第三本第二折也惟妙惟肖地展示了莺莺既强烈地爱恋张生，又要顾及身份和环境，只好先作假装两面派的复杂心理。这一折一开场，红娘带来了张生的情书，红娘最能够摸清莺莺的心理，知道"俺小姐有许多假处"，所以没有把情书当面给莺莺，而是悄悄地放在梳妆盒上。果然，莺莺起床梳妆后看到情书便大骂："小贱人，这东西那里将来的？我是相国的小姐，谁敢将这简帖来戏弄我？"还吓唬红娘说要"告过夫人，打下你个小贱人下截来"。红娘知道她心口不一，表面上大发雷霆，暗地里关心情郎，就故意顺着莺莺的话茬，假装去老夫人那里自首。这件事如果让老夫人知晓，肯定没有什么好戏，莺莺心知肚明，所以她倒先着急了，对红娘说："我逗你耍来"，同时迫切地想知道张生的情况："张生两日如何？"当红娘说完张生的病情后，她非常关切地说："请个好太医看他证候咱。"剧本到这里，莺莺对张生的爱慕关心之情已表露无遗。但深受封建礼教思想影响束缚的她，不能允许自己的放纵，也怕红娘会在老夫人面前告状，所以她又马上变脸，装腔作势地说了一番诸如"虽然我家亏他，只是兄妹之情，焉有外事"的圆场的话。提笔给张生回信，笔底下写的是"待月西厢下，迎风户半开。隔墙花影动，疑是玉人来"，口中却要红娘传言责备张生。明明是想与张生私会，却刻意地伪装自己，甚至骗过了她的贴身丫头红娘。这场戏表面上写莺莺的无理取闹，却很精确细腻地刻画出莺莺心底里的无比的幸福和快乐。这一折里面还通过红娘之口写了莺莺的情态：

【醉春风】则见他钗軃玉横斜，鬓偏云乱挽。日高犹自不明眸，畅好是懒，懒。

【普天乐】晚妆残，乌云軃，轻匀了粉脸，乱挽起云鬟。将简帖儿拈，把妆盒儿按，开折封皮孜孜看，颠来倒去不害心烦。

这折唱词刻写出莺莺的外表懒散娴静，内心却对张生病情消息的焦虑、等待以及见到简帖后的喜悦心情。

按说接下来情节的发展应该顺理成章，莺莺写情诗约了张生，张生如期赴约，二人情意绵绵。可莺莺却不按常理出牌，当张生来到他面前时，她临时变卦，不仅让张生感到突然，连红娘也没有预料到。张生跳墙相抱虽说莽撞，但如果是两个相恋中的年轻人，应该是感到刺激甚至是有些惊喜。莺莺变脸，张生只能狼狈不堪，灰溜溜地被打发走了。莺莺的顾虑，肯定有红娘旁观的影响，但仔细分析，细心的读者会隐隐约约感觉到莺莺内心的彷徨和斗争。面对自己心爱的男人，她没有理由责难。封建礼教的长期压迫，老夫人的固有影响，再加上张生的莽撞举动，都加重了她的疑虑。她非常担心，担心事情败露会引来很多的干预和麻烦。所以，骨子里深受封建思想拘囿的她只有马上翻脸，斥责张生。其实这时的莺莺，在深沉和机警的背后内心正遭受着万般的煎熬。

第四本第一折写西厢幽会。刚开始莺莺下定决心要去赴约，可看见红娘却说："红娘，收拾卧房，我睡去。"红娘大惊，问道："不争你要睡呵，那里发付那生？"这下红娘生气了："甚么那生？""姐姐，你又来也，送了人性命，不是耍处！你若又番悔，我出首与夫人……"莺莺并非不想去，她是在试探红娘是否跟她一条心，所以她装假。当她确定了红娘支持她时，她才放心了。红娘的一句话道透了莺莺的心理情状："俺姐姐语言虽是强，脚步儿早先行也。"莺莺虽然仍是羞答答的，但她在爱情的路上勇敢地迈出关键的一步。与张生幽会后，她有几句话是这样说的："妾千金之躯，一旦弃之。此身皆托于足下，勿

035

爱情范本
纯真明朗
《西厢记》

WEN

HUA

ZHONG

GUO

偶　遇

以他日见弃，使妾有白头之叹。""我回去也，怕夫人觉来寻我。"莺莺话不多，但她的意思完全透明了，她的担心顾虑，她的矜持小心，合情合理，既展示了她的性格，又符合恋爱中女孩的心理。

《王西厢》中的第一场戏——第一本第一折写张生游览普救寺，在佛殿巧遇莺莺，立刻被她惊人的美貌所倾倒。这一折前半部分曲辞，张生唱了四支曲子穷形尽相地描画张生眼中莺莺的绝世之美，他的表现很直接："我死也！"这一声惊呼，可以让人们想象，莺莺要多美有多美。后半部分曲辞，细致深入地表现莺莺走后张生的心理活动。先是张生惊呼"谁想著寺里遇神仙"，后又写莺莺的背影"似神仙归洞天，空馀下杨柳烟，只闻得鸟雀喧"。可他没有办法，只好抱怨"天不与人行方便"。张生初次邂逅莺莺，几支曲子就能够表现出他的心理——高亢曲折，但他只能隔着"高似青天"的"粉墙儿"，望洋兴叹。

王实甫是心理刻画的高手，不仅能把莺莺和张生的爱情心理刻画得活灵活现，还能够把他们爱情的纯真洁净描摹得逼真令人信服。

"长亭送别"这一折戏是剧中的焦点。老夫人执意在"拷艳"后第二日就打发张生上京赴考，"前暮私情，昨夜成亲，今日别离"。她不留给崔、张缠绵的时间，还发狠话说："驳落呵，休来见我！"丝毫没有回旋的余地。张生必须去赶考，而且必须考中。可莺莺是反对张生上京赴考的，在她看来，"但得一个并头莲，煞强如状元及第"。她对张生有百般的依恋，但她又万般无奈。她无力留住张生，内心十分痛苦。她已委身于张生，她害怕张生不得官不能回来，也害怕他得了官抛妻再娶，那么她憧憬的爱情只能成为美丽的肥皂泡，她必须遭受"南北东西万里程"的悲戚和哀苦。这里有不舍，有无奈，有担忧，有悲凉，还有愤怒，对追求"蜗角虚名，蝇头微利"，对强"拆鸳鸯在两下里"的做法的深深怨愤。"长亭送别"这折戏不仅写出了人物心灵中颤动着的

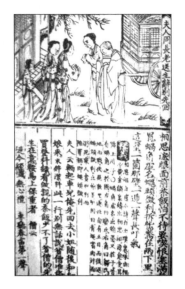

长亭送别

爱情旋律，而且写出了激荡着巨大感情潮汐的人物心理。它是追求婚姻自主与封建重压的斗争，但"此恨谁知！"莺莺和张生追求的清澈见底、海枯石烂的爱情，哪是那些蝇营狗苟之徒所能知晓所能懂得的呢？

《王西厢》刻画爱情心理是成功的，他不仅写出崔、张二人那丰富复杂的感情，还写出了那难以捉摸，难以表达的微妙的内心世界。崔莺莺是个被养在深闺，深受封建礼教影响的千金小姐，她渴望爱情，可又压抑自己感情的释放。所以她从一个乖乖女转变成一位冲破封建礼教的樊笼，争取爱情自由的叛逆女性，需要勇气，更需要斗争。王实甫精确地把握了莺莺的脉搏，对她的心理波动了然于心，所以刻画描摹游刃有余，惟妙惟肖，绘声绘色。

对封建社会联姻方式的挑战

古礼认为女子嫁人，须有"父母之命，媒妁之言"。《孟子·滕文公下》记载："不待父母之命，媒妁之言，钻穴隙相窥，逾墙相从，则

037

爱情范本
纯真明朗
《西厢记》

WEN

HUA

ZHONG

GUO

父母国人皆贱之。""媒"指男方的媒人,"妁"指女方的媒人,"媒妁"指的是婚姻介绍人。也就是说婚姻全由父母做主,并且先由媒婆做媒引介。

媒人,在两千多年前的周代即已经出现,所谓"男女非有行媒,不相问名"、"男女无媒不交"、"女无媒不嫁"、"天上无云不下雨,地下无媒不成亲"等古训和俗语就是从那个时代流传下来的。《诗经·齐风·南山》里面说:"娶妻如之何,必告父母……娶妻如之何,非媒不得。"《礼记·曲礼下》中也记载:"男女双方非媒不知名。"儿女的婚姻父母是决定者,媒人是沟通男女双方的唯一中介。明代汤显祖的《还魂记·婚走》中也有这样的话:"秀才,可记得古书云:'必待父母之命,媒妁之言。'"如此看来,中国古代封建社会所崇奉的婚姻制度就是所谓"父母之命,媒妁之言"。父母之命不可违背,媒人的引荐不可缺少,做子女的一定要听从父母的安排,不管幸福与否,这种婚姻已经成为一种习惯,一种通例,一种习俗。

在这种约定俗成的惯例的影响下,父母成为儿女婚姻大事的代理人,由此也诞生出所谓门当户对结亲讲究。像这种完全抛开当事人的意愿完全由父母包办的婚姻,有成功的案例,当然也不乏以子女终身大事作为攀龙附凤、谋取钱财的资本的情况。梁山伯和祝英台化茧成蝶不正是对受这种婚姻制度迫害的最好诠释吗?哪里有压迫哪里就有反抗,反抗的形式和程度各不相同,元代大戏剧家王实甫就通过他的剧本《西厢记》,强烈地向人们传达了这样一个信息,好似旱地惊雷。

说《王西厢》反抗封建婚姻制度,是有理有据有章可循的。具体表现在以下几个方面:

首先,剧本开篇就交代,郑恒是莺莺的合法未婚夫,可郑恒争取自己的权利,却无端被指责被贬低。

老夫人一上场就说:"只生得个小姐,小字莺莺,年一十九岁,针精女工，诗词书算，无不能者。老相公在日，曾许下老身之侄，乃郑尚书之长子郑恒为妻。因俺孩儿父丧未满，未得成合。"从老夫人的话里不难听出，主人公莺莺已经有婚配，准夫婿是尚书之子，而且是莺莺父亲钦定的，可谓是门当户对。不管莺莺是怎样的精通传统女工和诗词书算，也不管郑恒是怎样的无能狭隘，更不管莺莺和郑恒是否相配，但有一点，他们的婚姻大事是"父母之

听 琴

命，媒妁之言"，是合法的。而当莺莺被老夫人又许配给张生后，郑恒——这位莺莺的准丈夫，来到老夫人处讨个说法时，却被红娘刁难指责，说他是无才无德、依仗门第权势而喜好招摇撞骗的令人憎恶的家伙。而且他相貌丑陋，举止龌龊。作者王实甫也是极尽挖苦之能事，对郑恒大加贬低，如此尊容与德行的浪荡公子哥，怎么能够与才貌双全的莺莺成婚配呢？因此，郑恒的存在时隐时现地成为了崔、张自由爱情的绊脚石。从这个角度说，它完全不符合封建社会的婚姻制度，要不然，这位合法的未婚夫无端被黑掉了，怎么竟然找不到"说理"的地方呢？封建礼教包办婚姻制度的虚伪、冷酷和不合理不言而喻。

其次，同莺莺佛殿邂逅而一见钟情并坠入情网中的那个异性男子——张生，应是无耻的第三者，可却是作者和大众眼中的痴情种、好男人。

才貌双全、身世飘零的张生，是在莺莺的准丈夫郑恒"即日有书赴京，唤去了"时出现的，当时莺莺和母亲暂居普救寺，形单影只。郑恒"只闻其名，不见其人"；莺莺与郑恒暂未成合，又遭遇孙飞虎劫亲；张生与郑恒打了个时间差，而且他出现的正是时候，可谓是在对

的时间遇到了对的人还做了对的事，没有且也不可能有人把这位痴情才俊视为破坏他人婚姻的"第三者"。在王实甫笔下，张生不仅风流倜傥一表人才，而且才高八斗用情专一，他绝对是一位高大全式的正面男主人公形象。按当时封建婚姻法评判，崔、郑订婚在前，他插足在后，不管从哪个角度说，张生都属于破坏崔、郑婚姻的"第三者"，应该是被唾弃的对象！张生对莺莺一见钟情，进而私会苟合，不仅得到了丫鬟红娘的大力相助，而且得到了作者王实甫的大书特书表彰赞扬。在王实甫笔下，张生是个志情种，在大家眼里，张生是个值得托付的好男人，从这个方面来看，《王西厢》反封建的力度也是相当大的。

第三，作为相国夫人，老夫人出尔反尔，不仅把莺莺二次许人，而且后面还多次悔婚，让人心生厌恶。

剧本一开幕，老夫人便自报家门："老身姓郑，夫主姓崔，官拜前朝相国，不幸因病告殂。"很显然，她是相国夫人，从封建婚姻讲究门当户对来说，她也应该是名门闺秀。果不其然，他是郑尚书的妹妹。作为一位名媛淑女，知书达理也是自然。可她的女儿莺莺在她丈夫生前就已经许配给他人，而且这个人是她挚爱的侄儿。她明明知道，只是因为丈夫的去世，女儿和侄儿才没有举行仪式。可当孙飞虎围寺劫亲时，她却以女儿作为筹码，许诺说谁救了她们，谁就可以娶自己的女儿。重赏之下必有勇夫，张生挺身而出，运用自己的智慧和关系救助了处于危难之际的母女俩。可张生退兵危难解除之后，老夫人却不认账了——她赖婚："先生纵有活我之恩，奈小姐先相国在日，曾许下老身侄儿郑恒。即日有书赴京，唤去了，未见来。如若此子至，其事将如之何？莫若多以金帛相酬，先生拣豪门贵宅之女，别为之求，先生台意若何？"从当时境况推断，老夫人"赖婚"应该出自真心实意：一是莺莺与张生"门不当户不对"，二是女儿莺莺早已许配他人（郑恒）。后来老夫人得悉莺莺深夜探视并与张生"私合"，为顾及名声门面而不得不再次许婚，但以"三辈儿不招白衣女婿"为由，逼迫张生入京应考，且必须考中状元方能迎娶莺莺。可见她内心有多么不甘！当郑恒诬陷张生中举另娶他人时，她又以此为借口再度毁约，将女儿重新许配给郑恒。老夫人二次许婚却又两度赖婚的出尔反尔行为，着眼点意在维护家族利益和包办婚姻，而丝毫不考虑当事人的感受。老夫人的所作所为，连丫头红娘都看不过去了。在剧中，作者也把老夫人塑造成了封建势力的代言人。由此得知，《王西厢》的反封建立场是非常坚定的。

第四，崔、张爱情的发生地是普救寺，一位待嫁深闺的名门闺秀与人私会苟合，作者在剧中没有丝毫的贬斥。

作为名门闺秀大家小姐的莺莺，多有出格的举止行为。莺莺年方19，在女子无才便是德的封建时代，她工于女红，精于诗词书算，绝对称得上是佳人。她无视父母为她定下的婚姻，在为父亲守孝期间，情窦初开，在普救寺与风流小生鸿雁传书、私会苟合。先说地点，他们一见钟情之地是普救寺。寺庙

私 会

爱情范本
纯真明朗
《西厢记》

WEN

HUA

ZHONG

GUO

是清净之地，绝人间烟火，更绝情色之事，作者偏偏将爱情故事安排在这里，可见封建礼教对爱情本能力量的压制，只有在寺庙里才能更强烈地爆发出反抗的力量。作者通过叙写佛殿回眸、隔墙和诗、道场传情等情节，表明莺莺在渴求纯真的爱情。这是对封建礼教的蔑视和挑战，也是对顽固而愚蠢的礼教维护者的嘲弄与讽刺。再说时间，崔、张爱情发生在为父服丧即"丁忧"期间。根据古代传统礼仪，在父亲或母亲死亡后，子女应当居家守丧三年，其间不得行婚嫁之事，参与吉庆之典，以尽孝道。莺莺刚刚丧父，按照常理讲，此时的莺莺是不

能也不应大谈儿女私情的，但她频频与张生眉目传情，明显悖逆教规礼法。两下传书甚至私合，置传统礼教于不顾，可谓大逆不道。

最后，张生和莺莺冲破封建枷锁与封建势力作斗争，自由恋爱被大加赞许，最终有情人终成眷属，表达了作者的理想。

莺莺和张生实际上已把爱情置于功名利禄之上。张生早有很强的功名进阶之心，但一见钟情后，他敢于放弃功名。为了追求爱情，他不管什么圣贤遗训，见了莺莺就神魂颠倒，还隔墙吟诗挑逗相国小姐，初见红娘就拦住自报家门特别强调自己"不曾娶妻"，把人家追荐相国亡灵的肃穆道场变成他与莺莺传情的场所，听到老妇人请他赴宴就精心梳洗打扮，遇到挫折就捶床捣枕痛不欲生。他追求莺莺毫无顾忌，喜怒哀乐表露无遗，这些都表现出他对爱情的执着追求和对封建道德封建礼教的蔑视。张生为莺莺而"滞留蒲东"，不去赶考；为了爱情，他几次险些丢了性命，直至被迫进京应试；得中之后，他也还是"梦魂儿不离了蒲东路"。莺莺在长亭送别时叮嘱张生："此一行得官不得官，疾便回来。"老夫人从门第观念出发逼迫张生去应试，莺莺则蔑视功名富贵："但得一个并头莲，煞强如状元及第。"即使张生高中的消息传来，她也不以为喜而反添症候。她把爱情看得高于一切，这对于在封建礼教束缚下追求爱情幸福的青年男女是有力的鼓舞。红娘是个丫头，是老妇人派来监视莺莺的，却反为崔、张穿针引线出谋划策，引导莺莺背叛礼教；老夫人以主子威严拷问红娘，却反被红娘制服，还得按照红娘的主意行事，为崔、张姻缘取得胜利起到了关键性的作用。

恩格斯在《家庭、私有制和国家的起源》中精辟指出，封建婚姻制度的实质是基于双方阶级地位的"权衡利害的婚姻"。"结婚乃是一种政治行为，是借新的联姻来加强自己势力的机会，在这里起决定作用的是家世的利益，而绝不是个人的意愿"。青年男女的结合属于"一种由父母包办的事情"，而当事人是否彼此爱慕的情感因素则是微不足

道、不足挂齿的。而现代爱情的实质，正如恩格斯所强调的那样，在于"只有以爱情为基础的婚姻才是合乎道德的"。爱情是崇高的，婚姻是严肃的，实现爱情与婚姻的和谐统一，建立幸福美满的家庭，一直是人类追求的一种美好生活理想。《西厢记》歌颂了以爱情为基础的结合，否定封建社会传统的联姻方式。作为相国小姐的莺莺和书剑飘零的书生相爱本身，在很大程度上就是对以门第、财产和权势为条件的择偶标准的违忤。《王西厢》提出了"愿天下有情人终成眷属"的愿望，强调爱情是婚姻的基础，肯定敢于冲破封建礼教束缚的忠贞不渝的爱情。这是一种新的婚姻观念，代表了封建时代广大青年男女的普遍愿望，是爱情自由、婚姻自主的颂歌，也是对封建婚姻制度发出冲击的呐喊。

043

爱情范本
纯真明朗
《西厢记》

WEN

HUA

ZHONG

GUO

三、"花间美人"——鸿篇巨制的艺术精品

《西厢记》是王实甫的杂剧代表作，代表了他的创造风格和最高艺术成就。这部杂剧早在元、明两代就备受推崇，被称为元杂剧之冠。明代剧评家王骥德在他的《新校注古本西厢记》中称赞说："实甫《西厢》，千古绝技；微词奥旨，未易窥测。"这话高度评价了《王西厢》的艺术成就。《王西厢》里人物异彩纷呈，情节交错起伏，结构宏大致密，宾白则惟妙惟肖，曲辞典雅华丽，是名副其实的鸿篇巨制、艺术精品。由于王实甫的杂剧注重遣词造句，注重音律，语言生动，文辞绮丽，因而其词被誉为"花间美人"，王实甫也成为了"文采派"的重要代表人物。

异美纷呈的人物

人物塑造得是否成功，是戏剧创作是否成功的关键。而塑造人物，重点要把人写得有血有肉，对人物的精、气、神的刻画摹写也要细微独到，只有赋予人物魂魄，才能让他活起来，以形传神，做到形神兼备，呈现出立体交叉的多维效果。为了表现西厢故事歌颂爱情、反封建礼教的主题，《王西厢》塑造了一群性格鲜明的人物形象。剧中人物多而且丰满，塑造人物的艺术手法丰富多样，作者从肖像、行为、语言、心理和细节等方面刻画人物形象，抓住了人物的性格和灵魂，让这些个性化的人物异美纷呈，不仅在戏剧舞台上有着独特的感染力，而且在读者心目中有着恒久不息的生命力。

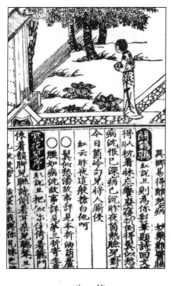

送　简

《王西厢》的成功，首先得力于对莺莺这一人物的成功塑造。与《董西厢》相比，王实甫把莺莺放在了比张生更突出的地位，着重写她的恋爱心理、性格发展和遭际命运，写她对爱情的追求。崔莺莺是个美丽而又多情的相国小姐，既深受封建文化的熏染，又不满封建礼教的束缚，最后终于走上了叛逆的道路。在作者笔下，刚一出场的莺莺是一个大门不出二门不迈的大家闺秀，因为父亲去世，她和母亲扶灵柩回老家安葬，中途被阻暂居普救寺，等待未婚夫郑恒的帮助。由于家教森严，她只有在没人时才能在丫鬟红娘的陪同下出来逛逛，散散心。第一本她出场，作者就浓墨重彩，通过张生的眼，对她的美貌做了细致的正面描写。后来又在"闹斋"一折里通过写她的出现，做了充分的侧面烘托：法堂上"老的小的，村的俏的，没颠没倒，胜似闹元宵"，甚至因"贪看莺莺，烛灭香消"。正是莺莺的倾国倾城貌，迷住了张生，让张生一见钟情。而莺莺对张生这个风流倜傥才貌皆佳的青年也是一见倾心。当红娘告诉她那壁有

人，催她回家时，她却回头觑视张生，慢俄延，投至到拢门儿前面，刚挪了一步远。在"联吟"一折，红娘告诉她张生打听她的消息时，她一点儿也不生气，反而笑着嘱咐红娘不要对老夫人说。听到张生墙角吟诗时，她还大胆向张生倾诉衷曲，并依韵和诗："兰闺久寂寞，无事度芳春。料得行吟者，应怜长叹人。"以表达自己不愿再过封建礼教拘系下的孤寂生活，希望能获得同情和爱慰的感情。当张生受了和诗的激励，竟然拽起罗衫欲行时，她也没有惊惶回避，而是陪着笑脸儿相迎。在做道场时，她又对张生好生顾盼，眉目传情。暂且不说她的举止是不是有失大家风范，单是这些细节描写，作者已经将她内心所掀起的爱情波澜完全展示在读者面前。第二本"崔莺莺夜听琴"写莺莺和张生的爱情逐渐成熟，却因为孙飞虎事件和老夫人发生冲突。本来张生顺利退兵，她便可以如愿嫁给张生了。可老夫人赖婚，只允许莺莺做妹妹拜张生为哥哥，这引起了已坠入爱河的莺莺的怨恨。她责怪老夫人，说老夫人心口不一，"谎到天来大"，"将俺那锦片也似前程蹬脱"。她开始走上了叛逆、反抗的道路。可作为大家闺秀的莺莺，虽热望爱情渴盼自由，但一下子挣脱封建礼教的缰绳她还不怎么适应。第三本中，作者通过写她的一个个"假意儿"，写她的出尔反尔，揭示了她内心的矛盾——她既要提防红娘是否告密，又要担心张生是否会始乱终弃，她战战兢兢如履薄冰。作者通过对莺莺的这些内心挣扎的摹写，真实反映了贵族小姐背叛封建家庭时瞻前顾后、曲折反复的历程。第四本莺莺在红娘的帮助下与张生私会西厢，她的反抗有了更实际的举动，莺莺的形象也更为丰满高大。私情暴露，老夫人逼迫张生进京赴考，得官后才许成婚；而她却认为诚挚专一的爱情比荣华富贵更值得珍重。因此她对金榜无名誓不归的张生说："但得一个并头莲，煞强如状元及第"，"此一行得官不得官，疾便回来"，表明了她对封建社会价值观念的鄙弃。这和当初张生为了爱情而弃置功名的志趣是一

爱情范本
纯真明朗
《西厢记》

WEN

HUA

ZHONG

GUO

致的。她还在梦境中私奔出城，追随张生同去，认为"有限姻缘，方才宁贴；无奈功名，使人离缺"。至此，作者对莺莺叛逆性格的刻画成功完成，莺莺从犹豫彷徨到坚定不移。第五本张生与莺莺有情人终成眷属，更是对"父母之命，媒妁之言"的封建婚姻制度的抨击和扛衡。作者对莺莺的塑造，无论是外表还是内心，无论是言谈还是举止，都是最成功的，都符合一个由任人摆布的名门可怜虫而成为封建家庭叛逆者的形象。

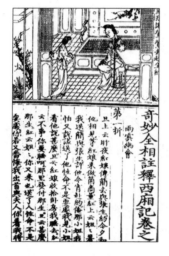

莺莺赴约

剧中的主人公，除了莺莺，作者对张生、老夫人、红娘的塑造，也是活灵活现贴切生动的。张生不再是油滑轻浮的负心汉，而是脱胎换骨成为了一个执着忠厚的志诚情种。普救寺游殿时对莺莺一见钟情，他就打算将事关读书人前程的科举考试抛在脑后；在寺庙住下，是为了接近莺莺；他附斋追荐亡父，祷词却是希望与莺莺"早成就了幽期密约"；他月下吟诗，写信退贼，崔母赖婚他要悬梁自尽，莺莺变卦他卧床不起，最后被逼无奈进京赶考，都是为了莺莺。他忠厚、痴心、傻气，他才华横溢、一表人才，最终他的志诚打动了红娘，也赢得了莺莺的芳心。

侍女红娘在《莺莺传》中无足轻重，但在《王西厢》中，红娘被塑造成了侠肝义胆的女杰和足智多谋的军师。她光彩夺目，她的性格在撮合崔、张婚事和反抗封建礼教中得到了充分的展示。她的热心和正义，是从老夫人赖婚激发出来的。"拷艳"一折是对红娘性格的集中展示。她不满于老夫人的背信弃义，深深同情崔、张由于老夫人的阻碍而造成的痛苦。她挺身而出，想方设法地帮助莺莺克服心理矛盾，并不辞辛劳、不畏风险地为崔、张传书递简，牵线搭桥。为了撮合崔、张婚事，她既要蒙蔽威严而多疑的老夫人，又要鼓励软弱傻气而常常不知所措的张生，还要小心对待顾虑重重、表里不一的莺莺。在王实甫的笔下，一个乐于助人、有胆有识、成人之美的红娘诞生了。另外，作者还透过红娘的眼睛，丰富立体地刻写了莺莺和张生的刻骨相思，侧面描写人物性格。如第三本第一折，红娘书斋探病，作者着意描写了张生的"凄凉情绪"；第二折红娘回到绣房，又写了莺莺的"愁肠百结"；第三折、第四折张生跳墙约会和红娘探病，都是重点描摹崔、张二人的相思难熬。这种写法，比起从莺莺和张生口中说出，效果不知要强上几百倍。

老夫人虽是作者塑造的反面人物，但作者也没有将其简单化，而是通过很多细节描写，刻画出一个有血有肉性格复杂多变的封建家长形象。她时时处处顾及她的贵族尊严和利益，竭力维护封建礼教，是一个专横霸道、冷酷自私而又不讲信用的老顽固。她对女儿莺莺严加管教，还让丫鬟红娘时刻监视。一旦出了问题，她便暴跳如雷，认为有辱贵族门户，先是拷打侍婢红

莺莺和红娘

047

爱情范本
纯真明朗
《西厢记》

WEN

HUA

ZHONG

GUO

娘，追查事情的真相，继而逼迫张生进京应试，以便取得功名来挽回崔家的面子。当孙飞虎兵围寺院、要抢莺莺为妻时，她为崔家免于灭顶之灾，许诺有退得贼兵者，愿以莺莺相嫁；而当张生请来救兵，解救了她一家后，她却赖婚，硬要张生与莺莺兄妹相称。这些细节，都写出了老夫人性格中精明狡诈的一面。另外，剧中还通过一些细节，写出了她钟爱女儿莺莺和儿子欢郎的心情，这是她作为母亲最为真实

的一面。

《王西厢》不但塑造了性格鲜明的主要人物，而且对次要人物的描写也十分成功，他们在剧情变化的过程中各自起到了不可替代的作用。普救寺的伙头僧人惠明，为人豪爽、仗义，具有叛逆性格。他不理会佛门的斋戒、杀戒，瞧不起寺院里的那些庸僧。他与红娘一样，都属于社会下层，但都具有侠肝义胆，以助人为乐。孙飞虎兵围寺院、要抢走莺莺时，他一人挺身而出，怀藏张生的书信，冲出重围，前去搬兵。他与红娘配合默契，共同帮助张生和莺莺，促成了他们的婚事。另外，对白马将军的仗义行为也作了精彩的描绘。丑角郑恒，是封建家长阻碍和破坏崔、张婚事的帮凶，他从反面成全了崔、张婚姻。他是个世家子弟，他霸道、无赖和奸诈。他在崔、张好事将成的时候突然闯入，为崔、张婚事增加了变数，为老夫人二次赖婚提供了借口。作者对他的刁蛮、无赖、鄙俗进行了充分的渲染。事情败露，他羞愤自杀，由此写出了这个人物身上的几分血气和廉耻之心。

不管主要人物还是次要人物，在西厢故事的发生发展过程中，都有着非常重要的作用。他们性格鲜明，符合故事发展变化的进程，最重要的原因就是，作者王实甫把自己的理想、爱憎感情和对生活意义的审美思辨，渗透于形象的血液之中，刻画人物，塑造艺术形象。他对生活有着独特的发现，他用自己生命的乳汁哺育人物，把自己的理想和对生活的思考以及热烈而深沉的感情，融会于性格的艺术描绘之中，这才使得人物形象血肉交融，才能赋予人物性格以独特的生命和意蕴。

交错起伏的情节

情节，就好像人体的脉搏，它是整个作品的生命。没有情节，人物失去了行动的基础，事件失去了展示的平台。而曲折回环扣人心弦的情节，不仅能够体现作品的激情和价值，而且还能够表现作家和作品的健康和气质。

殿中相逢

作家对情节的安排，诸如事件发生在什么时间和什么地点，在什么环境里才有必要，才能构成真实合理的情节，不仅是艺术手段，也是作家组织和剪辑的能力。四大名著之所以有着长盛不衰的生命力，情节的安排功不可没。《三国演义》中复杂的政局和激烈的战争，《水浒传》里众多英雄的光彩场面，《红楼梦》中许许多多的社会生活和人情动态，《西游记》里引人注目的神魔事件，这些吸引眼球的情节结构，都不是单调的按部就班的演奏，它们有着多重跃动的音符，在引领人们去完成整部作品快乐的旅行。

王实甫就是这样一位运筹帷幄的剧作家。他创作的《西厢记》，情节曲折，波澜迭起，悬念丛生，真是"山重水复疑无路，柳暗花明又一村"。接连不断交错的情节，引人入胜的故事，如同坐过山车，带给我们跌宕起伏的喘息和心跳。

剧中情节安排巧妙，不落俗套。孙飞虎劫亲兵围普救寺，老夫人亲口许婚张生，给崔、张毫无希望的"没头情事"带来了希望（第二本第一折、楔子）；眼看好事将成，不料老夫人赖婚，顿使崔、张心灰失望（第二本第二、三折）；红娘的撮合和热心奔走，又给事情带来了转机；深夜听琴（第二本第四折），书简传送，眼看好事有望，谁知莺莺又赖简（第三本第二、三折），害得张生病倒书斋；谁知赖简是莺莺假意，后她毅然赴西厢幽会（第四本第一折），这使得张生绝处逢生。

爱情范本
纯真明朗
《西厢记》

WEN

HUA

ZHONG

GUO

匪惊

可幽会之事暴露，矛盾激发到了白热化，一场激战竟是在老夫人与红娘之间爆发，结果竟是地位卑微的红娘获胜（第四本第二折）。胜利之后，崔、张好事本应水到渠成，可老夫人非要张生进京赶考，否则不能娶莺莺。崔、张被迫分离（第四本第三折），张生高中状元，团圆将至，不料郑恒闯入，大进谗言，老夫人又悔婚（第五本第三折）。最后，张生迎娶莺莺，崔、张得胜，郑恒自杀。这些安排，贯串全剧，一波未平一波又起，既出人意料，又全在情理之中。

明代戏剧家汤显祖在《汤海若先生批评西厢记》中，以老夫人"赖婚"（第二本第三折）一折为例，称赞《王西厢》曲折多变的情节："此出夫人不变一卦，缔婚后趣味浑如嚼蜡，安能谱出许多佳况哉！故知文章不变不奇，不宕不逸。"

《王西厢》有三个大的戏剧高潮："赖婚"、"拷艳"和"悔婚"。"赖婚"是卫道者老夫人与叛逆者张生的第一次正面冲突。冲突发生之前，先有孙飞虎劫妻事件做铺垫。孙飞虎事件是崔、张关系发展的催化剂，使崔、张的结合有了一线希望。老夫人为解眼前急困，许诺将莺莺许配给能退兵之人，可巧张生请来救兵，解了普救寺之围。按常理，崔、张之事应该能成。可老夫人却突然赖婚。答谢宴上，老夫人让张生与莺莺兄妹相称，这让乐滋滋赴宴的张生一时束手无策，眼睁睁让老夫人"将俺那锦片似前程蹬脱"。因事发突然，矛盾急剧恶化，高潮出现，读者的心也被吊到了嗓子眼。其实，老夫人也自觉理亏，当张生责问时，她也无法回答，只好让张生留在书院。紧绷的弦好似舒缓了一些，可张生的留宿，也给崔、张私自会面偷情留足了空间。而老夫人的眼线红娘也因此对老夫人有了意见，转而同情张生，

行过钟楼，绕遍回廊，走近一个月洞门口，法聪和尚拦住他说："先朝崔相国新故，老夫人扶柩还乡暂住院中，外人一概不准入内。"

法聪和尚拦住张生

这又为崔、张二人感情的进一步发展提供了各种可能。本来已束手无策的崔、张二人，在红娘的热心帮助下，振作精神与老夫人进行暗斗，几经反复，莺莺终于克服了心理障碍和客观环境障碍，展开了对爱情的追求。

　　"拷艳"这一场戏，引发事件的主角——莺莺并未出场，矛盾冲突在地位悬殊的主仆老夫人和红娘之间爆发。崔、张私情由于莺莺弟弟欢郎的"告发"而暴露，老夫人气急败坏，她断定："这桩事都在红娘身上"，因此拷打审问红娘。可聪明的红娘据理力争，她的反驳让老夫人哑口无言，最后只好承认："这小贱人也道得是"。老夫人和红娘地位悬殊，她对红娘拷打责骂，不仅符合她的性格身份，而且符合事件发展的逻辑。可她心中的熊熊怒火，却被红娘有理有据地给生生浇灭了。红娘以子之矛攻子之盾，既戳到了老夫人的痛处，又保护了崔、张的爱情幼苗。老夫人背信弃义，虽被红娘责问得难受，但也无言以对。"拷艳"实则在拷问老夫人，拷问封建礼教，封建纲常。

　　"拷艳"过后，老夫人虽勉强许婚，但又不能心甘情愿。她逼迫张生进京赶考，张生和莺莺也被迫凄凄惨惨地分别。可张生未回，郑恒突然出现，他有鼻子有眼儿地编排张生，制造谣言污蔑张生，说张生

WEN

HUA

ZHONG

GUO

已经对莺莺始乱终弃，企图骗婚。本来就希望亲上加亲的老夫人不加分辨，完全听信郑恒的谗言，并且立即悔婚，即便红娘争辩也无济于事。张生的适时出现，白马将军的支援，使得谗言不攻自破。这个时候，剑拔弩张，三堂对证，又一次将戏剧推上了高潮。张生高中状元，荣归蒲州，高调迎娶莺莺。郑恒的谎言被揭穿，他羞愧难当，当场撞死，老夫人更是败下阵来。为了挽回面子，老夫人自找台阶："今日做个庆喜的茶饭，著他两口儿成合者。"几经波折，一对有情人终成眷属，戏剧以大团圆的结局圆满结束。

总的说来，封建礼教叛逆者张生、莺莺、红娘与卫道者老夫人之间的矛盾冲突，是《王西厢》戏剧冲突的主线索，殿遇至围困，悔婚至幽会，"拷艳"至团圆，多次出现矛盾激化的场面，但总的趋势是叛逆者节节胜利，卫道者节节败退，冲突的结果是有情人成了眷属。叛逆者莺莺、张生、红娘之间也有矛盾，他们虽目标一致，但处境不同，想法也各异，于是产生了一系列误会和小的冲突。就拿莺莺来说吧，她是大家闺秀，心里难以彻底摆脱礼教的束缚，所以她既要利用红娘，又要表现出小姐身份的尊严和矜持，经常生出"假意儿"，对红娘遮遮掩掩。而书呆子张生，他一方面执着地追求爱情，一方面又感到对矜持的莺莺难以捉摸。他六神无主，很容易做出傻事。而丫头红娘，她虽然已经决心帮助小姐莺莺，但又顾忌到双方的身份，不能明说；她既埋怨小姐的弄虚作假，又怕被小姐倒戈相向，只好小心翼翼。就这样，三位年轻人之间产生了一些小摩擦小矛盾。这些矛盾，恰恰成了作者成功推进情节的润滑剂，使得剧情更加流畅可信。

这两个矛盾冲突贯彻全剧，始终紧密扭结，主要矛盾引导着剧情发展的方向，揭示了全剧的反封建礼教、追求婚姻自主的主题思想；次要矛盾勾勒出了剧中主要人物性格变化发展的轨迹，深化了主题思想。它们互相制约互相影响，推进着情节向前发展。全剧共有六次冲突：赖婚、赖简、佳期、拷艳、送别、婚变，来推进剧情，刻画人物。这种情节设计上的独具匠心，增强了戏剧效果，使得剧情铺展趋向合理化。

很显然，情节之所以能够成为跳动的脉搏，在于作者精巧的艺术加工。作品的反复修改，多次的充实，适当的剪裁衔接，都能够增加艺术的情节的效果。《三国演义》、《水浒传》经过多口多手的补充编排，使得情节更加地充实合理。《红楼梦》"披阅十载，增删五次，纂成目录，分出章回"，形成了难以抗拒的艺术魅力。这种艺术魅力的形成，是渐渐的，逐步汇集增强的。《西厢记》也不例外，从《莺莺传》，到《商调蝶恋花鼓子词》，到《西厢记诸宫调》，最后到《王西厢》，经过多位艺术家的加工创作，达到艺术的高潮。它的情节发展合理，结构安排精当，最后达到的道德力量，读者几乎是无法抗拒的。自始至终，读者被作者的构思、作者的情感俘虏支配，这就是作品最后的成功。

规模空前的结构

元杂剧的组织结构一般是一本四折，跟前代杂剧相比已经规模宏大，组织严密，情节的展开游刃有余。《西厢记》是元杂剧中的精品，不仅规模空前，而且布局严密整齐划一。

明代戏曲家王骥德（？ ～1623）在他的《新校注古本西厢记》一书中评价说："《西厢》妙处，不当以字句求之。其联络顾盼，斐亹映发，如长河之流，率然之蛇，是一部片段好文字，他曲莫及。"这里他用河流和蛇作比喻，都是称赞《王西厢》的结构布局严密而连贯，浑然一体，不可分割。他认为，《王西厢》的结构布局最符合他的有机整体说。西厢作者王实甫把崔莺莺和张生对抗封建势力、争取婚姻自主的爱情故事叙述得井井有条。剧本从头至尾围绕这一主

053

爱情范本

纯真明朗
《西厢记》

WEN

HUA

ZHONG

GUO

题，环环相扣，没有一点儿枝枝杈杈，结构完整而严密，五本二十折始终贯串剧中主线，一气呵成，成功演绎出崔、张爱情故事的全过程。图示①如下：

图一：开端

第一本	题目和正名	折	内容
张君瑞闹道场杂剧	老夫人闲春院 崔莺莺烧夜香 小红娘传好事 张君瑞闹道场	第一折惊艳	崔、张爱情的发生
		第二折借厢	
		第三折酬韵	
		第四折闹斋	

图二：发展

第二本	题目和正名	折	内容
崔莺莺夜听琴杂剧	张君瑞破贼计 莽和尚生杀心 小红娘昼请客 崔莺莺夜听琴	第一折寺警	崔、张爱情逐渐成熟，并由于老夫人的赖婚，引发了叛逆者与卫道者的第一次冲突
		第二折请宴	
		第三折赖婚	
		第四折琴心	

图三：进一步发展

第三本	题目和正名	折	内容
张君瑞害相思杂剧	老夫人命医士 崔莺莺寄情诗 小红娘问汤药 张君瑞害相思	第一折前候	叛逆者崔、张、红三人间性格矛盾，并因误会而产生冲突，冲突的过程使崔、张性格上的弱点得到克服，为突破封建礼教束缚准备了条件
		第二折闹简	
		第三折赖简	
		第四折后候	

---

① 参照《金圣叹批评本西厢记》整理。

第四本	题目和正名	折	内容
草桥店梦莺莺杂剧	小红娘成好事 老夫人问私情 短长亭斟别酒 草桥店梦莺莺	第一折酬简 第二折拷艳 第三折哭宴 第四折惊梦	崔、张获得了自由的爱情，并在和老夫人的第二次斗争中取得了胜利

图五：结局

第四本	题目和正名	折	内容
张君瑞庆团圆杂剧	小琴童传捷报 崔莺莺寄汗衫 郑伯常干舍命 张君瑞庆团圆	第一折泥金报捷 第二折绵字缄愁 第三折郑恒求配 第四折衣锦荣归	崔、张最后团圆

WEN

HUA

ZHONG

GUO

　　如上五图所示，从第一本到第五本，王实甫合理安排西厢故事，矛盾主次明晰，人物主角配角一目了然，情节发展符合事件发展的规律，成功完美地表现出事件曲折跌宕的全过程。

　　明末清初的文学批评家金圣叹（1609～1661），在他的《圣叹外书第六才子》一书中，对《西厢记》进行了细致精当的评点，每折戏前有大段总批，并在全书卷首写了81条读法。其中多处指明了《王西厢》结构谋篇、行文布局的妙处。他强调说："一部《西厢记》只是一章"，进而评点说，"一部书，有如许洒洒洋洋无数文字，便须看其如许洒洒洋洋是何文字，从何处来？到何处去？如何直行？如何打曲？如何放开？如何捏聚？何处公行？何处偷过？何处慢摇？何处飞渡？"毫无保留地夸赞了《西厢记》谋篇布局的妙处。在此基础上，他还归纳出好几种结构妙法，同时不惜笔墨，说《西厢记》就是用的"狮子滚球"的戏剧结构方法。他是这样解释的："文章最妙是先觑定阿堵一处，已却于阿堵一处之四面，将笔来左盘右旋，右盘左旋，再不放脱，

却不擒住，分明如狮子滚球相似。……《西厢记》亦纯是此一方法。"很显然，这里的"阿堵"指的就是全剧的核心人物。金圣叹认为，《西厢记》中的"阿堵"就是莺莺、张生、红娘，而从宾主关系来说，核心人物就是崔莺莺。以莺莺为中心，既突出了剧本反封建的主题，又展示出恋爱自由有情人终成眷属的戏剧灵魂。不论是描摹人物、铺展情节，还是匠运矛盾冲突，以莺莺为核心都是信手拈来，运筹帷幄顺风顺水，整个故事也就达到了完整性与曲折性的高度统一。

《王西厢》的主要关目都从《董西厢》而来，但王实甫根据自己新的主题思想和剧场演出的需要，对重要情节保留并进行提炼，删掉冗长或喧宾夺主的铺叙，在《董西厢》的基础上进行了重新创造。明末清初戏剧家李渔在《闲情偶记》中，称赞《王西厢》的结构"全本不懈，多瑜鲜瑕"。他认为，此剧结构之所以严密整一、无懈可击，关键的一点是能"立主脑"和"减头绪"。他说的"主脑"指的是中心人物和中心事件。他认为，在《王西厢》中，中心人物是张君瑞，中心事件是白马解围。正因为有一人一事作主干，《王西厢》才能够结构谨严而整一，才能够集中而突出地表现主题思想。尽管李渔的解说并不完全精准，但《王西厢》结构紧凑、集中、不枝蔓的特点，他还是看准了的。

王实甫对《董西厢》建构的"一见钟情——私下结合——最终团圆"的三个层级的基本叙事框架，基本是原样移植过来了。可他在明智吸收的基础上，进行了全方位的创新，使得《西厢记》的结构空前宏大。

余香满口的语言

《西厢记》的语言艺术一直为人们所赞赏。读西厢，虽不敢比如孔子听韶乐三月不知肉味，但试想想，如果能够亲耳听到杂剧名家的演唱，也应该是余音绕梁三日不绝吧。明朝初年著名戏曲评论家朱权在

《太和正音谱》中说："王实甫之词如花间美人，铺叙委婉，深得骚人之趣。极有佳句，若玉环之出浴华清，绿珠之采莲洛浦。"郭沫若也曾说："《西厢记》不但是杂剧中的杰作，也是一部好诗。"

西厢的语言文字很美，让人有一种感觉，就好像走进一座迷人的语言艺术宝库。品读西厢，珍珠玛瑙般字字珠玑的语言异彩纷呈地缭绕在耳边展现在眼前，剧中有雄浑豪放的曲辞，也不乏幽默解颐的说白，真有点令人目不暇接。

首先，人物说白具有个性化。

戏剧不同于小说或其他文艺形式，它必须通过剧中各种人物不同的声口说话，以性格化的语言来刻画人物。《西厢记》同其他元杂剧一样，以唱为主，说为辅，唱的部分是曲词，说的部分为说白，曲词抒情，说白叙事。《王西厢》的说白，不但有叙事功能，担负着交代故事情节的任务，而且还能够描写人物心理，展示人物性格，有的还有逗笑的作用，关键时候能够调节气氛，增加喜剧色彩。比如红娘的说辞能充分表现她的机敏和幽默；张生的话语既表现了他的志诚和专一，也表现了他的懦弱和傻气；莺莺的语言既表现了她感情的真挚和深沉，又表现了她作为大家闺秀的矜持与犹豫；老夫人的话则充分展示了她的专横狡诈和保守顽固。

第四本第二折"拷艳"，红娘是这场戏的主角。

（夫人云）这端事，都是你个贱人！

（红云）非是张生、小姐、红娘之罪，乃夫人之过也。

（夫人云）这贱人到指下我来，怎么是我之过？

（红云）信者，人之根本，"人而无信，不知其可也。大车无輗，小车无軏，其何以行之哉？"当日军围普救，夫人所许退军者，以女妻之。张生非慕小姐颜色，岂肯建区区退军之策？兵退身安，夫人悔却前言，岂得不为失信乎？既然不肯成其事，只合酬之以金

057

爱情范本
纯真明朗
《西厢记》

WEN

HUA

ZHONG

GUO

拷艳

帛，令张生舍此而去。却不当留请张生于书院，使怨女旷夫，各相早晚窥视，所以夫人有此一端。目下老夫人若不息其事，一来辱没相国家谱，二来张生日后名重天下，施恩于人，忍令反受其辱哉！使至官司，夫人亦得治家不严之罪。官司若推其详，亦知老夫人背义而忘恩，岂得为贤哉？红娘不敢自专，乞望夫人台鉴：莫若恕其小过，成就大事，捆之以去其污，岂不为长便乎？

这是作者精心为红娘设计的说辞，抓住了两个要害来向老夫人反攻：一是赖婚失信，二是怕"辱没相国家谱"。她先是将崔、张私下结合，归结为老夫人赖婚才引起的后果，接着谴责老夫人背信弃义，忘恩赖婚，巧妙地把老夫人推换到被告的位置上，而使自己变成了理直气壮的审判者。再次，她警告老夫人，若将张生告到官府，只会辱没相国家谱，使崔氏一门出丑。最后，她指出张生与莺莺是天生一对，何不顺水推舟，成全他们。红娘这一番勇敢无畏、理直气壮的对抗，既击中了对手的要害，又鲜明地展示了自己正直、大胆而又巧慧的性格。一个小小婢女，战胜了堂堂的相国夫人，巧就巧在她以子之矛攻子之盾，以封建礼教的大道理来反击封建礼教自身，结果是老夫人无奈，一句"这小贱人也道得是"让人忍俊不禁。

第二本第一折孙飞虎兵围普救寺，欲掳获莺莺做压寨夫人，众人慌作一团计无所出之时，张生在众目睽睽之下登场亮相了："（末鼓掌上云）我有退兵之策，何不问我！"一句"何不问我！"掷地有声，有力地表现了张生的才智胆识。虽为书生，但不是懦夫，他一亮相，便成为众僧人和莺莺、红娘心中临危不惧的勇士。

普救寺解围

像这种即景生情而又贴合人物个性的语言是很多的。第三本第二折红娘带来张生的简帖，莺莺假意真情，她不知红娘是否跟她一条心，所以假意骂红娘"小贱人"。当红娘要把简帖交出去时，她赶忙又说："我逗你耍来"。简单两句话，把莺莺既爱张生又怕被别人知道的两面派性格展示得淋漓尽致。后面的"赖简"、"酬简"等戏，把莺莺的胆小、娇羞、矜持等性格也展露无遗。

其次，曲辞典雅华丽。

说《王西厢》典雅华丽，离不开它曲辞中诗的语言和诗的意境，还有那诗一般的审美享受。如第二本第一折莺莺的唱词：

【混江龙】落红成阵，风飘万点正愁人；池塘梦晓，阑槛辞春。蝶粉轻沾飞絮雪，燕泥香惹落花尘。系春心情短柳丝长，隔花阴人远天涯近。香消了六朝金粉，清减了三楚精神。

这支曲子写莺莺见了张生之后，情思缠绵，眼里的春天景物全都同她思念张生的心情联系起来。明是写景，实是抒情，词旨缠绵幽婉，词藻典雅清丽。最后四句更有唐宋婉约情词幽婉柔美的格调，清丽含蓄中透发出悠远的情感。

男主角张生的唱词也同样给人美的享受。如第一本第一折中的【油葫芦】曲，描写的是"雪浪拍长空，天际秋云卷；竹索缆浮桥，水上苍龙偃"的"九曲风涛"。这首曲子以壮阔的气象取胜，寥寥几笔勾画出天堑奇观，显示出张生的才子胸襟。

另外，作者常常结合剧情，在景物描绘中，构筑抒情意味极浓的意境。第一本第三折"玉宇无尘，银河泻影，月色横空，花阴满庭"，仅仅16个字，就勾画出张生等待莺莺烧夜香时静谧而落寞的环境。第四本第一折，"彩云何在？月明如水浸楼台。僧居禅室，鸦噪庭槐。风弄竹声、则道似金佩响，月移花影、疑是玉人来。"作者通过描写彩云、月光、僧人、乌鸦的动态，传达出张生等莺莺来幽会时焦躁不安的心情。第四本第三折，"碧云天，黄花地，西风紧，北雁南飞。晓来谁染霜林醉？总是离人泪"。这折写长亭送别，秋天的景物构成萧瑟而凄冷的氛围，与主人公的离愁别绪相互融合，创造出浓郁的抒情气氛。

第三，语言雅俗共赏。

王实甫擅长运用诗一般的语言写情状物，也非常善于提炼市井勾栏中城市平民的语言，雅俗共赏，使得华美与通俗有机地和谐统一，既含蓄又质朴，既秀丽又活泼。如写愁绪，剧中说："遍人间烦恼填胸臆，量这些大小车儿如何载得起？"这么难把握的情绪，王实甫用具体可感的物化形态来描述，让人好像看得见摸得着感受得到那种心灵上难以承受的重压。

作品对民间俗语的吸收运用也相当多，尤其是对文化修养较低，性格粗豪或爽朗泼辣的人物，如惠明和尚、红娘则多用口语俗语。剧中红娘的唱词，以白描和直抒胸臆见长，痛快淋漓，幽默风趣，有一种以俗为雅的美。第四本第二折"拷艳"有些曲子：

【越调】【斗鹌鹑】则著你夜去明来，到有个天长地久；不争你握雨携云，常使我提心在口。则合带月披星，谁著你停眠整宿？老夫人心数多，情性忤，使不著我巧语花言，将没做有。

上述唱词中出现的"天长地久"、"提心在口"、"带月披星"、"巧语花言"、"心数多"、"情性"、"将没做有"等民间口语俗语，从红娘的口中道出，通俗易懂并且琅琅上口，非常符合红娘的身份和性格。

第二本"楔子"中惠明和尚出场，他唱道：

【滚绣球】非是我贪，不是我敢，知他怎生唤做打参，大踏步直杀出虎窟龙潭。……

【要孩儿】我从来驳驳劣劣，世不曾忐忐忑忑，打熬成不厌天生敢。我从来斩钉截铁常居一，不似恁惹草拈花没掂三。……

上述唱词中"打参"、"驳驳劣劣"、"忐忐忑忑"、"天生敢"、"没掂三"，口语连用，直白简单。而"虎窟龙潭"、"斩钉截铁"、"惹草拈花"等语词，则活灵活现地刻画了惠明和尚天不怕地不怕的粗豪性格。

第四，善用各种修辞手法。

《王西厢》善于运用各种修辞手法，他借助夸张、对比等修辞刻画人物描摹心理，几乎满篇皆是。

【滚绣球】听得一声"去也"，松了金钏；遥望见十里长亭，减了玉肌。

【幺篇】昨宵今日，清减了小腰围。

离别的折磨，竟使莺莺极度消瘦，一夜之间，迅速减肥瘦身。很显然，这属于极度夸张，但是人物的心态却刻画得逼真了然。

【四煞】泪添九曲黄河溢，恨压三峰华岳低。

【收尾】遍人间烦恼填胸臆，量这些大小车儿如何载得起？

这样的夸张，意在写莺莺的泪水之多，愁苦之重。

对比的运用更是常见。

【滚绣球】恨相见得迟，怨归去得疾。

【上小楼】合欢未已，离愁相继。

【上小楼】昨夜成亲，今日别离。

【满庭芳】须史对面，顷刻别离。

【四边静】车儿投东，马儿向西。

【三煞】笑吟吟一处来，哭啼啼独自归。

【一煞】来时甚急，去后何迟？

上述曲辞都是生动的对比语句，合情合理地刻画出莺莺与张生的难分难舍，真实反映出一对恋人被活活拆散的愁郁心理。

像上述所说的五彩缤纷绚丽多姿的名句，《王西厢》中俯拾皆是。如第二本第一折："蝶粉轻沾飞絮雪，燕泥香惹落花尘。系春心情短柳丝长，隔花阴人远天涯近。"第四本第三折："四围山色中，一鞭残照里。"第三本第二折："待月西厢下，迎风户半开，隔墙花影动，疑是玉人来。"这些绝妙好词，娟丽动人，令我们不得不叹服王实甫独具匠心的驾驭语言的功力。这些优美曲辞，是王实甫用自己的生命来创作的。正是这些"词句警人，余香满口"的艺术化语言，使《西厢记》处处洋溢着诗情画意的气氛，成为一部百代称誉的诗剧。无怪乎明朝何良俊在其《四友斋丛说》中称赞王实甫，说他"才情富丽，真词家之雄"。

第二章

西厢故事面面观

　　《西厢记》不是百科全书，但它丰富多彩；它不是绫罗绸缎，但它光鲜亮丽；它不是故事大观，但它生动厚实。帷幕轻幔徐徐拉开，各色人物相继登场，人物形象千姿百态，对人物的摹写刻画围绕着一个主题，寄托着一个理想；情节起伏跌宕，故事的展开与人物的活动相得益彰，浑然天成。剧本叙写的是崔、张的爱情故事，但透过故事表面，又能够揭示出社会制度的变迁和伦理道德的约束。读西厢，就像打开了一扇窗，窗里窗外，都透着鲜活，透着厚重，透着积淀。

一、自由择偶　淡薄贞洁——开放的唐代婚姻

　　提起唐代，你一定会想到盛大繁荣，想到雍容华贵，想到富丽堂皇，想到开放富足……同时心中油然而生一种自豪感。着实这样，唐朝是一个强大的时代，尤其是在全盛时期，文化、政治、经济、外交

等方面都达到了很高的成就，是中国历史上的盛世之一，也是当时世界的强国之一。

国家的强大兼容并包，使得民族自信心倍增，自信心的增长，也带来了观念的变革和开放。它颠覆女人以瘦为美的观念，崇尚丰腴浓丽的审美原则，因此成就了国色天香丰满肥腴的杨玉环。更有甚者，唐以前皇帝的后妃都深居宫中，而唐代的后妃却可以在宫外自建府第。不用挖空心思地减肥，不用遭受另类制度的束约，作为女人，梦想回到唐朝，是可以理解的。

开放的唐朝，也开放了婚姻制度。自由择偶，淡薄贞洁，唐代的女性，那叫一个幸福。《唐律·户婚》规定：子女未征得家长同意，已经建立了婚姻关系的，法律予以认可。结婚前可以自由恋爱、私订终身，如果父母不同意那是父母的事，只要二人情投意合，法律会给予绝对的支持。这为青年男女的自由择偶开了绿灯，真可谓是我的爱情我做主。封建社会对妇女的要求束缚很多，什么"三从四德"，什么男尊女卑，什么夫权族权，压得女性喘不过气来，女性离婚或是改嫁更是天理难容。按照封建卫道士的观点，所谓贞节不只是单纯的不失身，还包括不改嫁、丧偶的情况下坚持守寡等等。在那个时候，妇女就是不折不扣的"婚奴"。到了唐代，不仅离婚极为常见，再嫁也不以为

非，贞节观念的淡薄在整个封建社会都极为罕见。离婚再嫁的难易和贞节观念的强弱，是衡量婚姻关系自由开放程度的一个重要标志。从唐代看，离婚改嫁和夫死再嫁习以为常，并未受贞节观念的严重束缚，它与前朝的"从一而终"和后代的"饿死事小，失节事大"形成鲜明的对照。唐代皇室公主中再嫁、三嫁者甚多，仅以肃宗以前诸帝公主

计，再嫁者就有 23 人，三嫁者也有 4 人。民间的约束就更少了。《唐律·户婚》对离婚有明确的规定：

一、协议离婚。指男女双方自愿离异的所谓"和离"："若夫妻不相安谐而和离者，不坐。"

二、促裁离婚。指由夫方提出的强制离婚，即所谓"出妻"。《礼记》曾为出妻规定了七条理由：不顾父母、无子、淫、妒、恶疾、哆言、窃盗。《唐律》也大致袭用这些规定，妻子若犯了其中一条，丈夫就可名正言顺地休妻，不必经官判断，只要作成文书，由乙方父母和证人署名，即可解除婚姻关系。但同时，《唐律》又承袭古代对妇女"三不去"的定则，即曾为舅姑服丧三年者不去，娶时贫贱后来富贵者不得去，现在无家可归者不得去妻。有"三不去"中任何一条，虽犯"七出"，丈夫也不能提出离婚。

三、强制离婚。夫妻凡发现有"义绝"和"违律结婚"者，必须强制离婚。"义绝"包括夫对妻族、妻对夫族的殴杀罪、奸杀罪和谋害罪。经官府判断，认为一方犯了义绝，法律即强制离婚，并处罚不肯离异者。对于"违律为婚而妄冒已成者"，也强制离婚。

《唐律》的这些规定，虽说本质是为了强化封建宗法制度，巩固家长制下的夫权，但在一定程度上保护了妇女的权益。在强调女子从一而终的封建时代，能够以法律形式规定夫妻"不相安谐"即可离异，这是前代和后代所罕见的。法律条文中对妻子无"七出"和"义绝"之状，或虽犯"七出"而属"三不去"者，不准丈夫擅自提出离婚，否则处一年有期徒刑。这无疑对夫权是一个限制。

唐代离婚再嫁政策宽松，为婚姻自由提供了保障。但据历史来看，提出离婚的，还是男方居多。女子年老色衰、男子一朝发迹，都可以成为弃妻更娶的理由，甚至有些鸡毛蒜皮的小事也能成为离婚的借口。自古以来，女性就是弱势群体，婚姻自由的反面就是男子的随意离婚，

爱情范本
纯真明朗
《西厢记》

WEN

HUA

ZHONG

GUO

妻子几乎命悬一线，丈夫的喜好、公婆的喜怒，都能影响女性的命运，就更不用说皇帝嫔妃成千上万，达官贵人娶妻置妾，士大夫狎妓取乐，寻花问柳等等。同男子相比，妇女的权益还是深受她们地位和性别的限制。大诗人白居易曾有诗云："人生莫作妇人身，百年苦乐由他人。"就是对这一时期妇女命运的极好总结。

当然，你也许会提到女皇武则天。她是一个特例，她当皇帝后，也养了很多美少女做内侍。社会上也有一些女性与人偷情、私奔之事。如《开元天宝遗事》中记载的一个有趣的故事："杨国忠出使于江浙，其妻思念至深茌苒成疾，忽昼梦与国忠交因而孕，后生男名朏。泊至国忠使归，其妻具述梦中之事。国忠曰：'此盖夫妻相念，情感所致。'时人无不讥诮也。"梦中有孕不过是骗人的幌子，而杨国忠对妻子的这种行为不仅不怪罪，反而为其开脱，这除了顾及自己的名声外，只能说夫妻间有一种不相禁忌的默契。

唐代婚姻的开放也体现在一些文学作品中。在唐传奇中就出现了一批以世俗爱情婚姻为主题的作品。在这些作品中，作者着重描写的绝大多数是恋爱中的妙龄女子，使唐代传奇小说涌现出一批以不同形式追求自由恋爱的女子及她们的各种生动形象。如唐代三大传奇——《莺莺传》、《霍小玉传》和《李娃传》就是当时婚恋题材的代表。就《莺莺传》的情节看：崔、张爱情的发生地在普救寺，莺莺张生琴书传情，攀墙偷情，寺庙同居，张生对莺莺的始乱终弃，这些都能够体现出唐代开放的婚姻观：男女可以自由恋爱，贞洁观念淡薄，甚至婚前可以同居。但从三大传奇的女性主人公看：崔莺莺是个涉世不深的闺中少女，言行举止都深受儒家思想影响；霍小玉本是王爷之女，后来因为王爷之死被逼流落民间，成了一名初出茅庐的倡优；李娃则是个久落风尘而又老于世故的妓女。这是三个不同形象的少女，但她们的爱情故事，深刻地揭示了婚姻自由和门阀世族制度的尖锐冲突，展示了当时广大妇女的悲惨命运，道出了她们向往自由的心声。就像《莺莺传》里的崔莺莺，她不甘心受命运的摆布，幻想自己可以为将来争取到幸福，但她没有能力去对抗封建社会的门阀制度和礼教，斗争的结果是被邪恶的封建制度所吞噬。她被张生始乱终弃后，被张生妖魔化，就连她自己，也觉得自己的行为不检点，认为自己罪不容恕。莺莺败给封建礼教后，最终向命运低头，重新走进封建礼教的圈囿里。虽然与霍小玉为情而死的结局不同，但她们都是封建制度的牺牲品。

当然我们也能体会到，唐代的妇女虽较为开放，但她们的开放始终不是真正意义上的开放。受儒家思想的熏陶，她们渴望解放，但心里有着沉重的束缚和压制，她们想反抗，但从心底里对那些礼教制度有着无法逾越的服从。

二、松懈的道德约束 宽松的伦理规范——《西厢记》为什么会在元朝诞生

元朝是个短命的王朝，从公元1279年灭南宋统一全国，到1368年被朱元璋灭掉，一共存在了90年，它是中国历史上第一个由少数民族（蒙古族）建立并统治全国的封建王朝。

元朝虽未逾百年，但它在绘画、书法、文学、商业、对外贸易等方面的成就，在中国历史上有着举足轻重的地位。作为元杂剧的经典之作，《西厢记》为什么会在元朝诞生？元代社会给了《西厢记》产生的哪些必要条件？这得从元朝的社会环境说起。

元代社会等级森严，元帝国为维护蒙古贵族的专制统治权，采用"民分四等"的政策，把全国人分为四等：一等蒙古人，二等色目人，三等汉人，四等南人。这四等人在政治地位、法律地位和经济待遇上都是不平等的，前两等人为统治者，他们在法律规定上具有种种特权。

067

爱情范本
纯真明朗
《西厢记》

WEN

HUA

ZHONG

GUO

后两等人为被统治者，他们在法律上处处受到限制及歧视。元朝统治者就是用这种政策，推行了严酷的民族压迫和阶级压迫，维持其对人数远远超过本族的汉族人的统治。元代统治阶层挥霍享乐，对广大人民施行严酷的剥削压榨，使得吏治腐败、民不聊生。四等人制的实行，使元朝的社会矛盾更加尖锐复杂，民间到处蓄积着反抗的怒火。

元朝统治者虽推行等级制度，在游牧和征战过程中也严重破坏了农业的发展，但他们对城市和工商业的发展却特别重视。他们集中工匠，设立匠局管理，使手工业生产蓬勃发展。加上驿站遍布全国，水陆交通发达，又促进了商业的发展和都市经济的繁荣，出现了许多商贾云集人口高度集中的大都市。如元代首都大都，商业繁荣，演员集中，为艺术的发展提供了便利的条件。虽说重视手工业发展的初衷是为了满足生活享受和军政需要，但都市的繁荣，市民阶层的扩大，却出乎意料有力地刺激了通俗文学的发展，为元曲的发展兴盛创造了充分的物质条件。另外，元杂剧的发祥地山西、河北一带，受战争的破坏较少，再加上民间传统艺术底蕴深厚，且演出频繁，对杂剧的形成和发展起到了不可忽视的作用。

统治者的专横跋扈和轻视儒学不可避免地殃及到了元代的知识分子。元代统治者"以弓马之力取天下"，他们多重武功而轻文治，自元太宗九年（1237）到延祐二年（1315），在近80年的时间里，元代统治者取消了科举考试，那些靠科举引身进阶的知识分子们，失去了进阶之梯，更没有了建功立业的机会。新政体排斥，民族政策歧视，他们沦落到社会的底层，地位卑微低下，忍辱负重，举步维艰，甚至生存也成了问题。当时就有"七匠八娼九儒十丐"之说，可见其地位的低微。所谓"成也萧何败也萧何"，知识分子们低下的地位，使得他们更便于接近下层民众，身在其中，对社会现实的认识也更为深刻。备受歧视，"门第卑微"、"职位不振"的现状促使大批知识分子为养家糊口、为发泄对元代统治者的不满而投身于杂剧的创作。他们创作了许多作品，其数量之多，质量之高，影响之大，对于提高元杂剧的整体艺术水平和思想内涵，都有着不可估量的作用。这些沉淀在社会底层的知识分子，与歌女及民间艺人合作，在勾栏瓦舍中组织"书会"，充当"才人"，甚至充当"职业演员"，从而为杂剧的繁荣提供了文学剧本创作人员的保障。所以说，勾栏瓦舍的繁荣成就了元代的剧作家们。勾栏文化赋予了元代杂剧浓重的世俗底蕴，剧作家们以活跃的思想、广阔的视野、坦荡的胸怀和正视现实的胆量，创作出大量的通俗文艺作品，当然也打造出元杂剧不同于以往也迥异于后世的布衣品格。

元代蒙古统治者以武力取天下，他们对汉文化知之甚少，所以在民族文化上采用相对宽松的多元化政策，即尊重国内各个民族的文化和宗教，并鼓励国内各个民族进行文化交流和融合。元帝国还包

069

爱情范本
纯真明朗
《西厢记》

WEN

HUA

ZHONG

GUO

元朝繁荣

容和接纳欧洲文化，甚至能准许欧洲人在帝国做官、通婚等。欧洲著名历险家马可·波罗就曾是元帝国的重要官员。元代思想文化统治比较宽松，作家所受到的思想羁绊也就较少，创作比较自由。而处在元帝国上层的那些人，他们的汉语水平较低，汉语文化修养不足以欣赏高雅的诗词，对纯粹的书面文艺也没有兴趣，反而是歌舞伎乐比较对他们的口味。城市快速发展，市民阶层不断扩大，对娱乐活动也产生了需求。他们对这些通俗文艺的特别嗜好也为元杂剧的发展提供了适宜的土壤。另外，元杂剧作为一种新兴的艺术样式，是在金院本和诸宫调的直接影响之下，融合了多种表演艺术形式而成的戏剧艺术，它

《窦娥冤》

有着比诸宫调和宋金杂剧更大的吸引力。当时戏剧演出十分广泛，上自宫廷，下至平民社会，观赏戏剧演出成为一种大众娱乐习惯，演出的商业化带来的竞争性，也是杂剧兴盛的原因之一。

基于以上种种原因，元杂剧出现了南北盛行繁荣的局面，从事元曲创作的作家群也前所未有，杂剧作品如雨后春笋。如关汉卿的著名悲剧——《感天动地窦娥冤》，通过窦娥这个下层妇女一生的悲惨遭遇及其与黑暗现实的尖锐冲突，广泛而深刻地反映了元代黑暗的社会现实。杂剧作家们通过身临其境的经历，加上对社会现实深刻的理解，在作品中抒发心声，找寻精神家园，写出普通老百姓对自己生活最直接的要求和愿望。正如么书仪先生在《元人杂剧与元代社会》一书中所指出的："他们所写的杂剧，对于社会现象由于具有切身的体验而更多揭示出普通百姓的思想感情和生活愿望。"

所以，《西厢记》出现在元代也就不足为奇了。王实甫生活在元代前期，他熟悉勾栏生活，才华出众，他是具有百姓意识的作家，他能发人民之心声，成为那个时代的代言人，用他的作品表达广大人民的生活愿望，表达广大人民对统治者的反抗斗争。他的《西厢记》就是我国古代一部优秀的爱情喜剧。它吸收了前代董解元《西厢记诸宫调》的成果，在思想内容上作了很多提升和创造，在艺术形式上面有了很大的提高和丰富。尤其在思想内容方面，《西厢记》通过崔莺莺和张生自由恋爱，冲破重重封建阻力而成就美满姻缘的故事，猛烈抨击了不合理的封建婚姻制度，热情讴歌了青年男女追求婚姻自主的斗争，表现了"愿普天下有情的都成了眷属"的理想。这一理想具有鲜明而强烈的反封建思想倾向和积极进步的社会意义。这与当时的社会现实是一致的，它所反映的愿望也是真实迫切的。另外，元代社会没有宋明理学式的羁绊，对不同的宗教持包容开放的态度，基本上是放任自由的。元代的僧侣有着很多的特权，所以王实甫把崔、张爱情的发生地放在普救寺，从当时的社会现实来讲，是绝对无可厚非的。再加上莺莺和张生的爱情故事源远流长，里面的人物是人们所熟知的，熟悉的主人公，喜爱的故事内容，还有人们乐见的表演方式，《西厢记》出现在元代并流行于当时且传诸于后世，也不足为怪了。

三、意乱情迷惹张生——崔莺莺到底有多美

世界上的美女有很多，而且美得各有特色，当然，人们对美女的评判标准也不尽相同。有"增之一分则太长，减之一分则太短；著粉则太白，施朱则太赤"的东家之子，有"回头一笑百媚生，六宫粉黛无颜色"的杨玉环，正如苏轼所说："短长肥瘦各有态"。曹雪芹是描写美女的圣手，在他的笔下，有"两弯似蹙非蹙罥烟眉，一双似泣非泣含情目"的林黛玉，有"柳叶眉，杏核眼，樱桃小口一点点，杨柳细腰赛笔管，

莺莺画像

说话燕语莺声；嘴不点而含丹，眉不画而横翠"的薛宝钗，另外还有王熙凤、贾氏三姐妹等若干美女，她们都栩栩如生，宛如真人站在眼前。曹雪芹的描写既符合人物身份又无雷同之嫌，可谓是多姿多彩。《西厢记》里的崔莺莺，也是名副其实的美女。王实甫的描写也是神来

之笔，可她到底有多美，这种美怎么让初次谋面的张生魂牵梦绕，怎么惹得张生意乱情迷呢？

张生初次邂逅崔莺莺，是在佛殿碰上莺莺引红娘执花枝出来。剧中是这样描写的：

（末做见科）呀！正撞著五百年前风流业冤。

【元和令】颠不刺的见了万千，似这般可喜娘的庞儿罕曾见。则著人眼花撩乱口难言，魂灵儿飞在半天。他那里尽人调戏軃著香肩，只将花笑捻。

【上马娇】这的是兜率宫，休猜做了离恨天。呀，谁想著寺里遇神仙！我见他宜嗔宜喜春风面，偏、宜贴翠花钿。

【胜葫芦】则见他宫样眉儿新月偃，斜侵入鬓云边。未语人前先腼腆，樱桃红绽，玉粳白露，半晌恰方言。

【幺篇】恰便似呖呖莺声花外啭，行一步可人怜。解舞腰肢娇又软，千般袅娜，万般旖旎，似垂柳晚风前。

【后庭花】若不是衬残红芳径软，怎显得步香尘底样儿浅。且休提眼角儿留情处，则这脚踪儿将心事传。慢俄延，投至到栊门儿前面，刚那了一步远。刚刚的打个照面，风魔了张解元。似神仙归洞天，空馀下杨柳烟，只闻得鸟雀喧。

【柳叶儿】呀，门掩着梨花深院，粉墙儿高似青天。恨天、天不与人行方便，好著我难消遣，端的是怎留连。小姐呵，则被你兀的不引了人意马心猿。

张生一见崔莺莺，一声惊叹："呀！正撞著五百年前风流业冤。"正是这一行，撞出了一段千古传颂的爱情佳话。崔、张两人并不相识，莺莺的美是借张生之口和张生的表现而呼之欲出。先是一连串的出乎意料："罕曾见"、"口难言"、"魂灵儿飞天"；后又接着一个个珍珠玛瑙般的描写：一张粉脸宜喜宜嗔，宫样画眉，唇若樱桃，齿如玉粳；

腰肢娇软，袅袅娜娜。张生已被她的美貌惊魂，可莺莺呢？"他那里尽人调戏軃著香肩，只将花笑捻。"这一句，把崔莺莺的娇滴滴的姿态写得形神俱出。这里的"尽人调戏"，金圣叹有着贴切的解释：而此处先下"尽人调戏"四字，写双文虽见客人走入，而不必如惊弦脱兔者，此是天仙化人，其一片清净心田中，初不曾有下土人民半星龌龊也。看他写相府小姐，便断然不是小家儿女。他的意思是真正的公侯将相之家的小姐，反是十分大方的，是不是有人在看她，她本人根本没有去注意这些，所以神态自若。自古情人眼里出西施，莺莺方才说了一句"寂寂僧房人不到，满阶苔衬落花红"，张生便认作"呖呖莺声花外啭"。一语既出，张生不禁发出"我死也！"的感叹。张生哪曾想到，在寺院里能碰见下凡的仙女呢？这怪不得张生心猿意马意乱情迷。

莺莺远去，张生仍在凝望，剧中这样写道：

【寄生草】兰麝香仍在，佩环声渐远。东风摇曳垂杨线，游丝牵惹桃花片，珠帘掩映芙蓉面。你道是河中开府相公家，我道是南海水月观音现。

【赚煞】饿眼望将穿，馋口涎空咽，空著我透骨髓相思病染，怎当他临去秋波那一转。休道是小生，便是铁石人也意惹情牵。近庭轩，花柳争妍，日午当庭塔影圆。春光在眼前，争奈玉人不见，将一座梵王宫疑是武陵源。

远远地望着美人，张生仍然沉迷在她天姿国色的美貌当中："你道是

莺莺小像　待月西厢下

073

爱情范本

纯真明朗
《西厢记》

WEN

HUA

ZHONG

GUO

河中开府相公家，我道是南海水月观音现。"他以为是观音现世，可见莺莺貌美惊人，绝不虚言。尤其是莺莺"临去秋波那一转"，澄澈如秋水，也许莺莺只是随意地转转眼珠，并不为谁，可多情的张生却认为，这眼波是为他而转的。在他的眼中，惊为天人的莺莺眼角眉梢处处留情处处春，所以情思浓密的他得相思病也是在所难免的。

张生第二次见莺莺，又发出了一番赞美和感叹：

（末做看科云）料想春娇厌拘束，等闲飞出广寒宫。看他容分一捻，体露半襟，靸香袖以无言，垂罗裙而不语。似湘陵妃子，斜倚舜庙朱扉；如月殿嫦娥，微现蟾宫素影。是好女子也呵！"

这是在朦胧的夜晚，张生的评价比第一次还高。天色朦朦，月朗星稀，莺莺美得像月中的嫦娥，让张生魂牵梦萦。

第三次，崔、张真正相遇。这一次，他们两人是近距离的见面，张生又作了一番描述：

【得胜令】恰便似檀口点樱桃，粉鼻儿倚琼瑶。淡白梨花面，轻盈杨柳腰。妖娆，满面儿扑堆著俏；苗条，一团儿衠是娇。

【乔牌儿】大师年纪老，法座上也凝眺；举名的班首真呆傍，觑著法聪头做金磬敲。

第一次是远观，第二次是夜晚，这一次是近看，不仅距离近，而且光线充足，张生对莺莺的容貌看得仔仔细细。因此，这里也就对莺莺的容貌作了全方位的描写。先看看寺庙里众人的表现，大师、班首、聪头，或凝眺，或呆傍，或做金磬敲。可以说，莺莺的出现，引起了寺庙的一阵骚乱，可见莺莺确实倾国倾城。再看看对莺莺最细致的描述：樱桃小口、粉鼻儿、梨花面、杨柳腰，一个娇俏妖娆的绝色女子，亭亭玉立地站在你的面前，任凭那柳下惠在，恐怕也难以把握住自己，何况多情的才子张君瑞呢？

"十年不识君王面，始信婵娟解误人。"对着美貌的莺莺，张生难以自拔，他甚至想，放弃进京赶考，也绝不后悔。

　　莺莺的美貌让张生叹为观止，但秀外慧中的莺莺并不是空有一副皮囊，她内在的素养，也足以让张生神魂颠倒欲罢不能。莺莺不仅出口成诗，而且在第三折与张生来往的过程中，听琴会意、以诗传情，也显出她的才气超人。如张生投石问路，出诗一首："月色溶溶夜，花阴寂寂春。如何临皓魄，不见月中人。"这首诗将他自己心里的孤寂以及和莺莺咫尺天涯的感伤融入了浓浓的月色，渗入了月夜的每一处。莺莺读懂了张生内心的渴望，在张生的感召下，她也依韵回了一首："兰闺久寂寞，无事度芳春。料得行吟者，应怜长叹人。"在如此短的时间内，莺莺出口作诗，且对仗工整，可见莺莺的才气甚高，绝非一般小女子能比。

爱情范本
纯真明朗
《西厢记》

WEN

HUA

ZHONG

GUO

　　另外，作为前朝相国之女，原与郑恒有婚约待嫁闺中了，但与张生一见钟情后，她心中泛起波澜，进而丢下门第观念，勇敢冲出封建礼教的圈囿，冲出功名利禄的束缚，勇敢追求自己的幸福。这也表现

莺莺写诗

出她另一面难能可贵的美。在一个思想被扭曲，情感受压抑的时代，敢于冲破思想的枷锁，对包办婚姻说"不"，敢于漠视门第观念，这是一种勇气，一种坚定。莺莺柔弱绢美的背后，是刚强炽烈的阳光美。

　　崔莺莺，她从唐代元稹传奇小说《莺莺传》里款款走出，曼妙步入金代董解元的《西厢记诸宫调》，在元代王实甫《西厢记》丰满成熟，这位佳人在文学里活了500年，而且将继续生机勃勃地延续下去！

不管她是被始乱终弃的可怜的官宦小姐，还是姻缘美满的状元夫人；不管她是娇羞婀娜的大小姐，还是刚强美丽的大家闺秀，她都是具有俏丽姣美容貌的主角，是作者理想中古代女子美的标准，美的典范。她感动了一代又一代对爱情充满憧憬的年轻人，痴迷了无数张生们，使得他们意乱情迷。

四、爱情向左，婚姻向右——爱情第一，但不是唯一

爱情向左，婚姻向右。在婚姻的城堡里，爱情是"第一"，但这"第一"并不是"唯一"。《西厢记》里莺莺和张生崇尚浪漫唯美的爱情，他们的实际行动也证明他们确确实实把"爱情"放在了第一位。张生"萤窗雪案"、"学成满腹文章"，正待上京应试，可是一见到美貌的莺莺便立即改变了主意，"小生便不往京师应举也"，并义无反顾地留在普救寺追求爱情。他为了莺莺滞留蒲东，放弃一直追求的目标，把爱情看得比功名更重要。莺莺初识张生，她心中的少女春情被惊醒了，面对张生这一个一穷二白的书生，她没有因为他的飘零他的不名一文而有一丝一毫的嫌弃。当张生被老夫人逼着去赶考时，莺莺又劝张生："但得一个并头莲，煞强如状元及第。"与张生两人生米煮成熟饭后，她也没有过多的要求。张生上京考取功名，是老夫人之命，而莺莺觉得为了自己并不看重的功名利禄将正处在热恋中的他们分开，一点不值得。

【朝天子】暖溶溶玉醅，白泠泠似水。多半是相思泪。眼面前茶饭怕不待要吃，恨塞满愁肠胃。蜗角虚名，蝇头微利，拆鸳鸯在两下里。一个这壁，一个那壁，一递一生长吁气。

她特意叮嘱张生："得官不得官，疾便回来。"这与老夫人的"得官呵，来见我；驳落呵，休来见我！"形成鲜明对比，莺莺追求的是两

文化中国

边缘话题

076

情相悦，能"执子之手，与子偕老"的爱情。

尽管他们反抗封建礼教，对功名利禄、仕途经济的不屑是最难能可贵的，但是他们的表现在封建时代都是不折不扣的离经叛道行为。他们敢于冲破思想的枷锁，对包办婚姻说"不"，敢于漠视门第观念，坚定地将"情"置于名利之上，这是一种难能可贵的勇气。他们的爱情也感动了一代又一代对爱情充满憧憬的年轻人。但现实一点看，即便当时老夫人不反对，郑恒不计较地自然退出，张生与莺莺顺理成章地结婚，一系列的实际问题就会接踵而来。张生父母双亡，"只留下四海一空囊"，而且"书剑飘零，功名未遂，游于四方"，可以说，他没有一点儿经济基础。古代主张"男主外，女主内"，家庭的责任要由男人来承担，张生自己的衣食住行尚需谋划，不顾一切与莺莺结合，能够带给莺莺怎样的生活呢？每天饿着肚子填诗唱词吗？另一方面，莺莺是相府千金，娇生惯养不说，至少她不用为了生计奔波，不会考虑柴米油盐的细琐生活。可是，她嫁给了张生，如果过的是俭朴甚至是食不果腹的生活，又或者像卓文君一样，要到大街上去卖酒，莺莺能不变心吗？张生又能持久地爱莺莺吗？古人说"贫贱夫妻百事哀"，没有一定的经济基础，对两个人的爱情和婚姻绝对是有力的考验。

比如汉代朱买臣的妻子就是因为生活贫困跟丈夫离了婚。据《汉书·朱买臣传》记载，朱买臣家贫，为人好读书，他经常带书上山砍柴伐薪到市场上变卖，以此换钱度日。他一边挑着薪柴，一边在路上哼哼唧唧地唱歌，他的妻子为此感到羞耻，多次劝阻他而不听，于是坚决要求离去。朱买臣笑着说："等到我五十岁时就会富贵，现在我已经四十多岁了，你跟我过了这么多年的苦日子，待我富贵之后一定要好好地报答你啊！"妻子听了却恚怒不已地说："像你这样的人，将来恐怕只会饿死在山沟里，又有什么富贵可言呢？"朱买臣再三劝导挽留，她也不听，只好让她离去。

爱情范本
纯真明朗
《西厢记》

WEN

HUA

ZHONG

GUO

　　生活充满了变数，婚姻与一见钟情不同，与爱情不同。一见钟情是缘分，爱情是互相吸引，婚姻是生活。而各朝各代人们生活的环境是不一样的，因此爱情所在的土壤也不尽相同。在两个人的婚姻中，爱情受到太多因子的扯绊，所以在两个相爱的人一生相伴的路途上，爱情是第一位的，显然，爱情不是唯一的，它只是婚姻中的一部分，最重要的一部分。陆游与唐婉的爱情就是受生活环境牵绊的一个很典型的例子。他们虽然深爱对方，然而陆游是孝子，其母又如此跋扈，在这种情况下，爱情让位了，爱情让位于别离。唐婉被休之后整日以泪洗面，香消玉殒。刘兰芝 17 岁嫁给焦仲卿，起早睡晚，操持家务，把家里打理得有条不紊。焦仲卿看在眼里，喜在心头，常在妻子身边情话绵绵，两人伉俪情深。然而守寡多年的老母心中却很不是滋味，于是她蛮不讲理地加重媳妇的工作量，百般挑剔媳妇的不是，并强迫儿子把刘兰芝休回娘家。最终刘兰芝举身赴清池，焦仲卿自挂东南枝。

　　如果女子的丈夫喜新厌旧，也会给女子的婚姻生活带来危机感。《诗经》中有不少反映女人遭受不幸婚姻的诗篇，称之为弃妇诗。这些被遗弃的女子虽然很爱自己的丈夫，但是她们的丈夫却另结新欢，无情地将妻子抛弃，因而给妻子带来了及其巨大的精神痛苦。比如《诗经·卫风·氓》就是一篇典型的弃妇诗。该诗写道："女也不爽，士贰其行，士也罔极，二三其德。"女子对爱情忠贞不渝，而男子却肆意背叛爱情。该诗又指出："总角之宴，言笑晏晏，信誓旦旦，不思其反，反是不思，亦已焉哉！"意思是说，回忆年轻时候，夫妻二人互相恩爱，并且信誓旦旦地立下誓言，说彼此会相爱直到白头偕老，要做到海枯石烂不变心。而今言犹在耳，你却不肯反思，全都忘记，硬要背叛自己当年许下的誓言，我又有什么办法呢？表达了一个被遗弃的女人那种无可奈何的痛苦心情。

　　汉代以后，封建的"三纲五常"逐渐确立，"夫为妻纲"、重男轻女、男尊女卑等歧视妇女的观念，进一步发展为封建礼教的固定内容之一。女子在婚姻生活特别在离婚问题上，往往成为夫权的牺牲品。感情不专和没有责任心的男人，常常可以为离婚找到各种各样的借口和理由，诸如以不孝公婆，不好好侍奉夫君，不能生育后代（主要指不能生育男孩）等，而将妻子离弃。有的男人封建迷信思想严重，倘若家中遇到什么不顺心甚至很不幸的事，便将之归罪于妻子命运不好，硬说妻子"克夫"，然后将妻子加以抛弃。离婚的手续也很简单，只需男方写一封文书称之为"休书"，交给女方就行了。元代杂剧中经常提到"休书"或"休妻"之类。

在我国古代的科举考试中，除一部分考生之外，大部分中青年考生都是已婚者。倘若考生屡试不第，倒也相安无事，一般不会提出离婚；一旦考中进士之类，其中一部分人就会嫌弃家里的"糟糠之妻"，只要达官显贵想招他为女婿，甚或皇帝想招他为驸马，那就不惜背叛以往的诺言根本不顾夫妻感情，也不再承担任何责任，狠心地把结发妻子抛弃。这样的事例并不鲜见。在戏曲《秦香莲》里，塑造了一个喜新厌旧，抛弃妻子的典型，名叫陈世美。他为了要当驸马爷，不认前妻，终于被刚正不阿的包公处以铡刑。陈世美喜新厌旧，抛弃妻子的做法，至今仍然受到人们的谴责。

中国古代也有因夫妻感情不和而自主离婚的，这种情况在唐代较为多见。在甘肃敦煌石窟中，曾经出土一份唐代的离婚协议书，因当时称离婚为"放妻"，故名之曰"放妻协议"。该离婚协议书的主要内容是这样的："凡为夫妻之因，前世三世结缘，始配今生之夫妇。若结缘不合，比是怨家，故来相对……既以二心不同，难以一意，快会及诸亲，各还本道。原妻娘子相离之后，重梳婵鬓，美扫峨嵋，巧呈窈窕之姿，选聘高官之主。解怨释结，更莫相赠。一别两宽，各生欢喜。"

WEN

HUA

ZHONG

GUO

上述离婚协议书的大意是说，夫妻结合很不容易，可以说是三生有幸的姻缘关系，应当加倍珍惜，不要随随便便就提出离婚。倘若夫妻感情已经破裂，确实无法修补弥合，彼此相处就像冤家对头一样，那就不要再勉强维持这种婚姻关系，而应当及时离婚。可以将双方的父母及亲友请来，当众宣布解除婚姻关系，然后各自返回本家居住。日后男婚女嫁，各听自由，彼此不得阻挡或干涉，而应当互相祝福。女方离婚之后，应好好修饰打扮，尽量美化容貌，另外选聘"高官之主"，即再度寻觅一个各方面条件都很优越的丈夫。离婚对于感情确已破裂的夫妻双方来说，要算是一种最好的解决办法，所谓"一别两宽"，说的就是这个意思，因而是一件值得"各生欢喜"的好事。

五、"梦魂儿不离了蒲东路"——傻傻的"志情种"张生

爱情是两个人智力感情相匹配的对手戏，什么年纪、身份不是重点，关键是两人要对得上台词，还得看对了眼儿。张生和莺莺就是这样一对可人儿，在爱情天平的两端，他们是郎有情妾有意。而莺莺的痴情甜美，更是惹得张生拔不动了腿，他甚至要为莺莺放弃进京赶考的入仕机会。

从现实的观点来看，张生傻，还不是一般的傻。谁不知如果赶考

成功中了状元，他和莺莺能够过上更好的生活，他们的爱情才有了坚实的物质保障？不是张生不明白这一点，而是他和莺莺情浓意切，实在是不忍有瞬

间片刻的分离！

《西厢记》第五本张君瑞庆团圆杂剧第二折：

【二煞】恰新婚才燕尔，为功名来到此。长安忆念蒲东寺。昨宵爱春风桃李花开夜，今日愁秋雨梧桐叶落时。愁如是，身遥心迩，坐想行思。

【三煞】这天高地厚情，直到海枯石烂时。此时作念何时止，直到烛灰眼下才无泪，蚕老心中罢却丝。我不比游荡轻薄子，轻夫妇的琴瑟，拆鸾凤的雄雌。

【四煞】不闻黄犬音，难传红叶诗，驿长不遇梅花使。孤身去国三千里，一日归心十二时。凭栏视，听江声浩荡，看山色参差。

081

爱情范本

纯真明朗
《西厢记》

WEN

HUA

ZHONG

GUO

【尾】忧则忧我在病中，喜则喜你来到此。投至得引人魂卓氏音书至，险将这害鬼病的相如盼望死。

崔、张刚刚新婚燕尔，就得忍受分别的痛苦，这让如漆似胶的这对小夫妻着实受着煎熬。张生为崔莺莺而"滞留蒲东"，不去赶考；为了爱情，他几次险些丢了性命，直至被迫进京应试；得中之后，他也还是"梦魂儿不离了蒲东路"。

第四折中写道：

　　（夫人上云）谁想张生负了俺家，去卫尚书家做女婿去。今日不负老相公遗言，还招郑恒为婿。今日好个日子，过门者。准备下筵席，郑恒敢待来也。

　　（末上云）小官奉圣旨，正授河中府尹。今日衣锦还乡，小姐的金冠霞帔都将著，若见呵，

张　生

双手索送过去。谁想有今日也呵！文章旧冠乾坤内，姓字新闻日月边。

【双调】【新水令】玉鞭骄马出皇都，畅风流玉堂人物。今朝三品职，昨日一寒儒。御笔亲除，将名姓翰林注。

【驻马听】张珙如愚，酬志了三尺龙泉万卷书；莺莺有福，稳请了五花官诰七香车。身荣难忘借僧居，愁来犹记题诗处。从应举，梦魂儿不离了蒲东路。

（末云）接了马者。（见夫人科）新状元河中府尹婿张珙参见。

老夫人听信了郑恒对张生的挑拨诬陷，真的以为张生中举变心对莺莺始乱终弃了。可新科状元张生的到来使得一切谗言都无处躲藏。

张生是一介白衣书生，他用自己的方式热情而执着地追求着莺莺。追求莺莺的过程并不顺利，但他常常透出的傻气有时让人觉得哭笑不得。在第一本第二折中，张生在方丈室与红娘初次见面，就马上自报

张生与红娘

家门："小生姓张，名珙，字君瑞，本贯西洛人也。年方二十三岁，正月十七日子时建生。并不曾娶妻。"一次意外的邂逅，他就忙不迭地自我介绍，真是书呆子，傻气十足，非常唐突冒失。所以红娘不客气地打断了他："谁问你来？"然而张生的心思都在莺莺身上，他没有理会红娘的反应，却又问道："敢问小姐常出来么？"他没有多

想，没有给自己周密地组织语言的时间，他一直按照自己的思路来想问题，好像因为他"并不曾娶妻"，相府千金崔莺莺就应该跟他见面似的。他的言语迂腐、怪诞，是那样地不可思议，让人吃惊，让人感到莫名其妙的同时又觉得可气可笑。当然，他的举止激怒了红娘，她狠狠地抢白了张生一番，并且在小姐面前毫无保留地嘲笑他："世上有这等傻角。"红娘的嘲笑可以理解，但张生对莺莺一见钟情式的痴傻也值得同情，所以傻傻的张生在让人捧腹之余，也展示了他用情非同一般的可爱。随着情节的不断发展，张生的"傻"更得到了充分的体现。在第三本第二折中，热心的红娘答应为张生传情递简，张生便一厢情愿地认为"我这封书去，必定成事"，并且信心十足地等着好消息的到来。所以他一看见红娘来回话，便马上问道："擎天柱，大事如何了也？"然而由于莺莺当时还疑心红娘，为瞒住红娘，她在红娘面前使诈，让红娘带来了不好的消息。这时的张生听后，犹如晴天霹雳，他苦苦哀求红娘，并且哭跪在红娘的面前，凄凄惨惨地说："小生这一个性命，都在小娘子身上。"然而一听到小姐有回信，他急忙详看内容，聪明的张生猜出了小姐的真意。这时的他一发不可收拾，似疯似傻的劲头又显露无遗。他变得欢天喜地了，心情从深沟险壑一下飞向太空，就像六月的天孩儿的脸，变化神速。他说："呀，有这场喜事！撮土焚香，三拜礼毕。早知小姐简至，理合远接；接待不及，勿令见罪。"张生的这一哭一笑，情绪时而失落时而高涨，前后变化之大，变化之快，透着十足的滑稽，也透出了十足的傻气。他对他所憧憬的爱情，有着无比的自信，但却又不堪一击。当天晚上，他来到后花园，焦急地等待着与莺莺的约会。刚一听到红娘发出的暗号——"赫赫赤赤"，也没有认真辨听清楚来人是不是莺莺，就以为是莺莺发出的暗号，兴奋地一把搂住了红娘。张生的举动既莽撞又滑稽，可细细想来，其中透出的是他的那种渴盼爱恋的急不可耐的真性情。可当他真正面对着莺莺

083

爱情范本
纯真明朗
《西厢记》

WEN

HUA

ZHONG

GUO

时，反倒没有那股子冲劲儿，他变得愚愚钝钝忠厚老实。莺莺训斥他时，他甚至连一句分辩的话也不会讲，一句顶撞莺莺的话也没有说，糊里糊涂地就被训斥了一番。在莺莺面前，原本文思敏捷的张生，却变得笨嘴拙舌，无以应对。或许有人会说，张生是刻意装出来的。试想张生的种种表现，笔者觉得他的拘谨和笨拙，尤其是在自己深爱的人面前有这种表现，并不是假意，不是伪装，恰恰相反，他是出于对莺莺迫切而灼热的爱，还有那刻骨铭心无以遁形的相思。此外，还有很多地方，张生都表现得忠厚而懦弱，滑稽而可笑，可正是这种傻傻的爱，痴痴的情，透着张生对爱情的执着，对莺莺的真心。不管是"傻角"，还是"银样镴枪头"，张生就是张生，他的傻傻的"志诚"，是建立爱情、婚姻的关键。

张生对莺莺的追求，困难重重，一波三折，然而他却不屈不挠、毫不退缩。他对爱情的执着追求，不愧被称为"志诚种"。张生一介布衣书生，莺莺是名门千金，社会地位的悬殊，成了立在张生面前的一道无形的障碍。两人的爱情如能够结成正果，这在婚姻讲究门当户对的封建社会里，简直是天方夜谭。张生在上京赴考途中，路经河中府，游于普救寺，巧遇相国千金崔莺莺，只一眼，他便"魂灵儿飞在半天"。他被莺莺的美貌深深吸引住了，由此开始，他便锲而不舍，展开了铁杵磨成绣花针的爱情攻势。然而，追求是展开了，希望却十分渺

茫。张生父母双亡，"只留下四海一空囊"，且"书剑飘零，功名未遂，游于四方"。然而，张生却不顾世俗观念，坚决地追求着莺莺。初见莺莺就说

出"小生便不往京师去应考也罢"的话，可见他对莺莺的喜爱是何等的浓烈，他的追求是何等的坚决！将爱情置于功名之上，对张生来说，并不是一句空谈。一切都在张生具体的行动中展现。近水楼台先

借 厢

WEN

HUA

ZHONG

GUO

得月，首先他以"早晚温习经史"为名，提出了借住寺中的请求，与莺莺为邻，为探听莺莺的行踪提供了方便。张生从法本和尚和红娘的口中得知："老夫人治家严肃"。"夫人太虑过，小生空妄想。"张生有自知之明，他知道，对莺莺的追求不会一帆风顺。虽然如此，他并没有因此而畏惧退缩，后又借莺莺在花园内夜烧香的机会，与她隔墙联吟，知道了对方的心意。从此，"一天好事从今定，一首诗分明照证"。张生又以追荐先人为由，参加已故崔相国的法事，得以再见莺莺，寻机表现自己，吸引莺莺的注意。张生想方设法接近莺莺，他的一连串的行动，都是出于对莺莺的爱慕，是他自己真情的真实流露。不久，孙飞虎兵围普救寺，欲抢莺莺为"压寨夫人"，老夫人当众许婚，这就给本来无望的爱情带来了转机。张生为了莺莺自告奋勇，写信给杜确，请他领兵解围。张生凭着他的"灭寇功，举将能"，进一步赢得莺莺的芳心，也使得他们的爱情迈进了一大步。解围退贼后，正当张生欢天喜地地准备与莺莺成婚时，老夫人却背信弃义，以莺莺已有婚约为由，变卦赖婚。这无疑是当头一棒，张生好似陷入了绝境。但他并没有因此而退缩，在极度的失望痛苦之余，他没有离开普救寺，而是跪了下来，请求红娘的帮助："小生为小姐，昼夜忘餐废寝，魂劳梦断，常忽

忽如有所失。自寺中一见，隔墙酬和，迎风待月，受无限之苦楚。甫能得成就婚姻，夫人变了卦，使小生智竭思穷，此事几时是了？小娘子怎生可怜见小生，将此意申与小姐，知小生之心。就小娘子前解下腰间之带，寻个自尽。"张生把爱情看得比生命更重要。为了爱情，他可以向一个婢女下跪。热血沸腾富有正义感的红娘被他的"志诚"深深地打动了，不遗余力地为他出谋划策、传书递简，崔、张二人得以相会。可到了真正约会的时候，莺莺碍于红娘在场，又临时变卦，她的拒绝和训斥，让张生空欢喜一场。但他仍没有放弃，他央求红娘说："小生再写一简，烦小娘子将去，以尽衷情如何？"张生为了莺莺而苦苦相思，为了莺莺而"卧枕著床，忘餐废寝；折倒得鬓似愁潘，腰如病沈"。红娘一再牵引红线。在红娘的帮助下，张生得与莺莺私定终身，私下成就姻缘。但好景不长，张生与莺莺的私情被老夫人发觉。老夫人又以"俺三辈儿不招白衣女婿"为由，逼张生上京赶考。张生又为了莺莺上京，一举夺得了头名状元。得了功名后，张生仍旧一往情深，刻骨地思恋着莺莺，并及时赶回来迎娶莺莺。

在经历了一连串的困难与考验后，张生越过了重重障碍，冲破了层层礼教的束缚，以他的"志诚"维护和争取了属于自己的爱情婚姻。

说张生傻，是因为他志诚。而志诚的背后又有才华的支撑。一直在想，倘若张生生在现代，他会有怎样的爱情和婚姻？"文章魁首"，英俊潇洒，才华出众，富有胆略，儒雅敏捷，情真意重，忠贞专一，几乎所有美好的品质都集中在他一个人身上，张生活脱脱是一个完美的不能再完美的男人。《牡丹亭》中的柳梦梅、《红楼梦》中的贾宝玉，他们有着张生似的痴傻，但没有张生的完美和幸运。张生，这位从元稹《莺莺传》中走出的"善补过"的封建无行文人，在王实甫的笔下得以定型，逐渐变为一个忠于爱情的正面形象，成就了他人生的精彩华章。

六、从"看守"丫头到"热心人儿"——红娘仅仅是个丫鬟吗

红娘，这个人物最早出现在唐传奇元稹的《莺莺传》里，《董西厢》和《王西厢》在此基础上加工、创造，使得红娘的形象逐渐丰满清晰。尤其是经过《王西厢》的创新，西厢故事广泛流传，红娘的声名也得以远播。"红娘"因此成为"媒人"的代名词，充当婚姻之神——月下老人（即"月老"）的角色，在有缘有情的青年男女之间牵线搭桥，促成喜事。

其实，在《莺莺传》中，红娘的戏份很少，她扮演着自己简单的角色，一个普普通通的婢女。在元稹的笔下，红娘的地位一点儿也不重要，她只是一个丫鬟，一个伺候小姐的丫头，充其量是个崔、张之间穿针引线的"小人物"。从开头到结尾，红娘只出现过七次，而且仅限于莺莺和张生相会。

《莺莺传》中这样说："崔之婢曰红娘。"婢女，指旧社会供有钱人家役使的女孩子，有贱婢、奴婢之说。婢在古代地位低下，有时甚至比不上一口牲畜，可以任主人家买卖，没有人权，忍受煎熬。虽然唐代是个开放的朝代，但女性的地位仍然低下，婚姻的开放很大程度上是给了男人玩弄女人的借口。婢女的状况就更不用多说了，她们不但要服侍比她们地位高

红　娘

的女主子，而且没有人身自由，更谈不上什么社会地位了。就说红娘吧，她可以端茶送水，传信递简，为不能轻易抛头露面的崔莺莺和张生的私下交往提供便利，所以张生一有机会便"私为之礼者数四，乘

087

爱情范本
纯真明朗
《西厢记》

WEN

HUA

ZHONG

GUO

红娘传书

间遂道其衷"。可当红娘听到张生说出的道其衷肠的话时，她的第一反应是"惊沮"且"腆然而奔"。当她发现张生有真情而准备帮他时，说了这样一句话："郎之言，所不敢言，亦不敢泄。"她听了张生的诉苦之后，不敢言，亦不敢泄。她受封建礼教的束缚，紧张害怕。但当她发现崔、张二人真情相爱而老夫人又悔婚时，便开始同情张生，并告诉张生："然而崔之姻族，君所详也。何不因其德而娶焉？""崔之贞慎自保，虽所尊不可以非语犯之。下人之谋，固难入矣。然而善属文，往往沉吟章句，怨慕者久之。"红娘一语道破天机，她提供的线索，为张生的进一步努力指明了方向，是张生成功的关键，她的穿针引线是莺莺和张生自由恋爱的催化剂。在这个关节点上，红娘起了非常重要的作用，可崔、张相识后，元稹留给红娘的笔墨就极少了。文中是这样写的："是夕，红娘复至"，"红娘寝于床"，"红娘骇曰：'郎何以至？'""无几，红娘复来，连曰：'至矣！至矣！'""红娘捧崔氏而至"，"红娘适至，因授之，以贻崔氏"。言语简单，描摹粗糙，几句交代而已，甚至说这几笔如果没有，也不会影响情节的发展，红娘的地位几乎可有可无。文章其他地方就没有涉及到红娘了。

在后来宋代民间流传的西厢故事中，红娘的地位都无关紧要。到了金代，在董解元手中，红娘才开始血肉丰满，她的形象也渐渐建立起来。到了元代的王实甫，更是不惜浓墨重彩，把红娘刻画得栩栩如生，红娘也因此一举成名。

西厢故事刚开始时，在普救寺里，莺莺和张生初次见面。这次见面，崔、张二人是偶然相遇，不仅没有经过红娘的介绍，而且在最初的一段时间里，她还充当了卧底，潜伏在莺莺身边，替老夫人看管莺莺，监视莺莺的一举一动。红娘的形影不离也招来了莺莺的埋怨："但出闺门，影儿般不离身。"红娘回答说："不干红娘事，老夫人著我跟著姐姐来。"（《西厢记》第二本第一折）红娘很快就暴露了自己的身份，但莺莺也无可奈何。红娘是崔家的奴婢，吃人饭受人管，她听命于老夫人也在情理之中，所以服侍小姐的同时，也管制着小姐。那么，红娘是怎么改变了自己的态度和立场，从一个看管丫头变成了撮合张生和莺莺的热心人呢？这得从一场灾难性的兵变开始说起。

佛殿相遇后，张生和莺莺一见钟情，而且一发不可收拾。青春的激情哪能受得住管制？他们"月下联吟"、"道场顾盼"，彼此相思，越压抑就越要迸发，眼看他们好事在望。可孙飞虎平地起波澜，他兵围普救寺，要劫莺莺为妻，还威胁说如果三日之内不交出莺莺，他必定"伽蓝尽皆焚烧，僧俗寸斩，不留一个"。在这千钧一发的时刻，老夫人果断决绝地当众宣布："但有退兵之策的，倒陪房奁，断送莺莺与他为妻。"这对手无缚鸡之力的书生张生来说，是千载难逢的好机会。他欣喜若狂，立即修书一封，招来白马将军，退却半万贼兵。他满心欢喜等待与莺莺光明正大的合法婚姻。可兵退身安，老夫人出尔反尔悔亲赖婚。老夫人这一举动让张生和莺莺气愤难忍又不得不忍，红娘在一旁气不过，她打抱不平坚决替张生伸张正义，老夫人不同意，她偏要成全张生与莺莺的婚事。她不辞劳苦地为张生进计献策，为莺莺

WEN

HUA

ZHONG

GUO

传书递简。她不仅要忍着小姐的无端指责，还要遭到老夫人的棍棒折磨。但她一点儿也不求回报，当张生由衷感激地说："小生久后多以金帛拜酬小娘子。"红娘决然反驳道："先生的钱物，与红娘做赏赐，是我爱你的金赀？"（《西厢记》第三本第一折）就这一句话，一个正义无私热心肠的红娘形象立即高大了起来。经过他们艰苦卓绝的斗争，老夫人终于让步，莺莺和张生这对有情人也终成眷属。

由此看来，红娘原本是一个看守丫头，她是张生与莺莺情事的旁观者；可关键时刻显真性情。她感激张生的侠肝义胆，在危急关头拯救了她们，她是这样说的："我想若非张生妙计呵，俺一家儿性命难保也呵！"（《西厢记》第二本第一折）就这样，她由一个旁观者变成了一个热心人，为了莺莺与张生，可以说呕心沥血。当然，这样的改变主要缘于对老夫人的强烈不满。老夫人过河拆桥，忘恩负义。她说："这的是俺老夫人的不是——将人的义海恩山，都做了远水遥岑。"（《西厢记》第三本第四折）老夫人的悔婚，彻底激活了红娘的正义之心，唤醒了她心中深藏的热情与勇敢。本来就认为崔、张是天生地设的一对儿，她这样说："秀才是文章魁首，姐姐是仕女班头；一个通彻三教九流，一个晓尽描鸾刺绣。"

莺莺与红娘

（《西厢记》第四本第二折）崔莺莺是佳人十九正当年，张君瑞是书生年少恰风流，郎才女貌，撮合他们，不仅是见义勇为，而且成就的正是一桩好姻缘，何乐而不为呢？红娘不遗余力成全崔、张二人的幸福，虽有着媒人牵线搭桥的功用，但没有那些所谓"媒婆"的生计之利。媒婆以说媒作为谋生的手段，而红娘绝对是无私无利的忙活，在她的身上，有着神仙家族中专管人间婚姻的月下老人的美德。她为有情人用"红绳系足"，她"愿天下有情人终成眷属"，她为人求福，自己只落得个"热心人儿"的好名声。

从"看守"丫头到"热心人儿"，红娘以一个卑微的丫鬟身份，在那时压力重重束缚无处不在的情况下，却完成了旁人无法完成的艰巨任务，不能不让人佩服。笔者没有听说过有哪朝哪代为红娘立庙的，但在杭州的西湖边上，便有一座月下老人祠，听说烧香的，许愿的，络绎不绝。"关关雎鸠，在河之洲。

小红娘成好事

窈窕淑女，君子好逑。"这是月老祈求的内容，也应该是红娘的企盼。

七、真实而平凡的家庭妇女——老夫人真的就那么可恨吗

一直以来，老夫人都被冠以"封建卫道士"、"封建礼教维护者"的名号。在很多人眼里，她顽固、自私、不讲道理，她虚伪、奸诈、狠毒，她应该是众矢之的。可试想想，一个丧夫寡居、独撑危局、避难蛰居的单身母亲，她招谁惹谁了，她真的就那么可恨吗？

其实，那些还在指责痛骂老夫人的读者，只需看一看本剧开篇的经典楔子，了解一下老夫人的多重身份和她肩上的万斤重担，就能够气消火灭，冷静下来了。

老身姓郑，夫主姓崔，官拜前朝相国，不幸因病告殂。只生得个小姐，小字莺莺，年一十九岁，针黹女工，诗词书算，无不

能者。老相公在日，曾许下老身之侄，乃郑尚书之长子郑恒为妻。

上文第一句说她姓郑，丈夫官拜前朝相国，首先表明她相国夫人的身份；第二句说她有个 19 岁待字闺中的女儿叫莺莺，琴棋书画无所不能，表明她是一位称职的母亲；第三句为下文矛盾冲突埋下伏笔的同时也表明她另外一个身份——郑恒的姑母兼准岳母。

由此可见，老夫人首先是出身名门的相国夫人。既然是相国夫人，就不能把自己等同于一般的普通女性，她享受着名、权、利，也背负着名、权、利背后的责任与重担，尤其是经受着丈夫病逝后"门前冷落鞍马稀"的悲凉。她的开场宾白和"子母孤孀途路穷"的唱词，反映了她对家道中落、世态炎凉的感慨。正是因为她深深地感受到了门庭的冷落和处境的凄凉，所以才迫切地需要通过联姻的方式来维持门第、复兴家业。而莺莺与郑恒早有婚约，郑恒乃尚书之子，又是老夫人的侄子，既门当户对，又能亲上加亲，这无疑是她眼中最理想的儿女亲家。作为一家之长，老夫人从现实利益和家族利益出发，为维护家族身份和最大利益而有目地寻求姻亲，坚持门当户对，不招白衣女婿，也是人之常情。

当然，老夫人最重要的一个身份是作为崔莺莺的母亲。作为一个母亲，抚养教育女儿，为自己的宝贝闺女找一个好的归宿，是她义不容辞的责任和义务。老夫人对女儿的关爱，在剧幕刚一拉开时，就已经表现了出来，她是有血有肉、有思想有感情的一个真实的家长形象。老夫人经常说："休辱没了俺相国家"，这也是有人给她扣上大帽子说她"维护封建门阀制度"的主要原因。当然，在老夫人身上，有重名利受名利拖累的虚伪，但当得知自己的掌上明珠，一个大家闺秀，相国之女，一个已有婚约但因父亲病逝未能如期出嫁的莺莺，与一介布衣书生一见钟情并私定终身之时，她的"意气用事"也是理所当然。站在任何一个母亲的角度，恐怕谁都不会轻描淡写听之任之。所以，老夫人的权宜之计是可以理解的，而后来张生退兵之后的赖婚也是情理之中情有可原的。如果老夫人仅凭危急时不得已的承诺而随随便便就把崔莺莺打发了，心甘情愿让她下嫁给"书剑飘零"几乎一无所有的张生，倒是真的不负责了。后面老夫人提出条件，要求张生"得官呵，来见我；驳落呵，休来见我"，也正是履行着她作为母亲的权利和义务，严格管教子女，逼着张生求学上进。这就像她早前严格约束女儿莺莺一样，她怕引起"春心荡"，连"黄莺儿作对"、"粉蝶儿成双"的自然景色，都不让莺莺看见。这种行为看起来好像不近人情，但作为母亲，她所做的一切都是为莺莺负责，为莺莺好。张生本来就是要进京应试的，因贪恋莺莺的美貌，便临时改变了决定："小生便不往京师去应举也罢。"两情相悦、缠绵厮守固然幸福甜蜜，但作为一介布衣书生，张生能否给莺莺带来衣食无忧的生活和长长久久的幸福，这非常让人怀疑。物质生活无法保障的爱情只能是空中楼阁，何况婚姻常常成为爱情的坟墓。从这方面看，换个角度想，张生能够背水一战，考取功名，最终和莺莺有情人终成眷属，老夫人可谓是功不可没。

老夫人还是郑恒的姑姑和准岳母。第一本"楔子"中写道："老相公在日，曾许下老身之侄，乃郑尚书之长子郑恒为妻。"古代有"三从四德"，妇女对丈夫要绝对服从，即便在道德约束相对松懈的元朝，这位深受封建思想浸润的贵族夫人，也不可能冲破严规戒律，随便违背丈夫的意愿。所以她督促侄儿和女儿履行婚约，丝毫无可厚非。何况丈夫死而未葬，灵柩在侧，对于丈夫生前决定的婚姻大事，老夫人当然不愿轻易变更。况且结婚的对象是老夫人自小偏爱有加又符心合意的亲侄子郑恒呢？郑祖代是相国之门，出身高贵，官高位显，如果再亲上加亲，岂不是绝佳的乘龙快婿？于情于理，老夫人都有反悔的理由。后来郑恒也是抓住这一点不放，虽然他知道张生对老夫人全家有救命大恩，仍理直气壮地说："姑夫许我成亲，谁敢将言相拒？我若放

093

爱情范本

纯真明朗
《西厢记》

WEN

HUA

ZHONG

GUO

起刁来，且看莺莺那去！""道不得'一马不跨双鞍'！可怎生父在时曾许了我，父丧之后母到悔亲？这个道理那里有！"郑恒说得句句在理，老夫人无以反驳。再说莺莺家的"博陵崔"和郑恒的"荥阳郑"都是名门大户，是标准的门当户对，而张生的郡望是无名小族，自然不可同日而语。《礼记·正义》中说：婚姻的要义是"合二姓之好，上以事宗庙，下以继后世"。郑恒和莺莺一旦成婚，便会衍生出各种姻亲关系，维系崔家的地位和利益，崔氏一族重振声望也是指日可待了。在这样的大环境下，作为相国夫人一家之长的老夫人坚守门第观念也是情非得已啊。

赴　宴

其实，对于老夫人，剧中人物普救寺长老法本和红娘都有评价。法本说："老夫人处事温俭，治家有方，是是非非，人莫敢犯。"红娘夸她："俺家夫人治家严肃，有冰霜之操。"法本认为老夫人持家严谨，而老夫人的谨严从作品中她的言谈举止就可见一斑。红娘也说老夫人"严"，主要指的是对莺莺的管教。这些都好理解，相国病逝，崔家的顶梁柱倒塌，老夫人的依靠也没有了，崔家盛景不再。可想而知，老夫人唯一的寄托便是掌中宝莺莺了。而老夫人对自己教管的成果也非常满意，她一登场便说："只生得个小姐，小字莺莺，年一十九岁，针黹女工，诗词书算，无不能者。"不管生活再怎么艰难，只这一小女便足矣，骄傲之情溢于言表。老夫人费尽千辛万苦经营的成果，怎么能轻易地让一个一无所有的穷小子摘去？所以她定下家规：家庭宅院，不许一个男子出入。还派红娘看管莺莺的一举一动。这用张生话说便是："夫人怕女孩儿春心荡，怪黄莺儿作对，怨粉蝶儿成双"。可严是严了，但对于自己情窦初开的花季女儿和一个风流倜傥正当青春年

赖　婚

少的男子，她能否真的掌控全局，这还得另说。

剧本第二本孙飞虎带领五千虎狼之师要掳莺莺为妻时，老夫人着急得六神无主："（夫人慌云）如此却怎了！俺同到小姐卧房里商量去。"她只是问崔莺莺："孩儿，怎生是了也？"只是感叹"却如之奈何？"最终拿主意的反而是年方19岁未出闺门的女儿崔莺莺。这位年已60的相国夫人在这里只是一个普通的不能再普通的妇人，她紧张她胆小她不知道该怎么办。在第四本第二折"拷艳"中，她本来想拿红娘问罪，结果红娘却说："人而无信，不知其可也。大车无輗，小车无軏，其何以行之哉？"此时的老夫人哑口无言，只得说："这小贱人也道得是。我不合养了这个不肖之女。待经官呵，玷辱家门。罢，罢"。"罢罢罢，谁似俺养女的不长俊！红娘，书房里唤将那禽兽来！"老夫人失败了，最后不得不将女儿许配给"那禽兽"，但她还要骂几句才解气，这时的老夫人，可怜可爱又无奈。郑恒也评价过老夫人，他说："俺姑娘最听是非，他自小又爱我，必有话说。休说别个，则这一套衣服也冲动他。"可见老夫人有时候会偏听偏信而且是非不辨。果不其然，在听过郑恒的一番谎言之后，老夫人并没有调查研究，就急急忙忙为莺莺郑恒操办婚事，差点儿棒打鸳鸯酿出悲剧。这时威严无比的

爱情范本
纯真明朗
《西厢记》

WEN

HUA

ZHONG

GUO

老夫人又把自己弄得被动难堪而无所适从了。当她发现女儿与张生木已成舟的事实时，旋即开始考虑科举及第的变通之法。老夫人的内心充满着矛盾和变化，但不难理解的是一颗爱女儿胜过爱自己的平凡之心，她要为女儿的前途披荆斩棘铺路搭桥。

老夫人原本就是个普通、平凡的贵族妇女，只是因为丈夫去世不得已挑起了家庭的重担。她恪守礼法，疼爱女儿，想让自己的掌上明珠有一个好归宿，想让家门重振声威，可艰难的处境和女儿婚姻的变故，使得她进退失据，取舍犹疑，性格更显矛盾和复杂。其实，这一切只是一位真实而平凡的家庭妇女最真实的写照。对于老夫人，我们能够理解，并应该报以同情，是让女儿一时冲动嫁给一个"父母双亡，功名未遂"的白衣书生好，还是嫁给自己知根知底，喜爱有加，出身高贵的侄儿好，相信是每个母亲都会慎重考虑的问题。与女儿的一生幸福相比，被骂做忘恩负义、言而无信又算得了什么呢？她常常处于被迫无奈的境地，不能够自觉自愿地做出选择。谁不知，不能心甘又岂能情愿。老夫人考虑一切问题的出发点和落脚点是女儿的幸福、家族的利益，老夫人唯一不变的是那颗深沉的爱女之心。与焦仲卿之母硬逼儿子休掉贤妻刘兰芝导致媳妇投水儿子自缢，陆游之母唐氏逼儿子休弃唐婉留下满腹苦涩相比，老夫人虽可怜可悲，但也不失可爱可敬之处，她只是一个真实而平凡的家庭妇女而已。

八、崔家的准女婿，可悲的小人物——死缠烂打的小男人郑恒

古时讲究门当户对，而今能够嫁入豪门的，也多是豪门或成功人士，要不也一定是他们那个圈子里的人。

本文所要讨论的配角郑恒，虽然身份是老夫人的侄儿，已故礼部

尚书的儿子，与相国千金莺莺在门户上非常般配，但是在剧中，他出场较晚，之前只是经他人之口出现过两次，而且是寥寥几笔带过而已。他第一次被提到是在第一本楔子老夫人一上场的自报家门，说她的小女莺莺已许配给侄儿郑恒为妻，因丈夫早逝而推迟婚期；第二次是在第二本第三折，老夫人要赖婚，要求张生与莺莺"以兄妹之礼相待"，她是这样借口托词的："先生纵有活我之恩，奈小姐先相国在日，曾许下老身侄儿郑恒。"通过老夫人之口，

郑 恒

不管是言内还是言外之意，郑恒和莺莺的婚姻都是合法婚姻，虽然是父母一手包办，但"父母之命，媒妁之言"，张生才是一个地地道道的第三者。郑恒与莺莺订婚在先，是莺莺的准丈夫，崔家的准女婿，但上天没有因为他的订婚而更多地眷顾他。适时出现的张生，风流倜傥的张生，文章魁首的张生，机智勇敢的张生，一下把他全比了下去。除了门户不当，其他条件张生都远远在他之上，所以张生的出现注定了他这个小人物的悲剧命运。

郑恒真正露面已经是剧目快要收尾的时候了。《西厢记》第五本第三折：

097

爱情范本
纯真明朗
《西厢记》

WEN

HUA

ZHONG

GUO

> 【净扮郑恒上开云】自家姓郑，名恒，字伯常。先人拜礼部尚书，不幸早丧。后数年，又丧母。先人在时，曾定下俺姑娘的女孩儿莺莺为妻，不想姑夫亡化，莺莺孝服未满，不曾成亲。俺姑娘将著这灵柩，引著莺莺，回博陵下葬。为因路阻，不能得去。数月前写书来，唤我同扶柩去。因家中无人，来得迟了。我离京师，来到河中府，打听得孙飞虎欲掳莺莺为妻，得一个张君瑞退了贼兵。俺姑娘许了他。我如今到这里，没这个消息便好去见他；

既有这个消息，我便撞将去呵，没意思。这一件事，都在红娘身上。我著人去唤他，则说："哥哥从京师来，不敢来见姑娘，著红娘来下处来，有话去对姑娘行说去。"去的人好一会了，不见来。见姑娘和他有话说。

由此看来，郑恒在一开始也是想好好解决问题的。他想通过红娘迂回知道张生和莺莺的具体情况，好对症下药，为自己争取幸福。当红娘登场后，他是这样说的：

（净云）我有甚颜色见姑娘？我唤你来的缘故是怎生？当日姑夫在时，曾许下这门亲事。我今番到这里，姑夫孝已满了，特地央及你去夫人行说知，拣一个吉日，了这件事，好和小姐一答里下葬去。不争不成合，一答里路上难厮见。若说得肯呵，我重重的相谢你。

可红娘却说："这一节话再也休题。莺莺已与了别人了也。"红娘一句话砸了一个坑，不仅不委婉，还没有一点儿回还的余地。这惹恼了郑恒：

（净云）道不得"一马不跨双鞍"！可怎生父在时曾许了我，父丧之后母到悔亲？这个道理那里有！

这个可怜的小男人，说得句句在理，说得铿锵有力。他是莺莺的合法未婚夫，可却在他不知情的情况下莺莺已另许他人。这让人情何以堪？

（红云）却非如此说。当日孙飞虎将半万贼兵来时，哥哥你在那里？若不是那生呵，那里得俺一家儿来？今日太平无事，却来争亲；倘被贼人掳去呵，哥哥如何去争？（净云）与了一个富家，也不枉了，却与了这个穷酸饿醋。偏我不如他？我仁者能仁、身里出身的根脚，又是亲上做亲，况兼他父命。

红娘说的也好似有理，如果没有张生，莺莺早已沦为贼妻，郑恒即使想争也无能为力。可退一万步说，纵使张生退了贼兵，老夫人可以给张生别的赏赐，已经订婚的女儿岂可再许他人？这时的郑恒没有无理取闹，他还是有风度的，他说如果莺莺找一个比他强的富家子弟，他也认了，可在他眼里，张生是个穷酸鬼，自己里里外外都比他强，被抛弃的却是根正苗红的他，这让他难以接受。

郑恒自尽

可在红娘眼里，在王实甫笔下，郑恒是真的没法跟张生相提并论。红娘对他的观感就是有力佐证。当红娘听到郑恒说张生不如他时，红娘说："他倒不如你，噤声！"

【越调】【斗鹌鹑】卖弄你仁者能仁，倚仗你身里出身；至如你官上加官，也不合亲上做亲。又不曾执羔雁邀媒，献币帛问肯。恰洗了尘，便待要过门。枉腌了他金屋银屏，枉污了他锦衾绣裀。

【紫花儿序】枉蠹了他梳云掠月，枉羞了他惜玉怜香，枉村了他殢雨尤云。当日三才始判，两仪初分；乾坤，清者为乾，浊者为坤，人在中间相混。君瑞是君子清贤，郑恒是小人浊民。

【金蕉叶】他凭著讲性理《齐论》《鲁论》，作词赋韩文柳文，他识道理为人敬人，掩家里有信行知恩报恩。

【调笑令】你值一分，他值百十分，萤火焉能比月轮？高低远近都休论，我拆白道字辩与你个清浑。（净云）这小妮子省得甚么拆白道字？你拆与我听。

（红唱）君端是个"肖"字这壁著个"立人"，你是个"木寸""马户""尸巾"。

爱情范本

纯真明朗
《西厢记》

WEN

HUA

ZHONG

GUO

（净云）木寸、马户、尸巾，你道我是个"村驴屌"？我祖代是相国之门，到不如你个白衣饿夫穷士？做官的则是做官！（红唱）

【秃厮儿】他凭师友君子务本，你倚父兄仗势欺人。斋盐日月不嫌贫，治百姓新民、传闻。

【圣药王】这厮乔议论，有向顺。你道是官人则合做官人，信口喷，不本分。你道穷民到老是穷民，却不道"将相出寒门"！

（红唱）（麻儿郎）他出家儿慈悲为本，方便为门。横死眼不识好人，招祸口不知分寸。

（红唱）【络丝娘】你须是郑相国嫡亲的舍人，须不是孙飞虎家生的莽军。乔嘴脸、腌躯老、死身分，少不得有家难奔。

正如剧本中所说：君瑞是君子清贤，郑恒是小人浊民。郑恒给红娘留下的印象是"乔嘴脸"、"腌躯老"、"死身分"；郑恒值一分，张生值百分；郑恒倚父兄仗势欺人，张生师友君子务本……张生是样样好，郑恒是处处差。如此尊容与德行的浪荡公子哥，着实难以与风流倜傥的儒雅书生争娶名媛淑女。而王实甫信奉的是"只有以爱情为基础的婚姻才是合乎道德的"。爱情是崇高的，婚姻是严肃的，现实爱情与婚姻的和谐统一，才能建立幸福美满的家庭，这也是人类追求的一种美好生活。所以，他们不可能把张生这位痴情才俊视为破坏他人婚姻的"第三者"，反倒是郑恒的存在时隐时现地成了崔、张自由爱情的绊脚石。在郑恒眼里，这简直天理难容。他不能屈从被抛弃的命运，他要争取，要斗争，要争个你死我活，想弄个明明白白。当红娘等人数落他时，他是这样反击的：

（净云）这桩事，都是那长老秃驴弟子孩儿，我明日慢慢的和他说话。

（净云）这是姑夫的遗留，我拣日，牵羊担酒，上门去，看姑娘怎么发落我!

（净云）姑娘若不肯，著二三十个伴僧，抬上轿子，到下处脱了衣裳，赶将来，还你一个婆娘!

郑恒竭尽全力，极尽耍赖之能事，可事与愿违，他的拙笨导致了更为愚蠢的行动。他越想娶越难以成行。他与红娘理论，红娘强他三分，他占不了上风，便去找多疑的老夫人。

（净脱衣科云）这妮子拟定都和那酸丁演撒!我明日自上门去见俺姑娘，则做不知。我则道："张生赘在卫尚书家，做了女婿。"俺姑娘最听是非，他自小又爱我，必有话说。休说别个，则这一套衣服也冲动他。自小京师同住，惯会寻章摘句。姑夫许我成亲，谁敢将言相拒? 我若放起刁来，且看莺莺那去! 且将压善欺良意，权作尤云殢雨心。

（净云）那个张生? 敢便是状元? 我在京师看榜来，年纪有二十四五岁，洛阳张珙，夸官游街三日。第二日，头答正来到卫尚书家门首，尚书的小姐十八岁也，结著彩楼，在那御街上，则一球正打著他。我也骑著马看，险些打著我。他家粗使梅香十馀人，把那张生横拖倒拽入去。他口叫道："我自有妻，我是崔相国家女婿!"那尚书有权势气象，那里听? 则管拖将入去了。这个却才便是他本分，出于无奈。尚书说道："我女奉圣旨，结彩楼，你著崔小姐做次妻。他是先奸后娶的，不应取他。"闹动京师，因此认得他。

郑恒见到老夫人，便利用老夫人爱他愧他之心，先是痛哭流涕，进而胡编乱造诬陷中伤。他说张生已经入赘卫尚书家，成为卫尚书的乘龙快婿。这些污言浊语竟然说动了老夫人，她气愤难忍，立即让郑恒准备彩礼迎娶莺莺。正当郑恒沾沾自喜之时，谣言不攻自破，杜将军手捧圣旨宣布张生高中状元，并准许崔家择良辰吉日，让张生与莺

爱情范本

纯真明朗
《西厢记》

WEN

HUA

ZHONG

GUO

莺成婚。郑恒很可怜，但可怜之人必有可恨之处，他想办法维护自己的权益无可厚非，但手段低劣卑微便不可取。

郑恒匆匆而来，又匆匆而去。他"千呼万唤始出来"，但经过短暂的亮相便"触树身亡"。郑恒个人素质较低，自己也没有努力要求进步，和张生相比，自然难入莺莺的法眼。任何的努力在爱情面前都变得渺小了，任凭郑恒死缠烂打，一切都是枉然。郑恒的失败是必然，张生的胜出也是必然。郑恒伴着死亡而归于消隐，西厢故事却因为张生与莺莺终成眷属而永久流传。

九、文化内涵对现实景点的升华——贴上爱情标签的普救寺

有一种文化叫精神，它所包含的生活理念和思想深度很难确切地用单调的数字来表达，但它对现实的提升和彰显却是显而易见的。

近几年所爆发的"名人争夺战"人们都不陌生。正定、临城、元氏三地各出佐证并宣扬各自的"赵云文化"，亳州、邯郸、安阳都在追寻枭雄曹操的踪迹，江油、安陆也让诗仙李白不知何处为家，嘉鱼、义乌、商丘的争夺让人难觅佳人"二乔"的故里，安徽人、江西人和婺源人、尤溪人、建阳人共抢一个朱熹，炎帝、老子、孙子的故里也

都有归属权之争……"美不自美得人而彰"，这就是所谓的名人效应。对于知名度很高的名人，他的出生之地，寓居之地，游历之地，乃至流传之地，甚至他生活的点点滴滴，都吸引了大量学术

专家以及世人的青睐。对于这些我们祖先留下的文化遗产，每一个世人都有继承并将其发扬光大的义务。从一定意义上来说，对名人的争夺也是对文化的争夺。"随风潜入夜，润物细无声"，文化内涵对实体景点的升华能量无限，文化会带给人们无穷无尽的永恒的魅力和张力。

说到这里，就不得不提到独特的普救寺。寺庙本来是僧人们的静修之地，即佛门净地，是能让人们不自觉地双手合十的地方，神圣静谧，它能让人们解脱，真正找到内心的快乐和

爱情圣地普救寺

宁静。在寺庙里，大声喧哗都不允许，更别说跟风月扯上关系了。唯独普救寺，因为《西厢记》，因为莺莺和张生，因为他们流传千古的爱情故事，被贴上了爱情的标签。就是因为它的西厢光环，它的爱情标签，普救寺就不再是一座普通的寺庙了。

在普救寺里，记载着崔莺莺和张生荡气回肠的爱情故事。而在经济飞速发展人们生活水平日益提高的今天，文化旅游越来越牵动着人们的热情。位于山西晋南永济市（古称蒲州）西北蒲州古镇西厢村距市区12公里的普救寺，不但没有因为它的偏僻而无人问津，反而增添了无穷无尽探奇猎险的乐趣。这里熙熙攘攘，兴致极高的人们，因为西厢而来，因为莺莺和张生而来。在这里，人们不仅能够看到这座最初建于隋朝初年的寺庙，而且能够身临其境感知到美好的爱情。

普救寺的建筑布局为上、中、下三层台，东、中、西三轴线（西轴为唐代，中轴为宋金两代，东轴为明清形制）。由此看来，普救寺本来就是一座历史久远文化底蕴深厚的寺庙，再加上它是元代西厢故事

WEN

HUA

ZHONG

GUO

莺莺塔

的发生地，更加刺激了人们内心的渴望。当地政府对它也做了充分的规划和扩建，让普救寺的西厢文化更加浓郁，历久弥香。如今的普救寺里，有仿《西厢记》中剧情而建的书斋、后花园、法堂、佛堂等，还有一组人物蜡像，生动再现了剧中的各个知名场景，使普救寺成为一处以戏剧文化为主的旅游胜地。这里有奇特回声效应的莺莺塔，谜一样的蟾声冲击着人们的耳膜；有飞檐翘角、气势雄伟的大钟楼，这是"白马解围"中的"观阵台"，能让人们感受孙飞虎围寺抢亲的情景；有具有中国北方民俗特点的三合院"莺莺院"，这座梨花深院是莺莺一家人路经河中府借居普救寺的临时寓所，也是《西厢记》中"请宴"、"赖婚"、"逾垣"、"拷艳"等戏的发生地。寺院中的墙壁上是当地书画家绘就的《西厢记》故事连环画，它完整地介绍了张生与崔莺莺浪漫而又曲折的相爱过程，不仅莺莺的相貌画得惟妙惟肖，就连一处普通的北方传统的三合小院，院中的梨树，张生的书斋，老夫人和莺莺的住所，院内院外，屋内屋外，几乎都是按照《西厢记》的情节绘制的。由于寺院里这种特意的西厢文化渲染，置身其中，不由得你不触景生情。看着张生跳过墙的地方，看着被张生踩踏过的杏树，完全可以感知到崔、张爱情的一路坎坷，他们为爱周旋斗争最终成为眷属的过程魅力。协同爱人或朋友来到这里，度假游玩，在寺院最显眼的地方挂上环环相扣的连心锁，情真意切山盟海誓地浪漫一回，从中享受爱情文化的历史熏陶。当然，在这里，你不仅可以听到一段动人的爱情故事，还可以探秘世界六大奇塔之一的"莺莺塔"（它与缅甸掸邦的摇头塔、匈牙利索尔诺克的音乐塔、摩洛哥马拉克斯的香塔、法国巴黎的钟塔、意大利的比萨斜塔，并称为世界六大奇塔），欣赏杨贵妃故里等景点，让旅游来得更加文化一些！

　　是的，很多情况下，人们都是先知道景区景点，才知道这个景区景点的所在城市。也正是由于景区景点的知名度提高了，这个城市的知名度和吸引力才提高了。通过文化旅游，通过了解文化名人，来了解在文化光环照耀下的名人故里。

爱情范本
纯真明朗
《西厢记》

WEN

HUA

ZHONG

GUO

第三章

经典的爱情模式

　　古今中外，真爱都是一样的，缠绵悱恻，万种风情，似明月一般，清澈妩媚浪漫。我们感受过中国古代经典爱情故事的魅力，也见证过海枯石烂般的永恒。有了爱，我们会很放松很甜蜜，我们能看见生活的美好，能微笑着感受那时时袭来的痉挛般的幸福。就这样，一些看似微不足道却分量千斤的爱意如春风般潜入并粘附在心底。美国学者苏珊·朗格在《情感与形式》中认为，人类的情感也是在不断变化发展的。情感的内容与形式是随时代发展而发展的，不同时代有不同风貌。爱情的内涵、现象、形式也在变化。① 至于每个人选择什么样的爱情，怎样对待爱情，每个人都有自己的观念和方式，但不管怎样，爱了，就敞开心灵，拥有更多的快乐和幸福。

---

　　① （美）苏珊·朗格：情感与形式，刘大基等译，北京：中国社会科学出版社，1995。

一、永老无别离，万古常完聚——知音互赏、持守忠贞式

　　【清江引】谢当今盛明唐圣主，敕赐为夫妇。永老无别离，万古常完聚，愿普天下有情的都成了眷属。

　　　　　　　　——《西厢记》第五本第四折"张君瑞庆团圞"

　　这是《王西厢》中的一段曲辞，代表了进步的爱情婚姻观，寄托了当时及后世人民群众尤其是市民阶层对自由平等的爱情婚姻的追求和向往的理想。"永老无别离，万古常完聚"，意思是让相爱的人永远在一起，永远不分离。愿天下有情人终成眷属，希望世界上两情相悦的男女能够在一起，这是最普通也是最给力的祝福。崔、张爱情让我们记住了西厢故事，也让张生和莺莺成为知音互赏、持守忠贞式爱情模式的典范。

　　"叹人间真男女难为知己，愿天下有情人终成眷属"，是作者王实甫通过《西厢记》里的主人公发出的对美好爱情的真诚呼唤，也成为后来文学创作者们使用的常用语。《京本通俗小说·碾玉观音》："璩秀娘舍不得生眷属，崔待诏撇不脱鬼冤家。"清黄遵宪《以莲菊桃杂供一瓶作歌》："有时并肩相爱怜，得成眷属都有缘。"欧阳予倩《馒头庵》第一场："既然冤家路窄，何不使多情人成了眷属呢？"是啊，只要有人类存在，爱情就是永恒的主题，对有情人的真挚祝福也就不会改变。曾经，《西厢记》被视为浅薄的才子佳人作品，在明清时代更甚，人们视《西厢记》为"恶"

有情人终成眷属

107

爱情范本

纯真明朗
《西厢记》

WEN

HUA

ZHONG

GUO

书，"淫秽"之书。可是，西厢故事流传久远经久不衰就在于它有着无穷无尽的魅力，崔莺莺和张君瑞的爱情经历和爱情观更是引起大家的好奇和向往。

唐代诗人孟浩然在他的《夏日南亭怀辛大》诗中写道："欲取鸣琴弹，恨无知音赏。"竹露滴落的天籁之音触动了正在南亭纳凉的诗人弹琴的欲望，可正要取琴时却忽然发现没有知音共赏，由"鸣琴"之想牵惹起一层淡淡的怅惘，像平静的水面起了一阵微澜。是啊，没有约定却有默契，没有表白却有灵犀，这样的知音自古难觅。"子期死而伯牙绝弦，不复演奏"①，说的也是"恨无知音赏"的缺憾。他们不是恋人，但他们"于我心有戚戚焉"。爱情更是如此，恋人之间的一颦一笑一举手一投足，都足以引惹大量情感的挥发。上海的周锡山先生认为，李、杨爱情是知音互赏式爱情的新的典范。《长生殿》是《西厢记》首创的知音互赏式爱情新模式的杰出继承之作和推新之作。② 唐明皇最初看中的只是杨玉环的惊人美色，杨玉环追求的也仅是唐明皇的权力。唐明皇不专情，移情于梅妃、虢国夫人等，杨贵妃则嫉妒难忍，双方矛盾丛生。后来定情密誓，因为经过了第十二出《制曲》、第十六出《舞盘》，唐明皇与杨贵妃一起作曲、击鼓、舞蹈，成为艺术上互相欣赏的知音，两人建立了知音互赏式的爱情。他们通过在艺术上的共同爱好、追求、创造（作曲、演奏、演出），达到心灵上的融合，从而极大地发展和巩固了他们的天赐姻缘。但这种帝王贵妃式的爱情没有持守忠贞，杨玉环最终自缢身亡，情场老手唐明皇对杨贵妃始乱终弃。而《王西厢》不同，莺莺和张生的爱情纯真明朗，堪称爱情范本。郑

---

① （战国）吕不韦：《吕氏春秋·本味》，三秦出版社，2008.1。
② 周锡山：《〈长生殿〉和两〈唐书〉中的李、杨爱情新评》。《〈长生殿〉演出与研究》，叶长海主编，第224页。

振铎先生在《文学大纲》中说："中国的戏曲小说，写到两性的恋史，往往是两人一见面便相爱，便誓定终身，从不细写他们恋爱的经过与他们在恋爱时的心理，《西厢记》的大成功便在它的全部都是婉曲的细腻的写张生和莺莺的恋爱心境的。似这等曲折的恋爱故事，除《西厢记》外，中国无第二部。"[1] 可以说古人的作品从王实甫开始才真正懂得两性情感。汤显祖的《牡丹亭》写杜丽娘梦到柳梦梅，两人结合，这样的爱情是虚幻的、理想的，是人鬼之间的爱情。《西厢记》的爱情是现实的，王实甫用现实手法向我们展示了一对有血有肉的青年男女的缠绵爱情。

莺莺和张生这对出身门第悬殊的青年，因在佛殿偶然相遇一见倾心，便产生了爱慕之情。刚出场的莺莺怀春伤感美丽多情，看见"花落水流红"，便"闲愁万种，无语怨东风"，张生一见便惊为天人。莺莺看到风度翩翩的张生时"只将花笑捻"，临别时还"回顾觑末下"，"秋波一转"；月下联吟，两人"神魂荡漾"。莺莺埋怨"老夫人拘系得紧"，讨厌红娘"影儿般不离身"，苦于和张生"难亲近"而"情思不快，茶饭少进"，"坐又不安，睡又不稳，我欲待登临又不快，闲行又闷，每日价情思睡昏昏"。张生也是茶不思饭不想，得了相思病；张生通过红娘送简诉衷肠，莺莺虽假意发火但仍然让红娘送上回信，约好月下相会；相会时因鲁莽遭莺莺斥责，张生一病不起。莺莺心生不忍，放下所有包袱西厢幽会，以身相许；张生被迫进京赶考，两人长亭分别，虽凄凄惨惨戚戚，但心中坚定，一个誓将夺状元，一个死心塌地在煎熬中等待；莺莺为伊消得人憔悴，张生衣锦荣归高调迎娶，有情人终成眷属。这样的结尾处理正符合老百姓心中希望圆满的愿望。崔张爱情饱满、曲折、细腻，他们心中有爱，互相欣赏，心灵相通，

爱情范本

纯真明朗
《西厢记》

WEN

HUA

ZHONG

GUO

---

① 郑振铎：《文学大纲》，长春：时代文艺出版社，2010。

经过不屈不挠的抗争，加上小红娘的穿针引线，最终结为夫妻，夫贵妻荣，夫唱妇随。

宋代女词人李清照与丈夫赵明诚的爱情虽然总是游走在聚散离合之间，但丝毫不妨碍他们知音互赏、持守忠贞。李清照18岁便与丞相赵挺之子太学生赵明诚结为连理。两人志趣相投，感情融洽，互相切磋诗词文章，共同寻访金石书画，一起研砥钟鼎碑石，经常会有新奇的感悟和发现。在那段日子里，他们相互鼓励，相互支持，乐在其中，共同度过了一段美好的时光。然而，美好的时光总是不能长久，离别的痛苦笼罩了李清照的后半生，她一直生活在对丈夫的思念之中。直至客死他乡，李清照对爱人的追忆始终没有消退。

当然，就像李清照和赵明诚一样，西厢故事中呈现出来的崔、张以婚姻为目的的爱情，是有着深厚真挚的爱情作为基础的。莺莺和张生虽一见钟情，但王实甫没有停留在一见钟情的描写上，而是通过"联吟"、"寺警"、"听琴"、"赖婚"、"逼试"等一系列事件，展现了张生和莺莺成婚的爱情基础。张生虽只是一个白衣秀才，身份低微，但他通过热烈大胆追求爱情的果敢行为，获得莺莺对他的顾盼垂爱。莺莺明知已有父母之命的婚约却倾心于张生的才貌，接受了他的爱情。两人的爱情是建立在真实的感情基础上的，合情合理而又十分纯洁。

在他们纯洁浪漫的爱情里，还有着自由平等的理想。相国之女崔莺莺是典型的封建贵族家庭的淑女，她"年一十九岁，针黹女工，诗词书算，无不能者"。她的母亲对她严加管教，她的一言一行，必须符合封建家教的规范。父母做主把她许配给门当户对、亲上加亲的尚书之子郑恒，但莺莺对此并不满意。她正值妙龄，青春的萌动和现实的禁锢形成明显的对照，所以当她在佛殿遇见风流小生张君瑞时便不能自持，忘乎所以陷入深深的思念之中，内心进行着艰难的挣扎。父母双亡书剑飘零的书生张生也并不因为自己出身低微而对爱情望而却步，他大胆表白，以实际行动来争取自己的爱情。柔弱的莺莺也没有因为自己已被父母许配给门当户对的郑恒而认命。他们大胆地向对方表达着自己的爱情，冲破封建礼教和世俗观念的禁锢，实现婚姻的自主。由于他们周围的禁锢和枷锁重重，莺莺在追求自主爱情道路上表现出摇摆不定、彷徨犹豫，从"酬简"到"闹简"再到"赖简"，莺莺的思想深处在激烈斗争，她的内心也发生了巨大的变化，最终她冲了出去，大胆与张生结合。

莺莺和张生非常珍惜来之不易的爱情，他们彼此相爱、忠贞不移。张生原本要以自己学成的"满腹文章"来"得遂大志"，但当他在佛殿偶遇莺莺后，便再也不提上京赶考的事了。他见了红娘自报家门，月下吟诗，道场传情，甚至全然不顾封建礼教所谓的"非礼莫视"，大胆地跳墙与莺莺约会，真是一位"志诚种"。莺莺在张生大胆而热烈的追求下，经过艰难的挣扎斗争，最终冲破了封建礼教和自己精神枷锁的桎梏，最终走向爱情。她藐视功名利禄，把张生得官认为是"蜗角虚名，蝇头微利"，一再叮嘱张生"此一行得官不得官，疾便回来"，同老夫人"得官呵，来见我；驳落呵，休来见我"形成明显的对比。在莺莺看来，她同张生"但得一个并头莲，煞强如状元及第"。所以她告诫张生"你休忧文齐福不齐，我则怕你停妻再娶妻。休要一春鱼雁无消息，我这里青鸾有信频须寄，你却休金榜无名誓不归"，一再要张生把两人的感情牢记在心，临别时特别警告张生"若见了那异乡花草，再休似此处栖迟"。他们完全没有想到爱情以外的东西，全身心地投入了对对方的爱。在王实甫看来，爱情不但要高于一切，而且爱情应该专一，忠贞不贰。朝秦暮楚、见异思迁都不符合他的爱情婚姻观。

《西厢记》写的是爱情，不是肤浅的才子佳人主题。比之之前的爱情故事《杜十娘怒沉百宝箱》、《李娃传》、《霍小玉》等以及后来的

WEN

HUA

ZHONG

GUO

《红楼梦》，它都算得上是真正的爱情。它完整地写出了莺莺和张生的恋爱过程和恋爱心理，突出情在爱中的地位和价值。如同黛玉从来不劝宝玉做官宝玉把她视为知音一样，莺莺和张生也是打心眼儿里互相喜欢互相倾慕。如同牛郎和董永是忠厚善良的普通劳动者而得到织女和七仙女的青睐一样，张生的志诚傻专也得到了莺莺的忠贞守候。时代没有给他们提供自由恋爱和滋生爱情的空间，孙飞虎事件却让两人的相爱更合理化，而且有了正当接触和进一步发展关系的理由。与现在青年男女双方互相喜欢进而交往恋爱一样，莺莺和张生的月下吟诗、探病送简、闹简相约、西厢幽会、长亭送别等遭受折磨的恋爱，同样浪漫，而且更加坚贞。吴敬梓的《儒林外史》中有一个知识分子杜少卿，他不考进士，和妻子一起散步、登山，牵着妻子的手谈笑自若，旁若无人，引得百姓驻足围观，轰动一时。他的情况也同莺莺和张生一样，现实社会没有留给他们足够的空间让他们自由洒脱，所以被当时的人们看作是另类，为社会所不容。所以，莺莺和张生由一开始的一见钟情，到后来的偷偷见面互诉衷情、西厢幽会等，也是不见容于当时的。但是，这些都不能阻碍他们成为知音互赏、持守忠贞爱情模式的典范。莺莺和张生的爱情故事还会一直流传下去，影响一代又一代喜爱西厢故事的人们。

二、身无彩凤双飞翼，心有灵犀一点通——身处异地、心心相印式

昨夜星辰昨夜风，画楼西畔桂堂东。身无彩凤双飞翼，心有灵犀一点通。隔座送钩春酒暖，分曹射覆蜡灯红。嗟余听鼓应官去，走马兰台类转蓬。

——唐·李商隐《无题》其一

"身无彩凤双飞翼，心有灵犀一点通"，是唐代诗人李商隐的诗句。诗人说：身上没有彩凤那双可以飞翔的翅膀，心灵却像犀牛角一样，有一点白线可以相通。下句常为后人所借指爱情，指同自己的爱人分处两地，不能相见；尽管不能相见，但两人在感情上却早已契合、沟通。

身处异地、心心相印是爱情的最高境界，李商隐更是恰切地写出了爱的真谛。清人冯舒在《瀛奎律髓汇评》中说："次联衬贴流丽圆美，'西昆'一世所效。"由评价之高，可见其影响之深。像这样相爱又不能在一起的经历，诗人是多次亲身经历的，可以说，他写的就是自己的爱情遭遇。

说起李商隐的感情生活，可以分为三个阶段：一是与女道士的恋爱仙梦，二是与柳枝姑娘的难圆情缘，三是与夫人王氏的生死爱情。

李商隐 23 岁时曾在河南玉阳山东峰学道，在这里他与一位姓宋的女道士相知相爱。这位姓宋的女子本是侍奉公主的宫女，因随公主修道而在灵都观。宋姑娘年轻、聪明、美丽，与李商隐心有灵犀，两人迅速坠入了爱河。但他们的这种爱，在当时不可能得到正统礼教的承认，所以他们只能暗中传书递笺，借诗和音乐来传情达意。李商隐有诗写道："密迩平阳接上兰，秦楼鸳瓦汉宫盘。池光不定花光乱，日气初涵露气干。但觉游蜂饶舞蝶，岂知孤凤忆离鸾。三星自转三山远，紫府程遥碧落宽。"可见两人感情深切，希望从相会发展为长相厮守，但又担心天违人愿，所以两情相悦之余又隐含着分离的痛苦。后来宋姑娘可能随公主回宫了，只留下李商隐，独自忍受着刻骨铭心

李商隐

113

爱情范本

纯真明朗
《西厢记》

WEN

HUA

ZHONG

GUO

的相思之苦。"怅卧新春白袷衣,白门寥落意多违。红楼隔雨相望冷,珠箔飘灯独自归。远路应悲春晼晚,残宵犹得梦依稀。玉珰缄札何由达,万里云罗一雁飞。"夜深人静的时候,诗人冒着雨,提着孤灯,来到宋氏宫人曾住过的地方。凄然隔雨相望,然而那里已人去楼空,物是人非。李商隐把这段纯真的恋情一直深埋心底,多年后当他重过道观时,又写下《重过圣母祠》:"白石岩扉碧藓滋,上清沦谪得归迟。一春梦雨常飘瓦,尽日灵风不满旗。萼绿华来无定所,杜若香去未移时。玉郎会此通仙籍,忆向天阶问紫芝。"时过境迁,爱人一去不复返,自己故地重游,也只能在布满苔藓的幽会之地惆怅和感伤。后来,李商隐偶然在长安见到了宋姑娘,因身份的缘故,二人仍然不能相会,李商隐只能写诗来表达自己的伤痛:"偷桃窃药事难兼,十二城中锁彩蟾。应共三英同夜赏,玉楼仍是水精帘。"相爱的人就在眼前,可却如玉宫中的彩蟾,可望而不可即。对于感情深厚的恋人而言,没有比这样更能折磨他们的了。

与宋姑娘的恋情没有开花结果,李商隐犹如锥刺针扎一样地痛心疾首;与柳枝姑娘失之交臂的爱恋,更让他抱憾终身。风华正茂的李商隐进京赶考,住在洛阳西郊,遇到了让他一见倾心的美貌才女柳枝。17岁的柳枝能弹琴会吹箫,懂作曲擅诗歌,两人诗歌唱和,传递他们

爱的讯息。李商隐的堂兄李让山是柳枝的邻居,他高声朗诵李商隐的爱情诗时,被柳枝听到,并且闻诗动心,立即手断衣带,请李让山转赠义山向他乞诗。第二天,李商隐与柳枝相约三天后相见,可他的一位朋友却恶作剧地将他的行装带

李商隐的爱情

到长安去了，诗人不得不追赶那位开玩笑的朋友，而负了柳枝的约会。可以说，两人有缘无分，后来柳枝被一位地方官纳为妾，两人的浪漫情缘只能在李商隐的《柳枝五首》里遗憾收场。

如果说前面两位女子与李商隐的恋情虽情深意长，但似昙花一现，那么他与妻子的生死情恋更让人动容。唐开成三年，李商隐应泾原节度使王茂元的邀请，来到离长安五百里的泾州，在泾原幕府担任从事。在这里，他得遂所愿，与王茂元小女儿成婚。虽然王家有钱有势，但李商隐与王氏却过着清贫的生活。"人世死前惟有别，春风争拟惜长条。"为了功名与生计，李商隐在婚后一次又一次离别爱妻。大中元年，他随郑亚远赴幕职一年。大中三年底，他又赴卢宏止武宁节度使府为判官，待大中五年春夏间罢幕归京，王氏已病死。可怜这一对苦命鸳鸯，在妻子死前他竟没有能够见上一面！李商隐追悔莫及，他一次又一次地向亡妻表诉衷肠：《李夫人三首》、《西亭》、《王十二兄与畏之员外相访见招小饮时予以悼亡日近不去因寄》、《悼伤后赴东蜀辟至散关遇雪》、《正月崇让宅》，都是对妻子王氏的悼亡之作。"密锁重关掩绿苔，廊深阁迥此徘徊。先知风起月含晕，尚自露寒花未开。蝙拂帘旌终展转，鼠翻窗网小惊猜。背灯独共余香语，不觉犹歌起夜来。"虽说"两情若是久长时，又岂在朝朝暮暮"，可这样的感情，这样的别离，实在是让人无以承受。

北宋词人秦观在《鹊桥仙》中写道：

> 纤云弄巧，飞星传恨，银汉迢迢暗度。金风玉露一相逢，便胜却、人间无数。柔情似水，佳期如梦，忍顾鹊桥归路。两情若是久长时，又岂在、朝朝暮暮！

"两情若是久长时，又岂在朝朝暮暮"，与"身无彩凤双飞翼，心有灵犀一点通"，有异曲同工之妙，写的是隔着银河遥遥相望的牛郎和织女身处异地但心灵相通的故事。他们踏着鹊桥，在银河上会面，虽

爱情范本
纯真明朗
《西厢记》

WEN

HUA

ZHONG

GUO

然一年只有这一次相会，但幸福的相会情深意长，胜过那人间千万次的相拥。

东汉无名氏的《古诗十九首》里有一首《迢迢牵牛星》：

迢迢牵牛星，皎皎河汉女。纤纤擢素手，札札弄机杼。

终日不成章，泣涕零如雨。河汉清且浅，相去复几许？

盈盈一水间，脉脉不得语。

牛郎织女

写牵牛织女夫妇的离隔。牵牛迢迢，织女皎皎，他们都是那样的遥远，又是那样的明亮。织女被称为河汉女，其仪容之美好亦映现于河汉之间。织女虽说整天在织，却织不成匹，因为她心里悲伤不已。那阻隔了牵牛和织女的银河既清且浅，牵牛与织女虽仅一水之隔，却只能相视而不得语也。一个饱含离愁折磨的少妇，一个备受爱恋煎熬的男子，只能在一条水光轻盈的银河两岸，含情脉脉地凝视着对方。看到这里，我们除了憎恨那狠心无情的王母娘娘外，还会对两个心有灵犀坚信爱情的恋人由衷地敬佩和赞赏。

"盈盈一水间，脉脉不得语"，那是望穿秋水泪眼朦胧的凝视，是饱含离愁别绪楚楚动人的爱恋，是难以逾越无法触及的感动和忧伤。在这哀怨当中，又有着一股神奇的力量，让我们感到了对人生、命运和爱情的强烈抗争和需求。

另外对白娘子和许仙、七仙女与董永等古典爱情的吟唱还有很多很多，他们的爱恋，浪漫而艰辛，他们心意相通，却不能朝夕相伴，只能把那满满的愁绪装在沉静和哀凉里，独自咀嚼，独自吞咽。

高爽的秋风与纯白的露水烘托出牛郎织女高尚纯洁的爱情。是啊，身处异地，实属不易，像这样天长地久的忠贞爱情才真正动人心魄。

三、衣带渐宽终不悔，为伊消得人憔悴——无悔付出、不求回报式

伫倚危楼风细细，望极春愁，黯黯生天际。草色烟光残照里，无言谁会凭栏意。拟把疏狂图一醉，对酒当歌，强乐还无味。衣带渐宽终不悔，为伊消得人憔悴。

——柳永《蝶恋花》

"衣带渐宽终不悔，为伊消得人憔悴"出自宋代婉约词人柳永的《蝶恋花》。意思是为了思念她人变得消瘦与憔悴，衣服变得越来越宽松也不后悔。是啊，真爱她，就要无怨无悔地付出，不求回报，这也是爱情追求的另一个难以到达的境界。

谈到柳永，大家首先想到的就是"名妓谢玉英与柳永"的故事。据有关历史记载，柳永才高气傲，恼了仁宗，不得重用，中科举而只得个馀杭县宰。途经江州，他照例流浪妓家，结识谢玉英，见其书房有一册《柳七新词》，因而与她成为知音。临别时，柳永写新词表示永不变心，谢玉英则发誓从此闭门谢客以待柳郎。柳永在馀杭任上三年，又结识了许多江浙名妓，但从未忘记谢玉英。他任满回京路过江州时，还想带她一起回京。可谢玉英又去卖唱了，柳永当时十分惆怅，以为谢玉英违背誓言，于是提笔在花墙上赋词一首："见说兰台宋玉，多才多艺善赋，试问朝朝暮

柳永

117

爱情范本

纯真明朗
《西厢记》

WEN

HUA

ZHONG

GUO

《雨霖铃》

暮，行云何处去?"随后郁郁而去。谢玉英回到房间，看到柳永的词，她才知道柳永一直未曾忘记过她。其实，谢玉英也一直都在等着柳永的出现，只是现实生活逼迫而无奈卖唱。于是她毅然决然地变卖自己的财物，为自己赎身后义无反顾地踏上寻找柳永的路。她睡过破庙，淋过雨，受尽磨难，几经波折，终于在东京名妓陈师师家找到了柳永。久别重逢，种种情怀难以诉说，两人重修旧好，他为她作了那首缠绵悱恻的《雨霖铃》，两人如夫妻一般地生活着。可是，柳永仕途不顺，被宋仁宗罢官，从此，他就经常出入京城各大妓院，撰写词曲，并自称"奉旨填词柳三变"。生性风流的柳永，最后死在了"名妓"的屋中。他终身未娶，无妻无子，谢玉英曾与他拟为夫妻，为他戴重孝。就在柳永死去的两个月后，谢玉英因痛思柳永，哀伤过度而死去。"名妓"陈师师等人念她情重，便把她葬于柳永墓旁。

谢玉英虽是一风尘女子，但她不是柳永心中的匆匆过客，就像词中所写的"黯然销魂者，唯别而已矣"。轻轻吹拂着面颊的春风都能勾起他对远方情人的相思。虽然天各一方，无法相见，但思念的愁绪将两人紧紧地联系在了一起。愁绪的翻涌、思念的流动，寂寥的内心已如眼前的大地一般荒芜，他只能默默"无言"，独倚高楼，极目远方，遥寄相思。真是此时无声胜有声!"无言"却胜过万语千言，包含着万千思绪，囊括了万种风情。可是，有谁能理解这种无言凭阑念远相思之意呢? 远方的情人，你能理解吗? 没有尝过相思之苦的人，是无法

理解那种苦到让人无法会意的极致的！此时的词人只想痛痛快快地大醉一场，"对酒当歌"，强颜欢笑，他想彻底放纵自己的身心，把苦涩的愁绪抛到九霄云外。然而，思念不是空穴来风，它是根植于心的，用酒麻醉自己强迫自己开心，简直就是自欺欺人。常言道："借酒浇愁愁更愁"，词人也是如此，不仅愁苦没有排遣掉，反而更加重了自己内心的无趣和无味。"衣带渐宽终不悔，为伊消得人憔悴。"相思是一种折磨，但这种折磨苦中含蜜，为了心爱的人，哪怕被相思折磨得瘦骨嶙峋、憔悴老去也在所不惜！胡云翼先生在《宋词选》里把"消得"注释为"值得"，可谓深得其义。这样的理解，把天下有情人彼此思念的漫天飞舞的愁绪，对爱情忠贞不渝、至死靡他的真挚情感表达得淋漓尽致、荡气回肠。

是啊，魂牵梦绕的情人远在他乡，自己只能在草色青青、暮霭氤氲的黄昏里，将那空旷寂寥的斜阳落日泼洒在苍茫的大地上，心中布满的是那无边无际的无奈和凄凉。追求多高的理想或目标，必须附上多少的痛苦和劳动，衣带渐宽，憔悴消瘦，甚至是更多，但即使理想或目标达不到，也是不后悔的。如果确定了一个追求的目标，却只有五分钟的热情，三天打鱼两天晒网，你肯定永远也追不到。屈原在《离骚》里曾说："亦余心之所善兮，虽九死其犹未悔"，这些都是我内心之所珍爱的美德，即使让我死很多次我也绝不改悔。就是无论付出多么大的代价，都无悔无怨，因为我知道我所追求的这个是有意义的、有价值的。爱上一个人，就愿意终生为他奉献；你觉得这个人是值得你去爱的，所以就衣带渐宽终不悔，甘心为他忍受憔悴，这是境界。

实际上，是爱的缠绵和执着，才让那"春愁"顽固地缠着，挥之不去；是因为这个有情人根本不想把这愁挥去。这是一种坚贞不渝的感情。《古诗十九首》里有"相去日已远，衣带日已缓"的诗句，表现得非常含蓄、平和，而柳永的表达更直白，感情更浓烈，态度也更决绝。贺裳《皱水轩词筌》认为韦庄《思帝乡》中的"陌上谁家年少？足风流。妾拟将身嫁与，一生休。纵被无情弃，不能羞"诸句，是"作决绝语而妙"者；而此词的末二句乃本乎韦词，不过"气加婉矣"。其实，冯延巳《鹊踏枝》中的"日日花前常病酒，不辞镜里朱颜瘦"，虽然语句有些颓唐，也是属于这一类型。后来，王国维在《人间词话》里说："古今之成大事业、大学问者，必经过此三种之境界：'昨夜西风凋碧树，独上高楼，望尽天涯路'，此第一境也。'衣带渐宽终不悔，为伊消得人憔悴'，此第二境也。'众里寻他千百度，蓦然回首，那人却在灯火阑珊处'，此第三境也。此等语皆非大词人不能道。"王国维借用柳永的这两句词来说明成大事业、做大学问的人所必须具备的忘我、坚韧、执着的精神，虽然和词的原意不合，但足见他对这两句词的欣赏程度非同一般，也正是诠释了柳永这两句词所概括的那种锲而不舍的坚毅性格和执着态度。

四、枝上柳绵吹又少，天涯何处无芳草——感性投入、理性回归式

这两句词出自苏轼的《蝶恋花》，原文如下：

> 花褪残红青杏小。燕子飞时，绿水人家绕。枝上柳绵吹又少，天涯何处无芳草。墙里秋千墙外道。墙外行人，墙里佳人笑。笑渐不闻声渐悄，多情却被无情恼。

这是苏轼的一首颇具婉约风格的词，词中最为人称道的两句便是："枝上柳绵吹又少，天涯何处无芳草。"词人说：枝头上的柳絮随风远去，愈来愈少；普天之下，哪里没有青青芳草呢。是啊，柳絮纷飞，春色将尽，固然让人伤感；而芳草青绿，又自是一番境界。这是苏轼的旷达，也是对苏轼性格和境况的真实写照。鲜花败褪艳红残存，初生的杏子又青又小，这里面蕴含着许多的辛酸和悲哀。据《林下词谈》记载：子瞻在惠州，与朝云闲坐。时青女（霜神）初至，落木萧萧，

凄然有悲秋之意，命朝云把大白，唱"花褪残红"。朝云歌喉将啭，泪满衣襟。子瞻诘其故，答曰："奴所不能歌，是'枝上柳绵吹又少，天涯何处无芳草'也。"苏轼一生漂泊，最后因反对新法背负"讥讪先朝"的罪名，被远谪到当时属蛮荒之邦、瘴疠之地、气候迥异于北方且生活条件又极其艰苦的岭南。此时的他已人到晚年，遥望故乡，几近天涯。这样的境遇和随风飘飞的柳絮何其相似！

朝云是宋神宗熙宁七年（1074）苏轼在杭州时收养的一名侍女，当时年方12，后来被苏轼收为妾，侍奉他23年，随他颠沛流离、起起落落直至边远的惠州。朝云美丽贤惠，长于歌舞，陪伴苏轼度过了无数艰难，一道承受了无数打击，是苏轼至亲至爱的患难伴侣。朝云很喜欢这两句词，"日诵'枝上柳絮'二句，为之流泪。病极，犹不释口"。苏轼见落木萧萧，即有悲秋之感，朝云诵诗，常怀伤春之情。正所谓二人心有戚戚焉，内心的忧虑和无奈跃然纸上。"朝云不久抱疾而亡，子瞻终身不复听此词。"为什么苏轼再不听这首词呢？正如苏轼在《朝云墓志铭》中对朝云的评价："敏而好义，事先生二十有三年，忠敬如一。"苏轼晚年不听这首词，说明了词人对他的妾妇是有着很深的感情的。朝云对他"忠敬如一"，他对朝云难以忘怀！真爱了，又要理性回归，迫使自己忘记或转而顾其他，试问天下人，又有几个能够做到呢？或者想开点，向前看，把那真真切切的爱意和痛感深埋心底，

121

爱情范本

纯真明朗
《西厢记》

WEN

HUA

ZHONG

GUO

不去触碰，不去招惹，好好地开始一段新的感情之旅，也未尝不是一件好事。对苏轼而言，戴罪之身不名一文爱侣去世，一连串的打击让身处异乡困难重重的他几乎难以抬头，但他是坚强的，他的"天涯何处无芳草"其实是对自己心灵的一种宽慰。

苏轼曾说，墙里的秋千，墙外的小路。墙外的行人路过，听到墙里的佳人在笑。他驻足聆听，心想人家今天为何如此开心。其实，佳人只是玩秋千玩得开心罢了，玩腻了可能便回到屋里去了。可看不到佳人的行人还在墙外守候。是怪行人多情，还是怨佳人无情？那如花的美丽带给人难忘的记忆，在永久的岁月中奏成一曲千古的佳话，"多情却被无情恼"，写尽了爱情的欢乐与无限的等待。可佳人未必再出来，守株待兔必不可取；即使佳人再出来，又能怎样呢？那银铃般的浪漫未必能继续。明年春花依旧美，在那乡间小路，杏花深处，依然有美好风光静静地等待着你。

因从政而万般惆怅的苏轼，被贬后没有堕落沉沦。他游山玩水，赏鹤垂钓，参禅礼佛，从精神上寻找心灵慰藉，从山水中求得了自在和安静，从佛偈禅语、公案故事中，醍醐灌顶豁然开朗。他的变通，使他在抑郁中看到了自己的出路，在身陷囹圄时，仍怀着豁达的心境，在失落中激起动人的涟漪。变通的心境，使苏轼豁达的人格在世代文人心中镌刻成一种记忆，变通的睿智，使苏轼伫立在赤壁，高唱"大江东去浪淘尽"的形象在历史中定格。乌江自刎的项羽，只能在阴霾中让自己的斗志消失殆尽；唐宋八大家之一的曾巩因为没有得到重用抑郁而死；《四世同堂》的作者老舍舒庆春因无法面对那个疯狂年代的

寒心批判而选择投湖自杀……很多的仁人志士，都跌进失意的深渊，一蹶不振，甚至结束生命。而另有一些人，像同为唐宋八大家的柳宗元，寄情山水让心灵栖息；同样遭受迫害的沈从文却钟情于那洁白的莲花寻求生活的娴静……同一片蓝天下，却有着不同的境遇，倘若明了"天涯何处无芳草"的哲理，那泛黄的历史记载将会是另一番面貌。

借人生的际遇写爱情也好，或者借爱情写人生普遍存在的矛盾也罢；不论是写迟暮之情、思乡之情、身世感怀，还是现实遭遇，"枝上柳绵吹又少"，表现的感情低沉，而"天涯何处无芳草"，则强调振奋。词人虽然写的是情，但其中渗透着人生哲理也是显而易见的。

五、衣不如新，人不如故——移情背叛、遗恨无期式

荧荧白兔，东走西顾。衣不如新，人不如故。

——乐府《古艳歌》

作者无名氏。写弃妇被迫出走，犹如孤苦的白兔，往东去却又往西顾，虽走而仍念故人。是规劝故人应当念旧。

乐府《古艳歌》最早见于《太平御览》，明、清人选本往往作东汉窦玄妻《古怨歌》，是沈德潜将诗题的"艳"改为"怨"。《艺文类聚》卷三十记窦玄妻事云："后汉窦玄形貌绝异，天子以公主妻之。旧妻与玄书别曰：'弃妻斥女敬白窦生：卑贱鄙陋，不如贵人。妾日已远，彼日已亲。何所告诉，仰呼苍天。悲哉窦生！衣不厌新，人不厌故。悲不可忍，怨不自去。彼独何人，而居是处。'"文中并没有提到是窦玄妻作的这首诗歌。但这首弃妇诗明白写出了两层意思：自己被故人抛弃却终究爱恋故人；说服故人也应该念旧。沈德潜《古诗源》也写道："（窦）玄状貌绝异，天子使出其妻，妻以公主。妻悲怨，寄书及歌与玄，时人怜之。"看来，窦玄是个潇洒英俊风流倜傥的才子，

爱情范本

纯真明朗
《西厢记》

WEN

HUA

ZHONG

GUO

他抛弃妻子移情别恋是被迫的，是奉了皇上的旨意。面对无法违抗的圣命，窦玄妻无可奈何，窦玄也好像没有办法只有从命了！类似这样的事情，《晏子春秋》有一段关于晏子的记载：景公见晏子妻"老且恶"，欲把爱女嫁与他，他坚辞不纳。他说："去老者，为之乱；纳少者，为之淫，且夫见色忘义，处富贵而失伦，谓之逆道。"① 相比晏子的清心寡欲，窦玄之流停妻再娶虽不是本意，但也难逃移情背叛的罪名。如果历史上实有窦玄和窦玄妻之事，这诗也真是窦玄妻所作，那么窦玄妻子当是一个非常聪慧睿智的女子。她洞悉人性的弱点，明白"衣不如新，人不如故"的内涵，对窦玄的抛弃没有感到意外，虽旧情难忘，但却流露出她的自信：她坚信，总有一天窦玄会后悔，会发现老婆还是原配好。

我们无处查考也不知道后来窦玄有没有后悔，但汉乐府民歌《上山采蘼芜》记载了一个类似的事例，原文是这样写的：

> 上山采蘼芜，下山逢故夫。长跪问故夫："新人复何如？""新人虽言好，未若故人姝。颜色类相似，手爪不相如。新人从门入，故人从阁去。新人工织缣，故人工织素。织缣日一匹，织素五丈余。将缣来比素，新人不如故。"

文中的意思是：一对离婚的男女在山间偶然相遇，于是有了一段关于"新人"和"旧人"的对话。"前妻"问"故夫"：你又娶的那个女子怎么样啊？"故夫"竟然啰啰嗦嗦地说了一大通，将新人和她进行了一番细致的对比，主要就是表达一个意思："那个新人，她比你差远啦！"语意诚恳，推心置腹，透露出的明显是无以言说的后悔之情，最后一句"新人不如故"，是痛定思痛的肺腑之言。看来，移情别恋、抛弃背叛，像这种人们生活中的喜新厌旧态度，是注定要经受伦理道德

---

① 陈涛译注《晏子春秋》，中华书局，2007年12月，第325页。

的拷问的。

悲剧已酿成，故人已离去，即使"新人不如故"，那个当年对妻子始乱终弃而后又再婚男子又能怎么样呢？世上没有后悔药，自酿的苦果只有自己吞食，岁月的磨难会让他清醒。想想沈德潜将《古艳歌》的"艳"改为"怨"，是多么地贴切！再联系《羽林郎》："男儿爱后妇，女子重前夫。人生有新故，贵贱不相逾。"诗歌中这位卖酒的胡姬，义正辞严而又委婉得体地拒绝了一位权贵豪奴的调戏。她是这样说的："你们男人总是喜新厌旧，爱娶新妇；而我们女子却是看重旧情，忠于前夫的。"这与《陌上桑》中"使君自有妇，罗敷自有夫"如出一辙，只是语气稍委婉而已。其实，15岁的胡姬未必真有丈夫，她之所以暗示自己"重前夫"，也和罗敷一样，严正表明自己忠于爱情的信念，谴责那些薄情寡义抛妻寻欢的男人。"人生有新故，贵贱不相逾。"胡姬更严厉地告诉他："既然女子在人生中坚持从一而终，决不会以新易故，又岂能弃贱攀贵而超越门第等级呢！"

从"男儿爱后妇，女子重前夫"这句诗，也可看出在汉代，男子始乱终弃并不是偶然的个别的现象，家庭婚姻状况并不牢固。否则，胡姬怎么会把"后妇"和"前夫"挂在嘴边顺口就来呢？另外，很显然，这种婚姻的不稳定，罪魁祸首在于男人的三心二意，喜新厌旧。

"衣不如新，人不如故"，其实表达的是一种既幽怨而又怀有希望的复杂情绪。新衣服穿起来肯定是光鲜亮丽，但新衣服也会穿旧的；人还是旧相识知根知底，相处得和睦。即便丈夫已经另有新欢，尽管她有很多的不满，很多的委屈，但她仍抱有一种与丈夫重归于好的希望。有人说，见异思迁原是人的本性，俗话说："旧的不去，新的不来。"是啊，一新一旧，对比鲜明，但新与旧永远是相对的，如果一味地执拗地追求"新"，那么永无尽头，生活也就永无宁日。女人的那一声幽怨的叹息，就是希望男人们对待女人不要像对待衣服一样，那么

125

爱情范本
纯真明朗
《西厢记》

WEN

HUA

ZHONG

GUO

地无情，那么地随便。

房玄龄

唐太宗时期的宰相房玄龄惧内，也就是怕老婆，是出了名的。他的妻子卢夫人很霸道，但对房玄龄的衣食住行却十分用心，照料得无微不至。有一天，唐太宗请开国元勋们赴御宴，酒足饭饱之际，房玄龄经不住同僚的挑逗，吹牛皮说不怕老婆，唐太宗乘着酒兴便赐给了他两个美人。房玄龄没想到吹牛惹得皇上当了真，但钦命难违，他只得收了两位美人，但想到自己霸道的结发妻子，他又愁得不知怎么才好。尉迟敬德给他出主意说老婆再凶，也不敢把皇上赐的美人怎么样。房玄龄这才小心翼翼地把两个美人领回家。谁知他老婆却不管这些，一见房玄龄带回两个年轻漂亮的小妾，便雷霆大发，大吵大骂，并大打出手，把两个美人赶出了府。这下惊动了皇上，李世民想压一压宰相夫人的横气，便立即召宰相房玄龄和夫人问罪。他指着两位美女和一坛"毒酒"说："我也不追究你违旨之罪，这里有两条路任你选择，一条是领回二位美女，和和美美过日子，另一条是吃了这坛'毒酒'，省得妒忌旁人了。"房玄龄急忙跪地求情，但夫人性烈，她举起坛子，"咕咕咚咚"地将一坛"毒酒"喝光了。房玄龄急得老泪纵横，抱着夫人抽泣，众臣子却一起大笑，原来那坛装的并非毒酒而是晋阳清源的食醋，根本无毒。唐太宗见状，只得收回成命。卢夫人没想到因祸得福，心中自然高兴万分。从此，"吃醋"便成了女人妒忌的代名词。卢夫人宁愿一死，也不让丈夫背叛自己。看来，治疗这种移情背叛的毛病，还得下猛药才能行！

《太平广记·卷270》记载：

卢夫人，房玄龄妻也。玄龄微时，病且死，诿曰："吾病革，君年少，不可寡居，善事后人。"卢泣，入帏中，剔一目示玄龄，明无他。会玄龄良愈，礼之终身。

故事有点儿血淋淋，但能够用剪刀把自己的一只眼睛挖出来给丈夫表忠心，表明自己从一而终绝无再嫁的信念，恐怕也就只有卢夫人了。看来，房玄龄怕老婆，实际上是爱老婆，而且他的爱老婆是事出有因——他的老婆更爱他！

是啊，爱一个人时，满眼都是她的好；而当爱上别人时，满眼都是她的不好，先前她的好也没有那么好了。有爱的时候，放大了她的优点；不爱时，夸大了她的缺点。于是，这个移情别恋的人就会心安理得地琵琶别抱了。

乐府爱情

其实，静下来想一想，爱情不在了，再留恋也于事无补，他移情别恋也没有那么可怕。请受伤的人勇敢坚强一些，对恋上新人的那个人说："谢谢你离开！"鲁迅在《伤逝》中，有一句话多次重复：爱情需要更新。先生不是在为移情别恋找借口，而是为爱情保鲜出高招。

六、还君明珠双泪垂，恨不相逢未嫁时——一见倾心、相见恨晚式

君知妾有夫，赠妾双明珠。

感君缠绵意，系在红罗襦。

妾家高楼连苑起，良人执戟明光里。

爱情范本

纯真明朗
《西厢记》

WEN

HUA

ZHONG

GUO

知君用心如日月，事夫誓拟同生死。

还君明珠双泪垂，恨不相逢未嫁时。

——张籍《节妇吟》

节　妇

这是唐代诗人张籍写给当时的东平司空李师道的一首诗。在字面上，这是一首哀怨凄美抒发男女情事的诗，它描写了一位忠于丈夫的妻子，经过思想斗争后终于拒绝了一位多情男子的追求，守住了妇道。其中的名句"还君明珠双泪垂，恨不相逢未嫁时"，现在也常被人引用，表示对他人的深情厚意，因为时与事的不合时宜，只能忍痛加以拒绝。

张籍是借节妇的意思委婉地拒绝李师道的邀请。原因是李师道父子三人，割据一方，是当时最为跋扈的一个藩镇。他非常仰慕张籍的学识，很想聘请他来为自己效命。可张籍虽然贫穷，却淡泊名利，更不愿与乱臣为伍，常以诗歌自娱，逍遥而自在，当时的许多名士，都乐于与他同游。张籍不便正面拒绝李师道，所以写了这首《节妇吟》，婉谢而不愿就聘。李师道看了，也只好就此作罢，不再勉强了。它表达了作者忠于朝廷，不被藩镇高官拉拢、收买的决心，他像一个节妇守住了贞操一样守住了自己的严正立场。

虽然这首诗骨子里是政治抒情诗，张籍所表达的情感与爱情无关，但今天，这两句诗却常常用来形容生不逢时、相见恨晚式的爱情。是啊，我心中感激你的情意缠绵，把你送给我的明珠系在红罗短衫上。归还你的双明珠我两眼泪涟涟，只恨没有遇到你在我未嫁之前。我知道你对我是真心一片，感激你对我的深情厚意，我把你的美意记在了心里。但是我有丈夫，你也明知道我有丈夫，我只能拒绝你，拒绝你

的请求和许诺。我心中很是伤感，只恨我没能在结婚之前遇到你。诗中字字恳切，句句委婉，表达了对追求她的男子相见恨晚的感情，心中满是两人生不逢时的感慨和遗憾。

唐代无名氏有一首五言诗《君生我未生，我生君已老》①，全文如下：

君生我未生，我生君已老；君恨我生迟，我恨君生早。
君生我未生，我生君已老；恨不生同时，日日与君好。
我生君未生，君生我已老；我离君天涯，君隔我海角。
我生君未生，君生我已老；化蝶去寻花，夜夜栖芳草。

君去我未去，我生君已老；君让我苟生，我恨君去早。
君去我未去，我生君已老；恨不去同时，幽冥与君好。
我去君未去，君生我已老；我离君天涯，君隔我海角。
我去君未去，君生我已老；魂归去寻君，夜夜把君召。

君生我亦生，我老君亦老；君喜我生同，我喜君生巧。
君生我亦生，我老君亦老；同喜生同时，日日与君好。
我生君亦生，君老我亦老；我同君厮守，君摸我鬓角。
我生君亦生，君老我亦老；化蝶去寻花，夜夜栖芳草。

此诗为唐代铜官窑瓷器题诗，可能是陶工自己创作或当时流行的里巷歌谣。1974～1978 年间出土于湖南长沙铜官窑窑址。据说，原诗只有第一段，诗文凄美，影响深远，意思是感叹两人相爱却不能长相守的无奈辛酸。诗中的无奈可能是由于年龄的差距，还有距离的远近。

① 见陈尚君辑校《全唐诗补编》下册，《全唐诗续拾》卷五十六，无名氏五言诗，第 1642 页，中华书局，1992 年 10 月版。

　　还有许多的文人墨客在他们的作品中表达出不同程度的相见恨晚的感情，宋代诗词中就有不少。王安石在《别葛使君》中说："追攀更觉相逢晚，谈笑难忘欲别前。"吴儆在《念奴娇》中写道："相逢恨晚，人谁道、早有轻离轻折。不是无情，都只为、离合因缘难测。"方千里《六幺令》："当时相见恨晚，彼此萦心目。别后空忆仙姿，路隔吹箫玉。何处栏干十二，缥缈阳台曲。"朱敦儒《清平乐》："当初相见，君恨相逢晚。一曲秦筝弹未遍，无奈昭阳人怨。"柳永《洞仙歌》："恣雅态、明眸回美盼。同心绾。算国艳仙材，翻恨相逢晚。"施酒监《卜算子》："相逢情便深，恨不相逢早。"元程文海《感皇恩 次韵姚牧庵题岁寒亭 此首下原附牧庵》："地有高斋要名士。相逢恨晚，老矣酒兵诗帅。岁寒同一笑、千年事。"是啊，和你相逢才觉得相识恨晚，与你相别才知道难忘相欢。两人虽然一见倾心，但他们没有在对的时间遇见对的人，只能相见恨晚徒增苦恼了。

　　唐代传奇人物李靖和红拂女是相见恨晚的典型。红拂女本是一名歌女，被当时的军阀杨素收在府中。因缘际会，认识了李靖及虬髯客，她的传奇故事从此开始。李靖当时已经三十多岁了，他的救国方策不被杨素重用，政治上非常不得意。但红拂女却慧眼识英雄，初见李靖，就先迷上了他的救国方策。在李靖离开杨府后，她就私自外出，找到李靖住的旅馆，发誓要与他私奔。不论日后生活清贫，颠沛流离，还是四处行军打仗，无安生之日，都未能阻止红拂女的决心。后来李靖参加了李唐的军队，成为卫国公，红拂女自然是功不可没。她善战机智，为李靖的屡立战功起到了不可替代的作用。可惜她中年病逝，李靖痛失爱妻，哀伤不已。唐太宗命魏征撰写墓志铭，并亲手题书"大唐特进兵部尚书中书门下省开府仪同三司卫国公李夫人张氏之碑"。年轻貌美勇气可嘉的红拂女与李靖一见钟情，毅然决然地跟他私奔，创造了属于他们俩的传奇。他们情投意合，虽相见恨晚，但没有留下遗憾。

像这种一见倾心相见恨晚的恋爱成功的典型还有司马相如和卓文君。美丽多情、才艺俱佳的卓文君寡居在家，被司马相如的一曲《凤求凰》牵惹，顿生爱慕之情，但受到父亲卓王孙的强烈阻挠，没办法，两人只好私奔。后

司马相如与卓文君

回到成都，生活窘迫，文君就把自己的头饰当了，开了一家酒铺。卓文君亲自当垆卖酒，把自己全部的爱都奉献给了司马相如。后来司马相如受到汉武帝的提拔赏识，做了皇帝的侍从，与文君一别就是好多年。据说，司马相如发迹后，渐渐沉溺于逸乐，日日周旋在脂粉堆里，直到想纳茂陵女子为妾时，卓文君忍无可忍，作了一首《白头吟》，呈递相如："闻君有两意，故来相决绝"，"愿得一心人，白头不相离"；后又附书一封："伤离别，努力加餐勿念妾，锦水汤汤，与君长诀！"据传司马相如看完这一诗一书后，忆及当年恩爱，遂绝纳妾之念，夫妇和好如初。卓文君用诀别来捍卫自己的爱情，最终保全了婚姻。想当初，他俩用私奔来表达各自相见恨晚的感情，而今却闹得几乎要决绝，看来，这一见钟情要想长相厮守，也需要精刻细琢，只有兢兢业业地经营，婚姻也才能维持得长久。在一次次的辛酸感叹之后，才能终于了解——即使真挚，即使亲密，即使两个人都心有戚戚，爱，依然需要时间来成全和考验。

WEN

HUA

ZHONG

GUO

七、曾经沧海难为水，除却巫山不是云——刻骨铭心、难以自拔式

自爱残妆晓镜中，环钗漫簧绿丝丛。须臾日射胭脂颊，一朵红苏旋欲融。

山泉散漫绕街流，万树桃花映小楼。闲读道书慵未起，水晶帘下看梳头。

红罗箸压逐时新，吉了花纱嫩麴尘。第一莫嫌材地弱，些些纰缦最宜人。

曾经沧海难为水，除却巫山不是云。取次花丛懒回顾，半缘修道半缘君。

寻常百种花齐发，偏摘梨花与白人。今日江头两三树，可怜和叶度残春。

——唐·元稹《离思》

这首诗是为了悼念亡妻韦丛而作。"曾经沧海难为水，除却巫山不是云"，意思是：曾经见过浩瀚海洋的人，再见到别处的水，便觉得是那样地相形见绌，黯然失色；除了巫山绚丽缤纷的彩云，其他的云真不该叫云。以沧海之水和巫山之云隐喻爱情之深广笃厚，除了诗人系念、钟爱的那个女子，再也没有能使他动情的女子了。即便依次经过许多花丛，诗人也已经

离 思

懒得看上一眼，他自己说一半是因为修道，另一半是因为思念她。诗人用比拟的手法，抒发了对爱妻的深沉怀念之情。

有许多文人墨客为这样经典的诗句而感慨万千。从诗句本身来说，元稹哀伤地悼念已经去世的妻子，他对待爱情执着而专一。他的《离思》五首，《遣悲怀》三首，哪一首都道尽了对亡妻的真挚情思和爱恋，是那样刻骨铭心，那样难以自拔。并且他自己发誓要"鳏鱼自比，独身终老"，一时赢得了人们的广泛称颂，成为忠诚于爱情和婚姻的楷模。

可是，众所周知的《莺莺传》，是元稹的手笔，有人认为里面的男主人公张生就是他的翻版，可那个张生却是对莺莺始乱终弃，后又极尽污蔑之能事对他曾经深爱的莺莺大加中伤，而莺莺只能忍气吞声自咽苦水另嫁他人。如果那个张生就是元稹，莺莺何其不幸，他又何其不堪！与莺莺分手数月后，他在京城改娶高官之女韦丛，两人恩爱七年，元稹志得意满婚姻幸福，着实快乐了一阵子。不幸的是，韦丛去世了。元稹伤心欲绝，写下了"曾经沧海难为水，除却巫山不是云"的千古名句。可颇具戏剧化的是，没多久，他娶了河东才女裴柔之，其后又与名妓薛涛、刘采青私交甚笃。元稹的感情转移得太快，是他心中的那杆秤——"现实"在作怪，谁能够给予他切实的帮助，他就会爱谁，就会娶谁！就这样，元稹对爱情和婚姻的忠诚都大打折扣，"半缘修道半缘君"的诗言志也成了他背弃爱情誓言的莫大讽刺！

当然，对于元稹，也可以这样来理解。他对于莺莺，是一见钟情，而对于韦丛，则是日久生情。他与莺莺的爱已经成为往事，彼此之间成为陌路，而他和韦丛则不同，他们是耳鬓厮磨，长相厮守，点点滴滴积累起来的相濡以沫的感情。而且，韦丛与莺莺不同，她虽是贵族小姐，却没有贵族小姐的骄气，她端庄贤淑，雍容华贵，可以说上得了厅堂，也下得了厨房。和韦丛结婚之初，元稹刚刚入朝为官，俸禄不高，生活拮据，过惯锦衣玉食生活的韦丛不但没有怨言而且对自己的丈夫关怀备至。看见他衣服单薄，就翻箱倒柜找衣料给她缝制衣服，

爱情范本
纯真明朗
《西厢记》

WEN

HUA

ZHONG

GUO

绣花针扎破了她的手指，她连一声疼痛的呻吟都没有。看见他的朋友来了，拔掉自己头上的唯一的一支金簪，去当铺里换钱给他们买酒喝。据说韦丛在临死的前一天，还拖着病躯为他缝制他喜欢的菊花枕头。还用再说什么呢，再说什么都是多余。所以，元稹爱上这个与他朝夕相处患难与共的女人，也是自然。他作诗悼念发誓不娶也是真实情感的流露，那苦苦回忆和思念也是很客观的。韦丛的死，对那时的元稹而言，失去的不仅仅是一个知冷知热的妻子，而是一种温馨如意的接地气的生活。不管是对莺莺还是对韦丛，元稹都违背了他"鳏鱼自比，独身终老"的誓言，让人怎么也想象不到"曾经沧海难为水，除却巫山不是云"是出自他的手笔。

陆游与唐婉

多情元稹的爱情有点儿泛滥，掩盖了他身上不少夺目的光彩。而陆游与唐婉的爱，更能够说明"曾经沧海"的真谛。陆游与唐婉青梅竹马情投意合，两人吟诗唱词，丽影成双。两家父母和亲朋好友，也都认为他们是天造地设的一对儿，于是陆家就以一只精美无比的家传凤钗作信物，订下了唐家这门亲上加亲的姻事。两人成亲后，鱼水欢谐、情爱弥深，沉醉在蜜坛甜罐中，陆游更是把科举功名都抛到了九霄云外。威严专横的陆游母亲唐婉的婆婆，把所有的罪责都叠加到唐婉的身上，可两人还是情深意长，你侬我侬。陆母因此大为反感，认为唐婉是家里的扫帚星，会耽误儿子的前程，于是借口"唐婉与陆游八字不合，先是予以误导，终必性命难保"，强迫陆游休妻。孝顺的陆游迫于母亲的淫威，只得答应把唐婉送归娘家。就这样，一双情意深切的鸳鸯，行将被无由的孝道、世俗功名和虚玄的命运八字活活拆散。陆游与唐婉难舍难分，不忍就此一去，相聚无缘，于是悄悄另筑别院安置唐婉，陆游一有机会就前去与唐婉鸳梦重续、燕好如初。无奈纸总包不住火，精明的陆母很快就察觉了此事，严令二人断绝来往，并为陆游另娶一位温顺本分的王氏女为妻，彻底切断了陆、唐之间的悠悠情丝。无奈陆游重拾科举功业，虽高中榜首但奸臣当道，他的仕途一开始就阴云密布。为排遣愁绪在沈园游玩，没想到遇上了已嫁与赵士程的前妻唐婉。这样的不期而遇，让两人心底深藏的柔情如泄洪一样奔涌而出，两人几乎无力承受。但已为他人之妻的唐婉还是提起了沉重的脚步，只留下深深的一瞥。陆游心碎难忍，提笔写下《钗头凤·红酥手》，后唐婉再一次来到沈园，看见陆游的题词，勾起心中的情愫，在陆游的词后也写下一首《钗头凤·世情薄》，表现与陆游劳燕分飞的怨忿与悲伤。虽然赵士程给了她感情的抚慰，但毕竟曾经沧海难为水，与陆游那份刻骨铭心的情缘始终留在她情感世界的最深处，难以平复的心境在无奈与忧虑的烈火中终日煎熬。唐婉憔悴得像一片黄叶一样随风而逝，只留下多情悲凉的《钗头凤》，还有那无法抹去的叹息。情人的心总是相通的，陆游浪迹天涯，试图忘记唐婉，忘记那些凄凉，可唐婉的影子始终萦绕在他的心头，无法挥去。美人作土，陆游垂暮，他仍时常去游沈园，但已是时光不再，82 岁高龄的陆游在悲戚哀怨中溘然长逝。

135

爱情范本
纯真明朗
《西厢记》

WEN

HUA

ZHONG

GUO

罪恶的封建礼教摧毁了陆游和唐婉的爱情，让他们天各一方各自憔悴，可再远的距离都无法阻止陆游和唐婉对爱情的想往和对爱人的思念。面对严酷的现实，他们虽无力回天，但《钗头凤》中倾泻的愁绪和悲愤，化作了刻骨铭心的爱情绝唱，久传不衰。

大文豪苏轼和夫人王弗的爱情，也是对爱情忠诚非你莫属的一个很好的明证。苏东坡 19 岁时，与年方 16 的王弗结婚。王弗聪明沉静，知书达理，刚嫁给苏轼时，未曾说自己读过书。婚后，每当苏轼读书

苏轼与王弗

时，她便陪伴在侧，终日不去；苏轼偶有遗忘，她便从旁提醒。苏轼问她其他书，她都约略知道。王弗对苏轼关怀备至，二人情深意笃，恩爱有加。可惜天命无常，王弗27岁就去世了。这对东坡是很大的打击，其心中的沉痛，精神上的痛苦，是不言而喻的。苏轼在《亡妻王氏墓志铭》里说："治平二年（1065）五月丁亥，赵郡苏轼之妻王氏（名弗），卒于京师。六月甲午，殡于京城之西。其明年六月壬午，葬于眉之东北彭山县安镇乡可龙里先君、先夫人墓之西北八步。"语气虽平静，但平静的下面寄寓了深沉的悲痛。熙宁八年（1075），东坡来到密州，这一年正月二十日，他梦见爱妻王氏，便写下了那首传诵千古的悼亡词《江城子·乙卯正月二十日夜记梦》：

　　　十年生死两茫茫，不思量，自难忘。千里孤坟，无处话凄凉。纵使相逢应不识，尘满面，鬓如霜。夜里幽梦忽还乡，小轩窗，正梳妆。相顾无言，惟有泪千行。料得年年肠断处，明月夜，短松冈。

　　词中的"幽梦"，完全是词人对亡妻朝思暮念、长期不能忘怀所导致，但无论怎样，都难以离开"十年生死两茫茫"的悲惨现实。在这漫长广阔的时间空间里，隔阻着难以逾越的生死界限，词人怎能不倍增"无处话凄凉"的感叹呢？他只好乞求上天能够与妻子梦中相会了。所谓情之深，爱之切，思之强，痛之烈，苏轼把他对王弗的那生死之恋的刻骨铭心难以自拔写绝了，在词里，他揉进了十年来宦海沉浮的痛苦遭际，揉进了对亡妻长期怀念所遭受的精神折磨，揉进了十年的岁月沧桑与体态的衰老。

人生也许不可能十全十美，但如果看见过沧海水，观赏过巫山云，也不枉来人间一回。

八、我本将心向明月，奈何明月照沟渠——落花有意、流水无情式

"我本将心向明月，奈何明月照沟渠。"

这两句诗最早出自《封神演义》第十九回苏妲己说的话："这等匹夫，轻人如此。我本将心托明月，谁知明月照沟渠，反被他羞辱一场。管教你粉身碎骨，方消吾恨！"狐媚的苏妲己喜欢伯邑考，可她的表白却被"不识时务"的伯邑考拒绝，所以苏妲己才有此一说。"我本将心托明月，谁知明月照沟渠"，苏妲己自比明月，来表示自己的心意不被伯邑考接受，内心的失落感自然不

苏妲己入宫

言而喻。"星星不知我心，明月不解风情"，她觉得自己的真心付出没有得到应有的回报和尊重，因而恼怒要杀人才能解恨。

元末高明的南戏《琵琶记》第三十一出曾用此诗："这妮子无礼，却将言语来冲撞我。我的言语到不中听啊。孩儿，夫言中听父言违，懊恨孩儿见识迷。我本将心托明月，谁知明月照沟渠。"明代凌濛初

《初刻拍案惊奇》卷三十六："那女子不曾面订得杜郎，只听他一面哄词，也是数该如此，凭他说着就信以为真，道是从此一定，便可与杜郎相会，遂了向来心愿了。正是：本待将心托明月，谁知明月照沟渠?"意思是，我好心好意地对待你，你却无动于衷，毫不领情。《金瓶梅》第四回中，柔玉见世贞语意皆坚，垂泪叹道："唉！罢了，正是，我本将心托明月，谁知明月照沟渠！奴有从兄之意，兄却如此无情；如今在你面前，我丑态尽露，反招君笑，有何脸面为人，留得此画又有何用，罢！不如与画同尽，抹去世上耻笑。"吴敬所的《国色天香》第八卷中，贞低首微诵曰："本待将心托明月，谁知明月照沟渠！"施惠的《幽闺记》（又名《拜月亭》）第三十七出中有：（末、丑上）"指望将心托明月，谁知明月照沟渠，个中一段姻缘事，对面相逢总不知。"当代作家琼瑶的《新月格格》里面的主人公骥远也用"本待将心托明月，奈何明月照沟渠"来表达自己的心迹和情绪。

　　落花有意，流水无情。你爱他，他不爱你。遭遇此等爱情的青年男女，选择退却，有退的忧虑和不甘心；选择前进，又有前进的烦恼和痛苦，可能再走多远也徒劳无功。因此，他会爱得又苦又甜。因为一厢情愿，其中的苦也好，甜也罢，只有自己藏在心底，独自体味。"落花有意随流水，流水无心恋落花"，明代比较流行的三本话本小说集：冯梦龙的《喻世明言·张道陵七试赵升》和《警世通言·赵太祖千里送京娘》，以及后来凌濛初的《二刻拍案惊奇·韩侍郎婢作夫人顾提控掾居郎署》，都出现过这样的诗句，可见这是对单相思的极佳形容。

　　单相思是一种进入爱情的准备阶段，也很有可能完全停留在这样的状态之中而无法得到理想的发展。有人说，单相思是大多数人都经历过的一种心理状态，严重的会导致心理失调，成为相思病。像《西厢记》里的张生，因爱慕莺莺但得不到而一病不起，过分的单相思让他心力交瘁，形骸衰枯。但幸运的是，张生不是单相思，他的付出得到了莺莺以身相许并相伴终生的回报。

古人有着许多描摹经典的精彩美丽的单相思。《诗经》中有"关关雎鸠，在河之洲。窈窕淑女，君子好逑。参差荇菜，左右流之，窈窕淑女，寤寐求之。求之不得，寤寐思服。悠哉，悠哉，辗转反侧。参差荇菜，左右采之。窈窕淑女，琴瑟友之。参差荇菜，左右芼之。窈窕淑女，钟鼓乐之"。因为对这个漂亮窈窕的女子求而不得，所以只有在想象中和她一起欢娱、歌唱，因为"窈窕淑女，寤寐求之"。不管是在清醒时还是在梦中，那个有着修长白嫩双手的美丽姑娘，总会悄悄地走到眼前，翩然起舞，回眸一笑，给人无尽的相思。这是古人的一种过目不忘的单相思。她的美引起男人无限的遐思，他们总幻想着她能成为自己的，有一种虚无缥缈的快感。《诗经》里还有一个多情的女人唱着"青青子衿，悠悠我心。纵我不往，子宁不嗣音？青青子佩，悠悠我思。纵我不往，子宁不来？挑兮达兮，在城阙兮。一日不见，如三月兮"。在城阙等候着情人，她望眼欲穿，就是不见情人的踪影。她着急地来回走动，不但埋怨情人不赴约会，更埋怨他连音信也不曾传递。她清楚地记得他的衣服和身影，无时无刻不在思念他，可他就是没有来。她一个人孤孤单单地守候在城楼上，一天不见情人，就像过了三个月那么漫长。这是一种很有勇气也很执着的单相思，有思念，有担心，有挂念，有埋怨，有希冀……虽悲苦但凄美。

唐代诗人崔护的《题都城南庄》："去年今日此门中，人面桃花相映红。人面不知何处去，桃花依旧笑春风。"写的是这样一个故事：去年的今天，崔护在长安南庄的一户人家门口，看见一位姿色艳丽神态妩媚极有风韵的女子，就主动过去搭讪，可那美丽女子羞涩地沉默不语，他只得怅然而归。第二年清明，他忍不住心里的思念，又跑去找那个女子，可是那家家门紧锁，他于是在家门上写下这首诗。是啊，

爱情范本
纯真明朗
《西厢记》

WEN

HUA

ZHONG

GUO

美丽的面庞和盛开的桃花互相映衬，分外绯红。可仅隔一年的今天，故地重游，那含羞的面庞却不知道去了哪里，只有满树桃花依然，笑着盛开在这和煦春风中。思念、遗憾之情溢于言表。过了几天，他突然又去城南寻找那位女子。听到门内有哭声，原来是那女子因思念崔护而绝食自杀。崔护十分悲痛，请求进去一哭亡灵，就在他悲痛欲绝地祷告时，女子突然复活，最后嫁给了崔护。故事有点虚幻色彩，但因相思致死而又因感情复活，既悲又喜，这是幸福的相思。当然，崔护和那位女子不是单相思，他们的结局也很圆满，圆满得有点儿离奇。虽然笔者无法体会他们爱情的神奇力量，但从故事本身和诗文的字里行间，能够真切地感受到他们相思的真挚和纯美。他们的爱情不需要修饰，不需要遮盖什么，梦中的相思化作思念的种子，带着默契，带着灵犀，穿越千山万水，穿越信念时空，成长开花结果，执手走向永恒。

　　宋代李之仪的《卜算子》："我住长江头，君住长江尾；日日思君不见君，共饮长江水。此水几时休？此恨何时已？只愿君心似我心，定不负相思意。"这首小令仅45字，却言短情长。全词围绕着长江水，表达男女相爱的思念和分离的怨愁，极言相离之远与相思之切。两人各在一方相隔千里，可见相逢之难，所以更见相思之深，思恋之久。虽然分居两地，但两心相通，融情于水，情意绵长不绝。写出了女主人公对爱情的执着追求与热切的期望。朴实平白的话语里，见到的是热烈而直露的情，像一首情意绵绵的恋歌，唱出了相思的心意：只愿你心像我心，我定不会负你的相思意。我们虽无法回到古代，但读着这样的诗词，就隐隐地感到好似在与古人交流，心里完全能够感觉到那种纯真的相思，以及纯真背后的疼痛和无奈，还有那盈满内心的憧憬和希冀。古希腊神话故事里也有这种单相思的例子：女仙克丽提暗恋太阳神阿波罗，她每天看着阿波罗驾着黄金车日升日落，最后变成了向日葵。凄美绝伦，但也有幸福和甘甜。

　　"我本将心向明月，奈何明月照沟渠"，真诚的付出没有赢得明月的青睐，原因至少有这么几个：一是明月原本就未曾感知到"我心向明月"；二是明月虽有感知，但却无意于照我心；三是明月已有感知，也有意朗照我心，但一时间层云阻隔，月光暂难抵达；四是明月已然照着我心，可我自己却未曾感知到。这样看来，明月"未照我心"，责任不全在明月了。但无论出于哪一方面的原因，明月不知人语，更不明人心，都是让人备感伤心的，毕竟自己的真心付出没有得到应有的尊重。这种现象的造成，本质上都是彼此之间不能够相互理解。不被理解的孤独让人难受。正是如此，古往今来，渴望被理解成为人们的共同期望，期待"我心向明月，明月照我心"都是人们的普遍希冀。

　　落花有情流水无意，花自飘零水自流。人的一生，也许注定落魄，但绝不会失魂。

141

WEN

HUA

ZHONG

GUO

第四章

琳琅满目的西厢名句

　　虽说唐诗、宋词、元曲并称，但元曲远远没有取得与唐诗宋词同等的地位。唐诗、宋词中名句比比皆是，而元曲的数量较前两者为少，名句也没有得到足够的重视和推广。王实甫是元曲大家，《西厢记》为元曲名作，其中的名句佳句琳琅满目，不仅读起来朗朗上口，而且余味无穷。本部分选取西厢故事中莺莺与张生初见、对诗、幽会、相思、离别等精彩语句，品剖赏鉴崔、张二人的万千情愁。

一、花落水流红，闲愁万种，无语怨东风

　　【幺篇】可正是人值残春蒲郡东，门掩重关萧寺中。花落水流红，闲愁万种，无语怨东风。

　　这是《西厢记》第一本"楔子"中莺莺刚出场的唱词。原本是老夫人命红娘领莺莺趁无人在佛堂烧香出去散心的，可却引发了莺莺的

无限感慨。她刚一出场就感叹："花落水流红，闲愁万种，无语怨东风。"落花纷纷落在水中，使溪水都变成了红色的，这么多的落花带着不愿离枝的愁绪，默默无语地埋怨吹落它们的东风。落花、流水、东风，一个个意象，诗意、闲愁和幽怨溢于言表，恐怕谁都能看得出来崔莺莺在说什么在想什么。

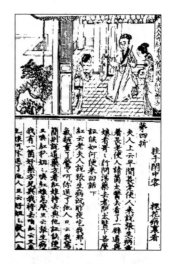

老夫人命红娘看莺莺

落花有意，流水无情，只恨那世事无常。她父亲官拜前朝相国，位高权重，可不幸因病去世。她和母亲老夫人扶灵柩回老家安葬，谁知中途被阻于普救寺内，没有别的办法，只有等待她的未婚夫郑恒来帮忙。原先家中高朋满座，而今门前冷落鞍马稀。正如老夫人所说："先夫在日，食前方丈，从者数百，今日至亲则这三四口儿，好生伤感人也呵。"可想而知，莺莺作为相府千金，如今的境况和先前相比，也应该是天上地下。正所谓"子母孤孀途路穷"，"盼不到博陵旧冢，血泪洒杜鹃红"。

刚刚19岁的妙龄女子莺莺，"针黹女工，诗词书算，无不能者"，她知书达理，接受了标准的封建贵族式的教育。母亲老夫人对她看管甚严，不准她不告而出闺门，只在无人时才让丫鬟红娘相陪，闲散心耍一回。这样看来，莺莺长居深闺，跟她接触最多的便是父母和丫头红娘了，平时除了诗书相伴，难以有排解忧愁的其他方法。但作为一个正常成长的青春女子来说，她该有多么的孤独和寂寞。既然她饱读诗书，必然懂得许多道理，所以她有青春的激情，但驿动的心总是被无情的现实所束缚所禁锢，她无法释放心中年轻饱满的情绪，而只能在落花流水中慨叹易逝的青春，排解躁动的心情。一句"花落水流红"，分明道出了一个被禁锢在寺庙里的妙龄女子对韶华虚度的感伤，

爱情范本

纯真明朗
《西厢记》

WEN

HUA

ZHONG

GUO

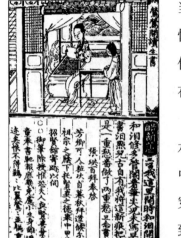

莺莺读书

当然也不难窥见她对父母早年定下的和郑恒的婚事的不满。花谢了，花瓣随水流逝。作为一个怀春少女，莺莺心中的幽怨只能在东风中随着落花飘零随着流水长逝。

曹雪芹在《红楼梦》里也用过"花落水流红"来隐喻十二钗的命运。《红楼梦》中"试才题对额"一回写到宝玉与众清客穿过"曲径通幽处"，见到园中第一处景致：一派好水，一桥一亭翼然水上。贾政欲因水取名为"泻玉"，但宝玉认为"泻"字不雅，提议名为"沁芳"。周汝昌先生认为，"沁芳"这个美好的名字的取义当源于王实甫的《西厢记》莺莺上场时那段唱词："花落水流红，闲愁万种，无语怨东风。""芳"即"落花"，"沁"即"浸于水"，正是《西厢记》"花落水流红"的"浓缩"和"重铸"，即"千红一窟哭"、"万艳同杯悲"，字面"香艳"，内涵沉痛。"沁芳"是大观园中一条流贯全园的水脉。"沁芳"通俗点讲就是流水葬落花之意。水是纯洁的象征，花是美好事物的代表，两者放在一起便成了"水中花"，"落花有意，流水无情"，"流水落花春去也"，也象征了生活在大观园中众多女子的悲剧命运。

台湾的蒋勋先生讲《红楼梦》时曾提出过"青春与孤独"的主题。宝玉梦游太虚幻境，他住到了秦可卿的房间，青春孤独的宝玉在梦里跟自己做了一次青春的对话。这涉及到青少年青春期的一个心理问题。青春期在一个生命成长过程中是多么重要的时刻，我们现在已渐渐认识到了，可在那个时候，宝玉的心理受着极端的压抑，他对女性非常好奇，但又不允许他光明正大地去了解。他只能偷偷摸摸地去读《西厢记》，就像我们年少时每天晚上偷偷躲在棉被里面拿着手电筒偷偷阅读父母不准我们读的书。因为它像所有经历过青春期的男孩子都有过私密的记忆一样，这种记忆就像罪恶的东西，不敢讲不能说。崔莺莺何尝不是这样呢！她孤独寂寞，她的成长，伴随着的也是青春成长期的孤独与烦恼。这种问题其实很难防范，也防范不了，青春期就是躁动不安的，如果让她多与男子接触就好了，可是在那个社会那个时期，不能也不可能。所以她只看一个男子很麻烦，也非常危险。她只看到一个张君瑞，就茶饭不思，相思难耐。崔莺莺小姐身边有一个红娘，《牡丹亭》中杜丽娘旁边有一个春香丫头。她们生活在社会底层，没有读过多少书，行动也比较自由。作为丫头的红娘就帮助张君瑞，传书递简，成全他和莺莺，也成全了一个生活在极其压抑状态下的孤独的青春昂扬的生命。

黛玉作为绛珠仙子来到人间报恩以眼泪还债，她几乎每天都在哭。宝玉对她好一点，她哭；坏一点，她也哭。黛玉在她自己极大的孤独里，时时在考虑怎么样把生命里的东西还掉。宝玉在春末落红满地的时候，看的是《西厢记》。宝玉原本是葬花的主角，可后来黛玉来了，黛玉说你把花放在水里，可是它干净吗？这个水在大观园里面是干净的，流出了大观园，什么脏的、臭的都有。黛玉说我找一个角落把花瓣收集了，做一个花冢。后来就有了黛玉葬花。她说今天葬花大家笑我傻，明天我死谁来埋葬我。她知道自己进入了大观园，就不会活着出去，她的青春、她的生命，被大观园埋葬。大观园里，几乎所有的女性，都有着让人悲悯的生活，她们的命运没有太大的差别。终其一点，因为她们都无法自主自己的命运。她们做

黛玉葬花

大观园里的女子

不了她们命运的主人，因而也不能主宰她们的青春，而只能在落花流水中哀叹自己的孤独和无助。

贾母身边的丫头鸳鸯，在贾府丫头里算是年纪大的，可她也就只有 16 岁，她没有自由恋爱的机会；晴雯容貌姣好心地干净也只能孤独悲哀地死去。她们的生命是孤独的，她们在一个安静角落里埋葬自己生命里最好的东西，她们青春的最美的颜色和香味也随之而去，留不下一丝一毫的痕迹。

流水飘去了落红，就是一个总象征：各种各样的绝色女子聚会于大观园，最后则正如那缤纷的落英，残红狼藉。群芳的殒落，都是被溪流"沁"渍而随之以逝的。警幻仙子歌云："春梦随云散，飞花逐水流。"正是暗示了众位女儿的悲惨命运和归宿。

与她们相比，莺莺是幸运的，她是个美丽而又多情的相国小姐，既深受封建文化的熏染，又不满封建礼教的束缚，最后终于走上了叛逆的道路，与相爱的人长相厮守终成眷属。她不再是《莺莺传》里那个一往情深却被始乱终弃而又选择隐忍的悲情莺莺。莺莺，她是一个光彩动人的大家闺秀。她渴望纯真美好的爱情，却又迫于礼教而不敢表露。她犹豫，她彷徨，却又不知所措，无可奈何。礼教的桎梏已将她牢牢锁住，一时间，她无法说服自己冲破人伦道德，与那可意的人儿相守缠绵。可最终，封建的枷锁挡不住她心底激起的一层又一层渴望自由的爱情漪涟，她的躁动和幽怨也有了安好的归属。千年之后，带着一缕忧伤，梦回西厢，去寻找张生与莺莺间那如絮柳浮萍般飘零而逝的感情，感知她的淑婉娇羞，感知她的勇敢和超逾俗礼的情爱，伴她一同哀惘，一同欢畅……

二、怎当他临去秋波那一转

【赚煞】饿眼望将穿，馋口涎空咽，空著我透骨髓相思病染，怎当他临去秋波那一转。休道是小生，便是铁石人也意惹情牵。近庭轩，花柳争妍，日午当庭塔影圆。春光在眼前，争奈玉人不见，将一座梵王宫疑是武陵源。

这是《西厢记》第一本第一折张生在佛殿乍见莺莺的曲辞。张生进京赶考途中暂居普救寺，在佛殿闲玩巧遇莺莺，莺莺貌美惊为天人，正当张生忘情地鉴赏着莺莺的绰约风姿时，被红娘一眼瞥见，她忙扯起莺莺的素纱长袖，欲往回返。实际上，张生瞧莺莺时那如痴如醉的憨态早就被莺莺觑到了，但她仍不嗔不喜，莲步轻移，临去时蓦然回首，向张生投以"秋波一转"。那至美的"秋波一转"，是天国瑶池里的圣波在人世间的一闪，这一闪，它仿佛能把世界上的一切曼妙与绚丽都集中于那芳菲的一瞬。张生被她的美丽所惊倒，顿时魂飞魄散。望着她离去的背影，张生怅然若失。然而，就在张生肝肠欲断之时，莺莺却回头给他送了一个眼神，令他魂归魄醒，眼前顿时春光明媚。

女人流转的眼神，如秋水般清澈漾动的涟漪，"眉如青山黛，眼似秋波横"，美人如秋水的眼波，在临去时那多情的一瞥，令男人销魂，难以抵御。正因如此，张生才会在玉人已经远去的时候，将一座梵王宫当作了武陵源，他以为就像刘晨、阮肇一样走运，误入天台遇见了

WEN

HUA

ZHONG

GUO

是多情是无情无情之情乃是真情

此之谓藏拙情

崔莺莺

仙女，说不定还有机会共结欢好呢。

莺莺临去时秋波那一转，脉脉含情，眼神轻灵地闪动着，含蓄地传递着亲切、温柔、热忱、依恋与向往的意绪和风韵，让张生体察到她的深情和勇气，还没有让其他人察觉，既不失相国千金的雅致风度，又不拘于相府门第而恪守封建之礼。《西厢记》第一本第一折俗称"佛殿奇逢"或者"惊艳"，原因大概就在于此。所谓奇，就是两个风流种颠不剌地碰面，成就一段业冤；所谓惊，当然是张生撞见了前世注定的有着绝色美貌的那一位。而无论"奇"或者"惊"，当然是莺莺的绝世姿容垫作基础了。

金圣叹批本《西厢记》把"怎当她临去秋波那一转"改为"我当他临去秋波那一转，我便铁石人也意惹情牵"。金圣叹在这里强调的是莺莺并没有给张生暗送秋波，他认为莺莺未见张生，不可能对他抛媚眼，"临去秋波那一转"，完全是张生的自作多情，所以把"怎当他"改为"我当他"。金圣叹在这句话之后还加批语道："妙！眼如转，实未转也。在张生必争云转，在我必为双文争曰不曾转也。"至于莺莺"转"还是"没转"，那都不重要了，重要的是王实甫留下了"怎当她临去秋波那一转"这句最著名的曲辞。正所谓"临去秋波那一转"乃曲中之眼，美而传神。

明末张岱在《快园道古》卷四中这样写道：邱琼山过一寺，见四壁俱画西厢，曰：空门安得有此？僧曰：老僧从此悟禅。问：从何处悟？僧曰：老僧悟处在"临去秋波那一转"。清初文人尤侗也以此为题写过一篇著名的游戏八股文，收在《西堂杂俎》里。这篇八股文的最后说:"有双文之秋波一转,宜小生之眼花缭乱也哉!抑老僧四壁画西厢,而悟禅恰在个中,盖一转也,情禅也,参学人试于此下一转语。"先不论和尚们是否真的顿悟出"色即是空,空即是色"的高深内涵,这篇游戏八股传到宫中,康熙皇帝非常感兴趣,他读到最后一句"参学人试于此下一转语"时,对身边的国师宏觉和尚说:"请老和尚下。"宏觉说:"这不是山僧的境界。"当时另一首座和尚也在旁,康熙又问他如何。首座说:"不风流处也风流。"康熙听了哈哈大笑。这句最为动人、流传甚广的曲辞让一些批评家也玩起了"秋波一转"的游戏:徐士范说"秋波一句最是西厢关窍",《西厢会真传》对【后庭花】曲有眉批:"'慢俄延'以下四句,正'脚踪儿将心事传','刚刚的打个照面',正'眼角儿留情处',即所谓'临去秋波那一转'也。"萧孟昉说"兰麝留香,珠帘映面,去后象也,春光眼前,秋波一转,去前情也"。毛西河说"于伫望处又重提临去一语……"。李卓吾说"张生也不是个俗人,赏鉴家,赏鉴家"。明刊本《西厢记》都附有署名国子生的《秋波一转论》。清人徐震著《美人谱》,论美人之韵:帘内影、苍苔履迹、倚栏待月、斜抱云和、歌余舞倦时、嫣然巧笑、临去秋波一转。他把"临去秋波一转"作为最后一种条件,作为最后一韵,正显出美人之韵中眼神的重要,秋波之韵正是美人的"压卷"之韵。有谁能想得到,莺莺当年的一回头,一弄眼,竟然产生了这么大的美学冲击力。

莺莺那清澈明亮的眼睛,那顾盼流曳的眼神,浸润了含蓄和温柔,留住了情感和浪漫。那一转之"秋波",便是那万种风情,张生如何能不倾倒不销魂呢?美人和他两情相悦,用目光传递默契的情意,只偷偷一眼,那眼波流动的细节他就牢牢地记在心里了。崔莺莺眼若秋水,她到底转了没有?或许莺莺只是因为离去要转身,其实眼神并没有转而只是身体的转动引起了张生的错觉。可能她并非特意为谁而转,但

149

爱情范本

纯真明朗
《西厢记》

WEN

HUA

ZHONG

GUO

多情人如张生，就会认为崔莺莺的眼波是为他而转的，因为此时的张生已经飘飘然到了无可救药的程度，他的内心已经狂热到了沸腾的程度了。也就在这"转"与"不转"有情和无情之间，匆匆离去的莺莺留情于张生，留情于普救寺，留情于西厢，留情于无限的遐想……

如果说杜丽娘游园很大程度上是受了丫头春香的引逗，那么莺莺撞见张生，则完全是老夫人所成全的："今日暮春天气，好生困人。不免唤红娘出来吩咐他……（夫人云）你看佛殿上没人烧香呵，和小姐闲散心耍一回去来。"如果没有老夫人的散心无心插柳，怎么能让柳树成荫而成就一段姻缘佳话呢？正值阳春三月，柳絮飘飞，花儿绽开之时，莺莺因父丧守孝未满，待字闺中无聊郁闷，虽然有未婚夫郑恒，但父母包办的婚姻，怎么能满足满腹诗书娇媚满溢又有点叛逆的女儿家的心思呢？她的愁绪正无处散发，恰切遇到风流倜傥才华横溢的青年男子张生，如果不发生一点儿故事，那才不正常呢！林黛玉听到"你在幽闺自怜"这样的句子便如痴如醉站立不住，而蹲坐在一块山子石上细嚼"如花美眷，似水流年"的滋味，听到"花落水流红，闲愁万种"之时便仔细忖度心痛神痴眼中落泪（《红楼梦》二十三回），何况此情此景身临其境的故事中的主人公呢？莺莺心中有着想说又说不出，想排遣又排遣不了的愁绪，郁结在心头，正无人诉说之时，张生适时地出现了，时间、地点、情境，都那么地合适，那么地正确。正所谓在对的地方遇见了对的人，莺莺和张生便是如此，后面的故事也就水到渠成了。

莺莺貌美，惊了张生，她的回眸一瞥，更是让张生意惹情牵。可晋代的谢鲲就没有那么幸运了，他对美人的怜爱不仅没有引来秋波，反而被打掉了门牙。《晋书·谢鲲传》记载："邻家高氏女有美色，鲲尝挑之，女投梭，折其两齿。"邻家女孩儿貌美但性怒，谢鲲挑逗被她随手抛出织布梭子打掉了两颗门牙。后来，苏轼把这个典故写进诗歌

《百步洪》："佳人未肯回秋波，幼舆（指谢鲲）欲语防飞梭。"可见，对男人而言，应像张生一样，善于鉴赏什么样的眼波才是"秋波"，否则像谢鲲一样见了女性眼神就多情而被打掉门牙就得不偿失了。当然，对女性而言也是这样，只有像莺莺一样遇上张生，那多情的一瞥才有了韵味，否则弄不好东施效颦把秋波弄成了"飞眼"，就有些轻佻让人看轻了。

用"秋波"形容美女清如秋水，将美人的眼神弄成秋天的水波，不知出自哪位大家的手笔，它道出了女性眼睛的清澈明亮，还让她在流曳涌动中有着被浸润被留住的效果。

俗话说眼睛是心灵的窗户，眼睛是最能透露人神情的部位，古人很早以前便有"眼为一身之日月，五内之精华"的说法。若拥有一双盈盈如秋水的美目，自然能吸引他人的目光。而看美人注重眼睛，也似乎是中国男人的经验与传统。春秋时代，硕人的秋波不仅让民间诗人倾倒，也让官府的采诗人难忘；"巧笑倩兮，美目盼兮"，庄姜的秋波让卫庄公以下的所有卫国人惊羡不已，被载入《诗经》千古流传；大诗人屈原在《少司命》中写道："满堂兮美人，忽独与余兮目成。"他骄傲地说一屋子美人都和他两情相悦，用目光和他达成情意的默契；就连极度标榜不好色的宋玉也终生难忘湘女的眼波，醉心于小女子那"含喜微笑，窃视流眄"。汉代的王充在《论衡》中直言："美色不同面，皆佳于目。"《淮南子》："佳人不同体，美人不同面，而皆悦于目。"晋代艺术家顾恺之总结："四体妍蚩，本无关于妙处，传神写照，正在阿堵（眼睛）之中。"至此，男人们从理论高度上统一了对眼睛的认识。中唐大诗人白居易的《筝》一诗中有"双眸剪秋水，十指剥春葱"，《长恨歌》中有"回眸一笑百媚生，六宫粉黛无颜色"；李贺的《唐儿歌》写"骨重神寒天庙器，一双瞳人剪秋水"；韦庄的《秦妇吟》写"西邻有女真仙子，一寸横波剪秋水"。更有甚者，晚唐诗人李

151

爱情范本

纯真明朗
《西厢记》

WEN

HUA

ZHONG

GUO

商隐，只是见了汉代李夫人的塑像就感叹："寿宫不惜铸南人，柔肠早被秋眸割。"风流皇帝李煜为他的小周后写了三首《菩萨蛮》，其中一首写她的眼神说："眼色暗相钩，秋波横欲流。"恰到好处地写出了小周后眼睛的勾魂摄魄……不论是能剪破秋水，还是眼神如刀，总之，美人如秋水的眼波，令男人们销魂，更令男人们难以抵御，所以也引发了美人祸水的论断。多情的男人总是败在女人秋波的涟漪中，以致宋人周邦彦只有摇头感叹："无赖是横波。"

当然，把男人的生命不保，亦或是江山易主，一推全赖到女人头上，纯粹是无稽之谈。而对于莺莺的秋波引发的缠绵的爱情故事，自然另作别论了。张生和莺莺的爱，在当时固然有些狂野，但他们心底里有着明朗的信息，外人难以察觉。明人萧孟昉在《萧氏研邻词说》中指出："兰麝留香，珠帘映面，去后象也；春光眼前，秋波一转，去后情也。"一个壮志赴考书剑飘零的穷书生，一个重孝在身寂寞难耐的富小姐，在庄严肃穆的佛殿圣地，演绎了一幕幕缠绵悱恻的爱情故事。他们的浪漫和爱恋，不知荡漾了多少痴男怨女的春心，也使得崔、张爱情和西厢故事千古留名。

莺莺和张生偶然的相遇，只是那轻轻的一瞥，就把他们系在了一起。与其说莺莺的容颜吸引了张生，不如说张生渴望这种容颜，一旦出现了，自然就会奋不顾身。同样地，从那一刻开始，莺莺的平静也已不存在，不是因为眼前的张生，而是她心中曾经的张生。正如《红楼梦》第三回宝黛初见时的情况：黛玉一见（宝玉），便吃一大惊，心下想道："好生奇怪，倒像在那里见过一般，何等眼熟到如此！"宝玉看罢（黛玉），因笑道："这个妹妹我曾见过的。"真是"众里寻他千百度，蓦然回首，那人却在灯火阑珊处"。张生和莺莺在佛殿这个特定的场合见到了正好符合他们理想模式的那个人，于是一下子就产生了爱情。正是临去秋波那一转宣告了两人关系的确立，然后一箭穿心，在等待、煎熬、痛苦中，渴盼下一刻的希望和圆满。

三、系春心情短柳丝长，隔花阴人远天涯近

【混江龙】落红成阵，风飘万点正愁人；池塘梦晓，阑槛辞春。蝶粉轻沾飞絮雪，燕泥香惹落花尘。系春心情短柳丝长，隔花阴人远天涯近。香消了六朝金粉，清减了三楚精神。

这是《西厢记》第二本第一折里崔莺莺的唱词。女主人公莺莺借眼前残春落花时节的景色，抒发对情人的思念惆怅之情。"池塘梦晓"是讲季节变迁，"池塘生春草，园柳变鸣禽"，季节转眼变迁，春光最美的时节也要一去不复返了。"阑槛辞春"，阑槛就是栏杆，古人时常靠在楼台的栏杆上赏景，这里借代此意，就是凭栏眺望，送别春光，同时也期待情人回归，和自己一起共度这宝贵的三春年华，不要让自己一个人青春虚度，辜负良辰美景。

莺莺"自见了张生，神魂荡漾，情思不快，茶饭少进"，害起相思病来了。"系春心情短柳丝长，隔花阴人远天涯近"，这两句就是她吐露相思心迹的唱词。张生的出现，系住了莺莺一颗火热的春心，她爱张生爱得深沉，却又不敢放纵自己的感情，无奈感情不能畅通，以致感到和柳丝相比，反倒显得感情浅短；她想亲近张生，但虽然和张生近得像隔着花荫一样，却又不能亲近，相比之下，只觉得人比天涯还远。这样就把莺莺心灵深处热恋张生，一心想亲近张生的炽烈感情写出来了。为了显出她这种感情的深度，作者把它与可度量的事物进行对比，给人一种真切的感受。

王实甫笔下的这个爱情故事流传千古，经久不衰，很大程度上是因为它摆脱了传统爱情剧中男女主人公才子配佳人的固定模式，它重点强调男女之间的心灵相吸。故事中当崔莺莺带着青春的郁闷，在佛

153

纯真明朗
《西厢记》

WEN

HUA

ZHONG

GUO

佳　期

殿偶遇张生，张生风流
倜傥的形象和气质强烈
地吸引了她。四目相
对，彼此就像磁石般紧
紧地吸住了，难以分
开。崔、张二人一见钟
情，当时莺莺的反应却
是"亸着香肩，只将花
笑捻"。试想想，一个
知书达理的相府小姐贵族闺秀，初见张生就将花笑捻，在那个"非礼
勿言，非礼勿视，非礼勿听"的封建社会，作为一个大门不出二门不
迈的女孩子来说，崔莺莺对张生的一步一回头，是完全把清规戒律都
抛之脑后的叛逆行为。但对处于青春涌动时期的妙龄女子来说，这无
疑是一种发自于内心的真情流露。而且，崔莺莺的光彩，也令张生目
眩神摇。他们明明知道门不当户不对，一个是相府千金，还有一个家
教森严把持家政的母亲——老夫人；一个是穷孤书生，身世飘零没有
功名不名一文。他们的爱情没有基础，没有支撑，所以莺莺感觉无望。
她虽春心荡漾，但只能愁苦满腹，让无限的愁绪如柳丝般飘摇，让只
有一墙之隔的短短距离化作了遥不可及的天涯海角，只能望眼欲穿吞
咽苦水。

　　最是一年好景时，蝶舞花枝燕啄泥。在莺莺看来，蝴蝶翅上的粉
末、空中飞舞的柳絮、燕子作巢时所衔的泥土，都混合着落花的清香。
她把美好春天的生机勃勃的景物都和她思念张生联系起来了，让景物
染上了主观的色彩，有婉约情词的色调，委婉含蓄中又包含着强烈的
感情。用这样的语言抒发心中的情思，与她相国小姐的身份是非常符
合的，恰切地道出了受尽相思之苦之人，心在咫尺、人却远在天涯望

尘莫及的痛切之心。她无心燕飞蝶舞，花开草长，身处柳丝疯长的难耐相思之苦中。美景之美，更加衬托出了美情的痛，就如那集结一团的解不开的疙瘩，纠结得难以忍受。他们的爱纯洁透明，没有一丝杂质，但世俗的羁绊似乎要狠心地把他们的情丝剪断。慢慢春天逝去，花开花落，雨打残花东流水，崔莺莺思郎之心日渐高涨，她对爱情的潜在诉求和无奈，无处诉怀，只怨风雨欺人，不解风情。

　　柳丝虽短，可是连接互相爱慕的情思还不如柳丝长；天涯虽远，但与只隔着一簇花丛的心上人相比，却好像人比天涯更远。暗恋的情人就在花丛那端，然而"隔花阴人远天涯近"，却无从接近，遥远的天涯比起两人之间的距离来，反倒算是近的了。"人远天涯近"是反说，更可见思念的真切。

　　古往今来，众多文人墨客，书写着"隔花阴"的意境，创造了一幕幕"人远天涯近"反说的美感，体现着思念的意蕴。宋代文豪欧阳修在《千秋岁》词中曾说："夜长春梦短，人远天涯近。"就用一种遥远的距离来对比心灵之相近。朱淑真《生查子》词："遥想楚云深，人远天涯近。"也是借反语写出了因思念人而生急迫之情，给人一种憾憾的缺陷美的惆怅。《红楼梦》第二十五回写到贾宝玉清晨隔着海棠树看不清丫鬟小红时："一抬头，只见西南角上游廊底下栏杆上似有一个人倚在那里，却恨面前有一株海棠花遮着，看不真切。"脂砚斋批道："试问观者，此非'隔花人远天涯近'？"如花美眷似水流年，偏隔着这一枝花团锦簇，远如天涯，让人如何不唏嘘轻叹？美便在触手可及却咫尺天涯的一刻。人生的诸多无奈，或许就是在这片"花阴隔"的困扰下而显得那么地苍白和无力。文学只是把人事的诸多意境寄托于那一纸文字，然而，其中的幽思或许只有个中人才能体会得到。

　　人远天涯近，多么绝望的距离。友人说相见不如怀念。也许这是对这句话最好的注解了。佛家有云：有缘千里来相会，无缘对面不相

WEN

HUA

ZHONG

GUO

逢。人与人之间只要有缘分，即使相离很远也会相见。哪怕是天各一方，依然会心有灵犀；当缘尽之时，纵然是近在咫尺，因为内心，依然会如隔冰山。传晋元帝曾询问年幼的晋明帝：长安和太阳哪个远？晋明帝回答说：当然是太阳远，原因是没听过有人从太阳那边来。后来晋元帝有意在群臣面前炫耀爱子的智慧，特意再询问一遍，晋明帝却说：太阳近，原因是举目见日，不见长安。晋明帝以"不闻人从日边来"的地理现实来应对日远，却以"举目见日，不见长安"的心理感觉来应对日近，辩驳着远和近的分别。距离的远近似乎是在人的一念之间。人之于情感，心灵的国度有时比地理距离更遥远，纵使凄楚，也只能接受。

在元曲袅娜旖旎的世界里，有文质彬彬的才子和俏丽温婉的佳人，有唱不尽的男欢女爱，缠绵悱恻，令人唏嘘不已。莺莺与张生苦尽甘来，在柔情蜜意与融融春意缱绻中相依，让所有氤氲的时光优美地流淌，幽婉深邃地抵达心灵。爱情的道路明媚而又忧伤，感受着春的美好，拥有着渴盼和向往，在繁华落尽时，细心呵护住那些暂时的寂寥与落寞，生活的舞台照样会演绎一曲又一曲的地老天荒情。

花开花谢，阴晴圆缺，经历无数春的期盼与等待，夏的忙碌与绚烂，秋的收获与丰满，冬的零落与沉寂，总会让人也像这花一样，在季节的流动中，把那份灿然的心情洒落在季节的河流中，用无声的凋落印证默默的期待和守望，守望我们的生命，守望下一轮灿烂季节的临近。

四、莫负月华明，且怜花影重

相思恨转添，谩把瑶琴弄。乐事又逢春，芳心尔亦动。
此情不可违，虚誉何须奉。莫负月华明，且怜花影重。

这是《西厢记》第三本第一折张生写给莺莺的诗句。意思就是：不要辜负了今晚皎洁的明月，还要怜惜月下摇曳的花影。表达了亟盼与莺莺月下相会之意。

张生与莺莺佛殿偶遇一见钟情，两人唱诗互生爱慕之心，但因两人条件差别太大，正不知如何继续发展，这时发生了叛将孙飞虎来佛寺劫持莺莺欲娶其为妻的事情。崔家人一筹莫展之时，老夫人许诺："不管是什么人，只要能杀退贼军，扫荡妖氛，就将小姐许配给他。"正是这件事成全了张生，他在崔家危难之时挺身而出，先用缓兵之计，稳住孙飞虎，然后请他的八拜之交杜确将军前来救援，打退了孙飞虎，让崔家转危为安。这时的张生原以为水到渠成他该娶莺莺了，可崔老夫人设宴酬谢，在宴席上以莺莺已许配郑恒为由，让张生与崔莺莺结拜为兄妹，并厚赠金帛，让张生另择佳偶，这等于给了张生和莺莺当头一棒，他俩都非常痛苦。看到这些，富有正义感的丫鬟红娘安排他们相会。夜晚张生弹琴向莺莺表白自己的相思之苦，莺莺也向张生倾吐爱慕之情。

可自那日月夜听琴之后，两人就难以见面了。所谓"只因午夜调琴手，引起春闺爱月心"，张生一病不起。想人想得病倒了，说明张生的情思忧重，加上受那种亦喜亦忧情绪的干扰，张生终于卧床不起了。这个契机，给了莺莺一个非常体面的看望他的理由，为他们爱情进一步发展创造了客观的条件。张君瑞假如没有害这一场病，想必不

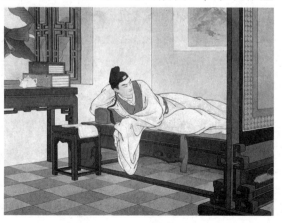

相 思

爱情范本
纯真明朗
《西厢记》

WEN

HUA

ZHONG

GUO

会有这么快的发展，莺莺的矜持不允许她迈出主动的一步。无论此时的张生心中有多么难受，在这个关键时刻，他就是弱者，就可以博取心地善良的莺莺深深的同情。听琴那一夜，他曾隔着墙苦诉衷肠："夫人且做忘恩，小姐，你也说谎也呵！"她偷听辩解云："你差怨了我"。在莺莺看来，先前已颇有些对他不住，此番生病又是因了自己，若再不肯做一点投桃报李之事，未免不近人情，何况于情之上两心早有戚戚焉。于是她吩咐红娘去探病，既是关心又是报信，好似是在对张生言明：你可以想我，不必单恋，更无须这般作践自己的身体；我爱的不是你多愁多病身，知重的是你的一片痴心。

张先生托红娘捎回的信是这样写的：

珙百拜，奉书芳卿可人妆次：自别颜范，鸿稀鳞绝，悲怆不胜。孰料夫人以恩成怨，变易前姻，岂得不为失信乎？使小生目视东墙，恨不得腋翅于汝台左右；患成思渴，垂命有日。因红娘至，聊奉数字，以表寸心。万一有见怜之意，书以掷下，庶几尚可保养。造次不谨，伏乞情恕。后成五言诗一首，就书录呈：相思恨转添，谩把瑶琴弄。乐事又逢春，芳心尔亦动。此情不可违，虚誉何须奉。莫负月华明，且怜花影重。

张生趁红娘探病之机，托她捎信给莺莺，意思就是我想你想得快要死了，如果你能体谅这一不幸，还望能给个准信，期盼着月下的相会。春情早发闺梦难圆，势必做出违情悖理之事，再加之老夫人有心管束却无力管住，还有好心的红娘全力帮助。红娘让张生放心，说："这简帖儿我与你将去，先生当以功名为念，休堕了志气者！""凭着我舌尖儿上说词，更和这简帖儿里心事，管教那人儿来探你一遭儿。"红娘成全了张生和莺莺的好事。张生让红娘带走书信后，安心地等待着："小娘子将简帖儿去了，不是小生说口，则是一道会亲的符篆。他明日回话，必有个次第。且放下心，须索好音来也。且将宋玉风流策，寄与蒲东窈窕娘。"可莺莺见到这封信的反应出乎红娘和张生的意料，那就是后来的"闹简"了。莺莺假意试探红娘后，回信约张生月下相会。夜晚，小姐莺莺在后花园弹琴，张生听到琴声，攀上墙头一看，是莺莺在弹琴，急于与小姐相见，便翻墙而入。莺莺反怪他行为下流，发誓再不见他，致使张生病情愈发严重。莺莺以探病为由，到张生房中与他幽会。

WEN

HUA

ZHONG

GUO

如果青年男女彼此有意，接下来就是通过约会，进一步发展关系，这是再自然不过的事情了。"月上柳梢头，人约黄昏后"，这是欧阳修的《生查子》里面的诗句，也应该是写约会最有名的句子吧：写情人在月光朦胧的初夜时分幽会，令人充满遐想。《诗经》里也有不少男女约会的情诗，如《邶风·静女》："静女其姝，俟我于城隅。爱而不见，搔首踟蹰。"非常生动地描写了小伙子和漂亮姑娘在城角约会，姑娘还没有到，小伙子急得抓耳挠腮的情态。《陈风·东门之池》："东门之池，可以沤麻。彼美淑姬，可与晤歌。"要和美丽的姑娘对歌，似乎也是约会和调情。《郑风·子衿》："青青子佩，悠悠我思。纵我不往，子宁不来？"是姑娘思念心上人，怪他不主动来与其相会。唐代张泌的《江城子》："好是问他来得么？和笑道，莫多情。"就是写他与邻女浣衣约会的故事。意思是说：真问她是否来约会时，她却笑道：不要自作多情。其实姑娘这是欲擒故纵，而不是一口回绝。这与张生不要辜负明月还要怜惜花影的含蓄邀约莺莺有着同样的妙用。五代词人李珣的《南乡子》："相见处，晚晴天，刺桐花下越台前。暗里回眸深属意，遗双翠，骑象背人先过水。""相见处，晚晴天"就是"人约黄昏后"的另一种说法，或许此时附近仍有旁人，一对情侣只是偷偷地眉目传

情。但姑娘很有心计，假装掉了双翠羽，骑象过水，先到一个隐秘的地方等候情郎去幽会。接下来会发生什么事情，就靠读者想象了。这样的描写约会，更浪漫更神秘更有丰富的内容。至于他们是否同张生和莺莺那样，不辜负那皎洁的明月，而又怜惜那摇曳的花影，那也是意味深远，颇能费一番思量的。

　　自古以来，文人才子有情有意者有之，寡情薄义者也不乏其人。杜牧可以青楼薄幸，元稹可以遗忘当年深情。时过境迁，笔者无意谴责，中国传统观念中男儿志在四方，心怀天下。儿女情长不过是人生一时的华筵，女人只是古代文人墨客失意之时的寄托，只是他们的一时之需。爱情对他们来说，并非是两个平等的个体。范蠡与西施、司马相如与卓文君、梁鸿与孟光、李隆基与杨玉环、李清照与赵明诚、陆游与唐婉、沈复与芸娘，都有中国历史上十分动人的爱情故事，虽然他们情意日浓，曾得谐缱绻之私，但他们也并不真正美满。试问，有几个人可以如沈从文那样骄傲地说："我这一生中，行过许多路，走过许多桥，看过许多云，喝过许多酒，却只爱过一个正当最好年龄的人。"《西厢记》里的张生算一个，他至情至圣，对莺莺自始至终忠贞如一。刚出场的张生是个"银样镴枪头"，一见莺莺就产生了"我死矣"的强烈反应，且立即决定"小生便不往京师去应举也罢"，功名富贵在意中人面前如草芥一般，自是不同于《莺莺传》中的张生。他不恋富贵，不是豪杰，只是个性情中人，"忘餐废寝舒心害，若不是真心耐，……怎能够这相思苦尽甘来"。解白马之围、断肠赴试，都是为了爱情。为了爱情，他受尽老夫人的摆布，悔婚、斥私情、逼试，折磨得他形销魂伤，病态恹恹，却不愿放弃追求。他沉溺于感情中，爱得那么纯真，为爱情执着无悔，对爱情忠贞不移。

五、隔墙花影动，疑是玉人来

待月西厢下，迎风户半开。隔墙花影动，疑是玉人来。

这是《西厢记》第三本"张君瑞害相思"第二折中一首堪称千古绝唱的情诗。第三本中有红娘送简一段戏文，简上正是崔莺莺写的这首诗。说的是夜晚莺莺等待张生的急切心情。张生是偷着来约会的，自然要翻墙而过。莺莺看到墙边花被风吹动，影子在墙边摇曳，以为是张生来了。

第三本第二折的镜头对准的是小姐莺莺的闺房，描述的是"闹简"的情景。因为张生爱慕莺莺不得而相思染病，红娘探望张生病情回来带来了张生的一纸情书。可回到小姐闺房后，红娘忽然改变了主意，她没有立即拿出信笺，更没有提"弹琴那人儿"的事，而只是把简帖儿放在化妆盒上，让小姐自己去发现。由于她的身份是丫头，原先又是老夫人派来"监视"小姐的，莺莺对她不是十分信任。她明明知道"恐俺小姐有许多假处"，但又不忍心戳穿她，所以只有躲到旁边，偷偷观察动静。

果然不出所料，小姐又做起假来：

【醉春风】则见他钗軃玉横斜，髻偏云乱挽。日高犹自不明眸，畅好是懒，懒。

【普天乐】晚

问 病

161

爱情范本

纯真明朗
《西厢记》

WEN

HUA

ZHONG

GUO

妆残，乌云髽，轻匀了粉脸，乱挽起云鬟。将简帖儿拈，把妆盒儿按，开折封皮孜孜看，颠来倒去不害心烦。

这折唱词以精准秀丽的艺术语言刻出莺莺外表懒散娴静，内心却对张生病情消息的焦虑和等待以及见到简帖后的喜悦心情。可她看完书简，却一反常态：

【旦怒叫】红娘！

（红做意云）呀，决撒了也！

厌的早扢皱了黛眉。

（旦云）小贱人，不来怎么！

（红唱）忽的波低垂了粉颈，氲的呵改变了朱颜。

莺莺完全不是刚才看书简时那"孜孜"、"颠来倒去"的劲儿，现如今"厌的"发作"变了朱颜"，两下相对照，谁都会发现莺莺这是假意为之以攻为守。汤显祖曾这样评价："三句递伺其发怒次第也，皱眉，将欲决撒也；垂颈，又踌躇也；变朱颜，则决撒矣。"王实甫妙笔生辉，把莺莺的复杂心理变化刻画得细腻深刻。

接下来，莺莺发怒，声称要告诉老夫人，将这传书递简人的腿打折了。

传简

（旦云）小贱人，这东西那里将来的？我是相国的小姐，谁敢将这简帖来戏弄我？我几曾惯看这等东西？告过夫人，打下你个小贱人下截来。

莺莺表面上的虚张声势，被红娘看破了。

于是红娘以假攻假，瞬间化被动为主动。

（红云）小姐使将我去，他著我将来，我不识字，知他写著甚么？

【快活三】分明是你过犯，没来由把我摧残；使别人颠倒恶心烦。你不"惯"，谁曾"惯"？

姐姐休闹，比及你对夫人说呵，我将这简帖儿，去夫人行出首去来！

（旦做揪住科）我逗你耍来。

（红云）放手，看打下下截来！

红娘据理力争，说自己不识字不知道张生在写什么，另外还责备莺莺故意刁难找茬，并反守为攻，非要告老夫人不可。小姐看势头不妙，只好改口，说是开玩笑罢了。可红娘却不让步，莺莺只得连连求饶。表面上看来，莺莺好像"输了"，可实际上是双赢。莺莺胜利了，是因为她试探成功了，红娘并没到老夫人那里去告密，红娘还是个不错的"信使"，她是在真心实意地帮助撮合他俩。红娘胜利了，她让莺莺了解了她的真实心意。

因为红娘不识字，莺莺又耍了个心眼儿：她写一首情诗要红娘传递，却说是一封绝情书。红娘信以为真，她心里埋怨小姐，担心张生，一路上絮絮叨叨的，又来到了书房。张生心直口快，他当着红娘的面畅读了情书。莺莺的绝情小诗在张生嘴里变作了"公开的情书"，这下可惹恼了红娘，红娘这一气非同小可："几曾见寄书的颠倒瞒著鱼雁"，热心的红娘决心撒手不管、冷眼旁观了："看你个离魂倩女，怎发付掷果潘安"。红娘等着看一场好戏，这场好戏便是后来的第三本第三折，即"赖简"。

莺莺发出约会信，约张生"待月西厢下"，等到月亮升起来的时候，花园相会。当然这是瞒着红娘做的，"我写将去回他，著他下次休

163

爱情范本

纯真明朗
《西厢记》

WEN

HUA

ZHONG

GUO

赖　简

是这般"。这一番作假，写出了这一名门闺秀处在热恋中的复杂心理活动。这一折可以说是莺莺作假最突出的地方。当张生按约定的时间地点"赫赫赤赤"来赴会时，莺莺却板起脸，满口封建说教地把张生训斥了一顿："张生，你是何等之人！我在这里烧香，你无故至此。若夫人闻知，有何理说？"并声张"有贼"，要"扯到老夫人那里去"。在红娘圆场下，这场"官司"才算了结。但莺莺还警告张生说："先生虽有活人之恩，恩则当报。既为兄妹，何生此心？万一夫人知之，先生何以自安？今后再勿如此。若更为之，与足下决无干休！"莺莺冷不防变卦，把张生整得狼狈不堪。这次作假连精明的红娘也瞒过了。忠厚诚实的张生居然任其斥责，哑口无言。红娘推波助澜，也来训导张生，但只须细辨，红娘的话多处包含启发张生的言外之音："你来这里有甚么勾当？""黉夜来此何干？""谁著你黉夜入人家？"可惜张生启而不发，"怎想湖山边，不记'西厢下'"，在红娘面前夸下的海口一句也没兑现。红娘对这只中看不中用"花木瓜"、"银样镴枪头"无可奈何，她不无遗憾地唱道："俺拍了'迎风户半开'，山障了'隔墙花影动'，绿惨了'待月西厢下'"。张生挨训后，病情转重，莺莺当然知道张生的病源，她给张生开"药方"——"谨奉新诗可当媒"，"今宵端的云雨来"，表明了心计，并决定私奔张生。当她让红娘送这封信时，她又假意说是给张生治病的"药方"。

莺莺不仅心中有情，而且情难自已。可是她处在深受封建礼教渗透的贵族大家庭中，又不得不处处小心翼翼，时时噤若寒蝉。她心中所想梦中所思，不能也不会轻易地展示于外人，所以她极端地压抑着自己的内心，但又无限憧憬着那些卿卿我我的美好。试想想，就连那被风吹动花影的摇曳，她都以为是自己的心上人来了，那她的心中该是多么地激动多么地难耐啊！那是一阵阵的紧张，一次次的悸动，一时一刻的此起彼伏。

一般来说，"玉人"是形容女子像玉一样美好的，此处却用来形容张生。这其实都是唐代诗人元稹的手笔，来源于他的《莺莺传》。大家很熟悉的"曾经沧海难为水，除却巫山不是云"就是来自元稹的《离思》，也是思念莺莺的。这样的好句子，也许只有痴情种才能写得出来。可《莺莺传》里莺莺的命运却是不幸的，她被始乱终弃。元稹的真实生活也不是对感情持守忠贞的，他娶的是有着显赫家族的韦丛，韦丛卒后，他纳妾安仙嫔，后又娶了有着显赫出身的裴淑。这期间还对才女名伎薛涛深情款款，但薛涛的痴情等来的却是元稹杳无音信的回报。中国文人惯以多情自居，在爱情面前信誓旦旦，激情荡漾，而最终在世俗盛名之下大多不过是当年的风流韵事化做如今的浅斟低唱。元稹深谙婚姻之道，所以他笔下的张生也是如他般让人唾弃。

王实甫创造性地改变了莺莺的命运，也为张生正了名。虽然张生和莺莺的爱情婚姻一波三折，但好事多磨。尽管莺莺让他相思，让他生病，让他痛不欲生，但当张生接到莺莺的简帖后，自言自语说了句：小姐骂我都是假，书中之意，著我今夜花园里来，和她"哩也波，哩也啰"哩！莺莺的心事只有张生懂得，所以他翻墙去约会，所以他们会私合。

当月亮爬上来的时候，我会等在西厢，你跳过墙来，我会开门等你。日有所思，夜有所想，莺莺在月下望穿秋水，焦急地等待着爱人的来临，皎洁的月光下花影曳动，美好的景色涂满了恋人们的心。莺

165

WEN

HUA

ZHONG

GUO

莺含而不露地等着心上人张生，却因各种复杂的原因而假意动怒吓跑张生。但张生的翻墙私会是真的撞开了她心里那扇似开非开似关非关的门，她勇敢地下定了决心，要与张生相会西厢。他们的心灵，完完全全地向对方敞开了。

六、有心争似无心好，多情却被无情恼

【鸳鸯煞】有心争似无心好，多情却被无情恼。劳攘了一宵，月儿沉，钟儿响，鸡儿叫。唱道是玉人归去得疾，好事收拾得早。道场毕诸人散了，酩子里各归家，葫芦提闹到晓。

这是《西厢记》第一本第四折张生的唱词。"有心争似无心好，多情却被无情恼"，张生怨怨艾艾地说，落花有意流水无情，有心去做些什么来争取她的目光、得到她的爱怜却还不如无心不去做的好。可见，张生的多情是被莺莺的无情所伤害了。

其实，张生的多情并不是凭空而生的。崔莺莺先是"秋波一转"，"眼角儿留情"，又有"慢俄延"，"脚踪儿将心事传"，"便是铁石人也意惹情牵"。正因如此，志情种张生被莺莺惹得意马心猿。不论眼角还是眉梢，崔莺莺都透露给张生春的信息。

内心极度渴盼的张生没有空等天上掉馅饼，他马上付诸行动，决定搬到寺院来住。为了能住在崔莺莺的房子旁边，他可没少费心思：先是去找法本和尚，送上白银一两，作为茶资，说要租一间离着东墙、靠着西厢的房子。那个时候，他的目的也很直接，只想着没事的时候早晚温习经史，最好能候着那小姐出来，可以饱看一回。就算不能窃玉偷香，也想"将这盼行云眼睛儿打当"，饱饱眼福也好啊。

无巧不成书，红娘来找法本和尚，说崔家要办禅祭，在十五日办一场斋供道场。张生亲耳听到有这么好接近莺莺的机会，他马上调整

情绪，假意痛哭，立即决定也要做，花五千钱带一份儿斋追荐父母表达孝心。当他在法本和尚那里得到莺莺明日一定会来的肯定答案后，更是觉得心中有谱了。他长松了一口气，还大胆拦住红娘莽撞开口自报家门，想打听莺莺小姐出来的时间。谁知却被红娘一顿抢白，她告诉张生老夫人治家很严，张生是没有什么机会的，还引用圣贤文字："孟子曰：'男女授受不亲，礼也。'君知'瓜田不纳履，李下不整冠'。道不得个'非礼勿视，非礼勿听，非礼勿言，非礼勿动'。俺夫人治家严肃，有冰霜之操。"还说："先生习先王之道，尊周公之礼，不干己事，何故用心？……今后得问的问，不得问的休胡说！"几句话，就把张生的后路给断了。张生在那里发愁，他埋怨崔莺莺：如果你心里畏老母亲威严，你就不合临去也回头望。这里，他觉得是莺莺流转的秋波和明媚的脸色惹了他，让他想入非非。张生在塔院侧边西厢房中静处，挨不住凄凉。他说："纵然酬得今生志，著甚支吾此夜长。"在他看来，功名利禄哪有爱情来的重要啊！所以他"睡不著如翻掌，少可有一万声长吁短叹，五千遍倒枕槌床"。一夜辗转反侧思念着莺莺。

爱情范本
纯真明朗
《西厢记》

WEN

HUA

ZHONG

GUO

说莺莺有意，也不是空口无凭。当红娘回去禀报崔莺莺说他碰上了一个傻角，不仅自报家门，还想探听小姐的消息时，崔莺莺赶紧吩咐不要让老夫人知道。为什么不想让老夫人知道呢？当然她心中有数，因为她知道那个傻角是谁，而且这个傻角她是情有独钟的。试想想，如果崔莺莺对此人毫无想法的话，红娘报不报老夫人又着什么打紧呢？

张生在太湖石畔偷窥莺莺烧香时，胡思乱想，想着在那美好的月夜发生点什么，最好能够趁四下没

月夜跳墙

人之时，猛然把她抱住，责问她为何如此会少离多、有影无形，为何害得自己一场相思一场空？可想而知莺莺还没有出现时他内心那种极度的思念。莺莺出现了，"弹香袖以无言，垂罗裙而不语"，张生更不能自已，他觉得莺莺比初见时更美了，让他越发地心醉神迷。"香烟人气，两般儿氤氲得不分明"，是莺莺焚香的轻烟混入了她的呼吸之气所以混沌难分。可见，张生偷看莺莺时是多么地全神贯注啊！连莺莺的呼吸之气都"看"到了。也只有张生才能看到如此精细的地步，因为那是极端爱慕的神情所致。就连莺莺倚栏长叹，他都觉得莺莺有动情之意，于是心下暗喜："我虽不如司马相如，我则看小姐颇有文君之意。"后又吟诗试探："月色溶溶夜，花阴寂寂春；如何临皓魄，不见月中人？"含蓄地问月中人何在。但崔莺莺听红娘告知吟诗者是张生之后，马上和了一首诗："兰闺久寂寞，无事度芳春；料得行吟者，应怜长叹人。"莺莺的聪明和才艺让张生十分惊喜，当然对莺莺诗里透出来的信息他更是激动不已。莺莺大胆说出她久居深闺寂寞难耐，就等着有情人来，可以说是给张生发出了"我爱你"的信号。张生得到鼓励，所以就马上撞了出去。张生这边拽起罗衫准备行，崔莺莺那边已经赔着笑脸儿相迎。两人正要传情，红娘在旁一声："姐姐，有人，咱家去来，怕夫人嗔着。"结果崔莺莺只好一边频频回头看，一边离开，撂下张生一个人发呆。他"忽听、一声、猛惊"，"元来是扑剌剌宿鸟飞腾，颤巍巍花梢弄影，乱纷纷落红满径"。幽静夜晚的浪漫，猛地被红娘扯回到现实中来，张生的美梦也破灭了。暂时失恋的张生又过了一个无眠之夜，怨不能，恨不成，坐不安，睡不宁。

在祭奠法事中，贿赂了法本的张生得以先拈香追荐，其实他的忙碌就是在等待莺莺。他哪里有空追荐亡人，光顾着看崔莺莺了。他发现，崔莺莺一出来，大师在法座上凝眺，举名的班首觑着法聪头做金磬敲，"老的小的，村的俏的，没颠没倒，胜似闹元宵"，所有人盯着崔莺莺的美貌都发呆了。这与《陌上桑》中对罗敷的描写有异曲同工之妙："行者见罗敷，下担捋髭须。少年见罗敷，脱帽著帩头。耕者忘其犁，锄者忘其锄。来归相怨怒，但坐观罗敷。"借别人的眼睛来描摹一个女子的魅力，不论是莺莺的美丽真的

倾倒了众生，还是张生情人眼里出西施，张生对莺莺的痴迷爱恋已经到了难以自拔的地步了。

当然，张生的忙前忙后早已引起了莺莺的注意，一向矜持的崔莺莺也忍不住对身边的红娘说：那生忙了一夜。并注意到张生"外像儿风流，青春年少；内性儿聪明，冠世才学"。莺莺对张生的爱慕也是情不自禁的。"扭捏著身子儿百般做作，来往向人前卖弄俊俏。""那小姐好生顾盼小子！"所以自从道场之后，莺莺也害了相思病，神魂荡漾，情思不快，茶饭少进。

"有心争似无心好，多情却被无情恼"这句唱词，是化用宋苏东坡的词——《蝶恋花·赤花褪残红青杏小》中"笑渐不闻声渐悄，多情却被无情恼"一句，其中既写了衰亡，也写了新生；有哀情，也有欢乐；有人生现实，也有人生哲理。苏轼表达的是情与情的矛盾，是因为他在现实屡遭迁谪，正如佳人洒下一片笑声，杳然而去，行人凝望秋千，空自多情。所以，在江南暮春的景色中，作者借墙里、墙外、佳人、行人一个无情，一个多情的故事，寄寓了他的忧愤之情，也蕴含了他充满矛盾的人生悖论的思索。

"有情何似无情"的反语手法，我国古代很多诗人词人都用过。杜牧《赠别二首》的诗句："多情却似总无情，唯觉樽前笑不成。蜡烛有心还惜别，替人垂泪到天明。"两人离别前夕相对无言，似乎无情无

爱情范本
纯真明朗
《西厢记》

WEN

HUA

ZHONG

GUO

义，其实恰好相反，正是多情的缘故，才不像过去那样谈笑风生。此时无声胜有声。宋朝文学家司马光一次在宴会上被一位舞妓的美姿打动而写了一首《西江月》词："宝髻松松挽就，铅华淡淡妆成。青烟翠雾罩轻盈，飞絮游丝无定。相见争如不见，有情何似无情。笙歌散后酒初醒，深院月斜人静。""相见争如不见，有情何似无情"一句是用反语来表现单相思的痛苦：早知道相思如此折磨人，倒不如不见的好；早知道有情徒增烦恼，那还是无情更好，无情便六根清净。晏殊在其《玉楼春》中亦云："无情不似多情苦，一寸还成千万缕。"康熙朝的纳兰容若才更当得"古之伤心人"之称，他留下来的《饮水词》多为表现离情别恨或悼亡之作，其《摊破浣溪沙》云："风絮飘残已化萍，泥莲刚倩藕丝萦；珍重别拈香一瓣，记前生。人到情多情转薄，而今真个悔多情；又到断肠回首处，泪偷零。""人到情多情转薄"是"多情却似总无情"的翻版，"而今真个悔多情"比"无情不似多情苦"更进一步，情多到了使自己反悔的地步，可知多情给自己带来的痛苦之深。

"害相思的馋眼脑，见他时须看个十分饱"。张生的相思之情就像心里急得着了火一样，一刻也难以等待。张生爱得深沉，痛得彻骨。他认为倾国倾城的莺莺惹了他，但又不亲近他，所以他庸人自扰，发出了"有心争似无心好，多情却被无情恼"的感慨。其实张生也不是真的责备莺莺，他知道，莺莺是爱他的，莺莺给他的情诗足以说明一切，他有信心，但心中也有怨恨，怨那无形的力量阻隔。他只是在表明，自己的用情之深，相思之浓。"小子多愁多病身，怎当他倾国倾城貌。"张生的忧愁是由崔莺莺之美貌而生，无从接近便无从消解，是以郁结而成病。这个病是心病，并不是莺莺真的无情。她的矜持，她的故意甩给张生的冷遇，其实都是不得已。他们的爱，不只是他们两个人的，还是老夫人的，郑恒的，他们需要处理的还有周遭很多的压力和束缚。

七、晓来谁染霜林醉

【正宫】【端正好】碧云天，黄花地，西风紧，北雁南飞。晓来谁染霜林醉？总是离人泪。

这是第四本第三折莺莺前往长亭的路上的唱词。蓝天白云、萎缩的黄花、南飞的大雁、如丹的枫叶，这些最能表现秋天这一季节特征的自然景物都出现了，它们与那萧萧西风融成一体，随着悲悲戚戚的

长 亭

莺莺一唱而出，萧瑟，黯然，哀怨，痛苦，压抑，处处是秋，声声是愁，触景生情，哪能不使人愁上加愁？就连那经过霜打自然而红的枫叶，好像也读懂了主人公的心思，每一片上都滴落着离人的泪水。树木变红当然不是用泪染而成，可在莺莺的心目中，离人的泪水却能把树叶染红。声声离愁，字字别绪，让人不能自持，而只能泪水涟涟，心摇神伤，这与柳永《雨霖铃》中"多情自古伤离别，更那堪冷落清秋节"的凄冷氛围是十分契合的。

在那种冷落凄清的季节里，千言万语"更与何人说"呢？任何一种语言都显得那么苍白无力，正如透过莺莺的双眼，看到的只是暮秋郊外的衰败和凄冷，感知的也只有莺莺生命中不能承受的离愁别绪。

第四本"草桥店梦莺莺"是《西厢记》全剧的高潮。这一本戏写

爱情范本
纯真明朗
《西厢记》

WEN

HUA

ZHONG

GUO

莺莺破除了心理障碍，冲决了封建礼教的堤防，终与张生相结合。但是老夫人却强逼张生赴京赶考，并告诫说："得官呵，来见我；驳落呵，休来见我！"于是就有了这一本戏的第三折——声声情，字字怨，句句愁，诉不尽相思的"哭宴"，也就是"长亭送别"。这一折戏的内容若按剧情时间进程的顺序来划分，可分为赴长亭途中、长亭别宴和长亭离别三个部分。

这一折戏，大幕拉开，首先出场的是老夫人。她的开场白直截了当交代了这一折的故事内容——长亭别宴，而且明白告诉人们这别宴就是她一手安排的。她在继续扮演着封建卫道士的角色，破坏着她女儿的婚姻幸福。可是她的一切安排又都打着为女儿着想的旗号，在维护相国府的面子和传统。为了她的得意安排，在情绪上她自是喜气洋洋。剧本这样安排第一个出场人物和她直露的道白，显而易见，作者是别具匠心的。而长老随同老夫人一起出场，虽然没有一句言辞，却也是剧作者匠心独运的表现。因为长老是整个西厢故事的见证人，这个人物贯穿全剧始终，所以在莺莺哭宴这一全剧的高潮场次，长老自然不可或缺。既然老夫人已经安排妥当，紧接出场的自然就是全剧的主要人物莺莺、张生和红娘了。而莺莺一出场的道白就为这一折戏定下了基调——伤感与烦恼。这与老夫人兴冲冲为自己阴谋得以实现的欢快情调形成了强烈的反差。"悲欢聚散一杯酒，南北东西万里程。"莺莺早已知道这酒宴饮的是伤心酒，吃的是别离饭。因为莺莺与张生"昨夜成亲"，却被逼着"今日别离"。莺莺既怕张生科举不中不敢回家，又怕他一旦高中，停妻再娶，所以莺莺在去长亭送别途中，是怀着无可排遣的离愁别恨，脚上像被拴了石头一样，很难挪动。所以她一张口，就从内心唱出了动人心魄的三曲【端正好】【滚绣球】【叨叨令】，同时立即把人们引领到一种特别的意境之中。中国戏曲不像电影，不像话剧，舞台没有什么写实的布景道具，一切全是虚拟、象征。

剧中事件发生的环境也全要通过剧中人物的叙述凸现出来。

莺莺所唱【端正好】曲，一开口即描摹出她眼前所见凄凉的景色："碧云天，黄花地，西风紧，北雁南飞……"莺莺眼中的秋日是碧天云淡、黄花满地、西风萧索、大雁南飞，一片凄冷景象，不禁令人心寒，浑身发冷。而这种描述正好反映了莺莺内心的悲苦和凄楚：风凄凄一阵紧似一阵，莺莺的内心也被这萧萧西风吹得一阵紧似一阵，好似心头也一阵阵发凉。一片片，一瓣瓣秋菊的落花在寒风中枯萎凋零，随风飘舞，任由寒风拨弄，恰如莺莺身不由己。美好的爱情被摧残，她感到自己身世也如黄花一样，怎能不倍感伤痛。再看到一行行大雁在寒风中呀呀南飞，动物都能自己找寻安乐，可是她却无能为力，只能奔赴长亭被迫去和相爱的人告别，莺莺是深深感叹自己连那相亲相爱的大雁都不如啊，所以紧接着她脱口而出："晓来谁染霜林醉？总是离人泪。"

莺莺的目光由远而近，由高而低，她看到了一路上的树木。清早起来寒霜下的一丛丛树木，一反往日青翠欲滴，再没有那勃勃生机，呈现在莺莺面前的竟是一片血红，红得让人心发慌，发痛。离别的苦酒还没有开饮，路边的疏林怎么都醉得东倒西歪，在劲吹不息的西风中摇摇晃晃。啊，那一片片树叶为什么发红？原来是离别的人血泪染过。莺莺的想象，莺莺的情思，在这时已经把自己融入周围的景色之中。在莺莺精神恍惚的情况下，她已经分不清什么是景，什么是情，情和景已经深深交融在一起。情到至深，人就会忘记自我，所以莺莺紧跟着就发出了撕心裂肺的呼号。

这支曲子化用了北宋范仲淹的词《苏幕遮·怀旧》，词句很相似："碧云天，黄叶地，秋色连波，波上寒烟翠。山映斜阳天接水，芳草无情，更在斜阳外。"这里，碧云，黄叶，绿波，翠烟，构成一幅美丽的画面。最能代表秋之萧瑟的"黄叶"在范仲淹的笔下色彩绚丽，因此，

WEN

HUA

ZHONG

GUO

"碧云天，黄花地"二句一高一低，一俯一仰，展现了际天极地的苍莽秋景。范仲淹勾勒的是一幅由蓝、黄、红构成的立体感极强的绚烂秋光图。秋高明媚，范仲淹心中是快乐的吗？其实不然，这首词上阕的景物虽然色彩斑斓，但还是为了表现悲凉的思绪，这是以乐景写哀情。这种手法在古典诗歌中是很常见的，如杜甫的《绝句》："江碧鸟逾白，山青花欲燃。今春看又过，何日是归年？"前两句勾勒了一幅浓丽的春日画面，极言春光融洽，可他抒发的却是伤感的思乡之情。这是以乐景写哀情，这种反差能更好地反衬出作者的心情。【端正好】曲词也有这种用意，秋光虽好，莺莺的心情却极差，所以在莺莺的眼里，秋景也变得萧瑟凄凉了。曲词中的"晓"，说明长亭送别是从早晨开始的。刚走出家门的崔莺莺去长亭的路上看到的景色正是碧云天，黄花地，雁南飞，霜林醉，可这大好的秋光，在劲吹的西风中，莺莺也无心赏玩，她无限惆怅，那些自然的美景一点儿也不属于她。"北雁南飞"，那南飞的大雁是要回到自己温暖的家，而她崔莺莺的家呢，那是一个没有自由、讲求门第、热衷功名的深宅府第。况且此时她是客居途中，丧父的悲伤尚在。和张生"腿儿相挨，脸儿相偎，手儿相携"的温存稍稍使自己的心情得到些许宽慰，没想到……她甚至更会想到，假如张生此时不是上京赶考，而是与她去郊外游玩，那该是何等的惬意和幸福啊！没想到母亲却对张生说："俺三辈儿不招白衣女婿，你明日便上朝取应去。""母亲啊，你为什么要逼张生求取功名，世人啊，你们为什么重利轻情？"这是此时此刻崔莺莺在心里的呐喊。由此，在她的眼中，那枫林自然就洒满了离人的眼泪。这幅画面，色彩热烈。热烈的色彩下，一对恋人踯躅于即将分手的路上。自然环境与人物心境形成强大的反差，这是以美的意境营造悲的气氛。像宋词，但又不是宋词，王实甫用碧空淡云，黄花满地，西风萧瑟，北雁南飞的深秋景物组成动态凄冷的意境，渲染出浓重的离愁别绪。王实甫在意境上创新了，他用富有特征的景物，把莺莺的离别之情写得逼真、透彻，字字见情，景景见情。西风劲吹让人有了凉意，使莺莺的离愁别绪更加悲凉起来；北雁南飞，是为了归家，而张生此去赴试，恰好离家，使莺莺愁绪扩展；黄花萎缩，落叶纷纷，又好比莺莺的心境由昨夜成亲的兴奋转向今日别离的悲伤，步步下沉。虽然写景中没半个情字，但处处都叫人觉得愁情浓得怎么也化不开。

关于这场戏中脍炙人口的唱词，还有一个关于王实甫的传说：王实甫写完这首曲子后，竟然精疲力竭，"仆地而死"。当然这种传说并不可信，但王实甫在写作这些优美曲辞时，是多么地呕心沥血殚精竭虑，还是可以想象出来的。他是用自己的生命来创作。借助古典诗词描写离愁别绪的特有表现手法来渲染，华美的语言，缠绵的情调，以诗意的凄清唯美的艺术氛围叙写贵族千金的哀愁和无奈，"恨相见得迟，怨归去得疾。柳丝长玉骢难系。恨不倩疏林挂住斜晖。"矛盾由此展开，在揭示人物心理的同时，将二人依依不舍的心情细致入微地刻画了出来，用那萧瑟的色调来表现主人公离别时的悲苦。

这与后面的"【脱布衫】下西风黄叶纷飞，染寒烟衰草萋迷"的画面呼应。又是西风，黄叶，寒烟，衰草。夕阳西下，西风渐紧，"黄叶纷飞"，叶子落得又多又急，秋风扫落叶般，一股冷飕飕的感觉直袭上身来。再笼以寒烟、缀以衰草，一动一静，更让人觉得凄冷难熬。饯行之宴就在这样一个冷风冷色的场景中开始了。自古多情伤别离，在即将分别的筵席上，莺莺和张生该有多少知心话要向对方诉说啊，可在老夫人的重压下，一切只能沉默，只有叹息。埋藏在莺莺心中无限的"怨"也在这萧瑟的西风、黄叶、寒烟和衰草中滚滚涌出。筵席的时间很短，可沉默的饯行宴却是那样地漫长。在赴长亭的路上，他们走了一天，时间却显得那么短暂。可恨归恨，情归情，莺莺心底撕心裂肺的悲痛哀号，也许只有那血泪染红的霜叶，只有那劲吹的西风，

爱情范本
纯真明朗
《西厢记》

WEN

HUA

ZHONG

GUO

才能体察，才能感知吧。

李煜的"问君能有几多愁，恰似一江春水向东流"，将愁变成了水。李清照的"只恐双溪舴艋舟，载不动，许多愁"，把愁搬上了会移动的船。王实甫的"碧云天，黄花地，西风紧，北雁南飞，晓来谁染霜林醉？总是离人泪"则把愁装在了心里，那是无论怎样也写不尽的相思与哀愁。

八、未饮心先醉，眼中流血，心内成灰

【耍孩儿】淋漓襟袖啼红泪，比司马青衫更湿。伯劳东去燕西飞，未登程先问归期。虽然眼底人千里，且尽生前酒一杯。未饮心先醉，眼中流血，心内成灰。

这是第四本第三折长亭送别剧中最后一部分的唱词——长亭别离。经历了赴长亭途中和长亭别宴的折磨，莺莺和张生走到了离别路上的最后一程。真可谓是离别情怀恨压三峰。饯别已毕，直等到老夫人心满意足宣布离去，分手的时刻已经迫近，莺莺与张生才等到机会说上几句心里话。此时此刻，莺莺该有多少肺腑之言要倾诉！这是莺莺与张生两人的真心话，是依依难舍的临别的悄悄话。他们都说了些什么话呢？

莺莺说：张生，此一行得官不得官，疾便回来。

张生说：小生这一去，白夺一个状元，正是：青霄有路终须到，金榜无名誓不归。

莺莺又说：君行别无所

赠，口占一绝，为君送行：弃掷今何在，当时且自亲。还将旧来意，怜取眼前人。

张生回答：小姐之意差矣，张珙更敢怜谁？谨赓一绝，以剖寸心：人生长远别，孰与最关亲。不遇知音者，谁怜长叹人？

通过配以宾白的七支曲子，既波澜起伏地再次展现了莺莺不尽悲戚、痛不欲生的感情潮汐和对张生的反复叮咛、无限体贴，又曲折吐露继而和盘托出了与离愁别恨纠结在一起的深深忧虑，从而进一步袒露了莺莺的内心世界。然而，她那首作为临别赠言的"口占"绝句，所表达的却并不是她的真实心愿："弃掷今何在，当时且自亲。还将旧来意，怜取眼前人。"这是反语，是试探，也是"我只怕你停妻再娶妻"的痛苦心理的反映。"此一行得官不得官，疾便回来"，才是她强烈的心声。莺莺的这种内心隐忧，早在她委身张生之日，就有过剖白。这是污浊的现实投下的阴影。别离终于来临，张生带着莺莺的千叮咛、万嘱咐，上马走了。莺莺目送着张生渐行渐远的身影，愁绪万端，不忍回归。虽然张生有着坚定科考的决心，但莺莺的担心却有增无减。一场别离送行宴，悲悲切切，令人心酸，写尽了天下女人的忧思与深情。

接下来自【耍孩儿】七支曲子，进一步写离别之情，跌宕起伏，千回百转，声泪俱下，再次展现了莺莺的悲痛欲绝，以及对张生的反复叮咛、无限体贴。说不尽的叮咛话语，伴随着与离愁别恨纠结在一起的深深忧虑。莺莺开口两句唱词："淋漓襟袖啼红泪，比司马青衫更湿。"运用了两个典故：一个是王嘉《拾遗记》中记载的，魏文帝时薛灵芸被选入宫前数日泪流不绝，离别父母时以玉唾壶接泪，接着壶中泪就变成了红色，等到京师，壶中的泪水都凝结如血，后来红泪就泛指女子的眼泪。另一个是白居易的《琵琶行》，"座中泣下谁最多？江州司马青衫湿"，写白居易的伤感之情。两则典故的运用充分表现了莺

莺的伤心之深和泪水之多。在极度悲伤中，莺莺所关心的仍然是"未登程先问归期"，她最不放心的是心上人从此一别，什么时候才能回来。在她看来这个问题的答案十分渺茫，摆在眼前残酷的现实就是心上人马上就要离去了，所以她强忍悲伤向爱人劝酒，她说："且尽生前酒一杯，未饮心先醉。眼中流血，心内成灰。"往日的温馨，今后的凄凉，一时涌上心头。泪水是忍住还流，而且那哪是泪水，分明流的是心血，因此满脸都是绝望，都是痛不欲生。

尽管莺莺内心无限悲苦，可是她还是最不放心远行的亲人。

【五煞】荒村雨露宜眠早，野店风霜要起迟。鞍马秋风里，最难调护，最要扶持。

莺莺谆谆嘱咐心上人一路要适应水土，注意饮食，随时令节气增减衣服。其深情厚意，心细如发，只有恩爱夫妻才能如此。嘱咐完心上人，莺莺不禁又回到自己的情感世界。爱人离去，自己就成了孤单单一人。

【四煞】这忧愁诉与谁？相思只自知，老天不管人憔悴。

紧接着这个情调最为凄凉，莺莺几乎要怨天怨地，实际上，不怨天也不怨地，只怨那礼教森严的封建社会。她说她"泪添九曲黄河溢，恨压三峰华岳低"，这虽是夸张，却又是实情。这里面有悲愤，更有怨恨。莺莺悲叹自己的处境，感觉日后自己只会是"到晚来闷把西楼倚，见了些夕阳古道，衰柳长堤"。

【三煞】笑吟吟一处来，哭啼啼独自归。归家若到罗帏里，昨宵个绣衾香暖留春住，今夜个翠被生寒有梦知。留恋你别无意，见据鞍上马，阁不住泪眼愁眉。

进一步写莺莺往日短暂的欢爱，今后漫长的冷清，对比之下，莺莺只能越想越伤怀。这时张生看到莺莺一脸愁苦，他的内心也不好受，但是毕竟去意已决，所以他对莺莺的深情只有一句话："有甚言语，嘱咐小生咱？"听到心上人的问话，莺莺内心的情感再一次如闸门放水奔腾泄发。

【二煞】你休忧文齐福不齐，我则怕你停妻再娶妻。休要一春鱼雁无消息，我这里青鸾有信频须寄，你却休金榜无名誓不归。

此一节君须记：若见了那异乡花草，再休似此处栖迟。

莺莺直言快语，她一方面对张生充满希望，反复叮咛，一方面又忧心忡忡深恐被遗弃。莺莺这里所唱"你却休金榜无名誓不归"，正是前面嘱托所说"此一行得官不得官，疾便回来"的重复和加强，这是莺莺最强烈的心声。张生懂得了莺莺频频嘱咐之意，所以他立即回答："再谁似小姐，小生又生此念？"等于是给心上人做了保证。莺莺至此也算吃了一颗定心丸。张生离去了，莺莺伫立目送，她恨不能一直看着心上人到达京城，看着他考试，看着他回来。可是爱人越走越远，她恨青山，恨疏林，恨暮霭，因为它们遮挡了她的视线。

【一煞】青山隔送行，疏林不做美，淡烟暮霭相遮蔽。

【收尾】四围山色中，一鞭残照里。

四周的景象是"夕阳古道无人语，禾黍秋风听马嘶"，莺莺这时才深感身心倦怠，意绪怏怏，自己也不明白"我为甚么懒上车儿内？来时甚急，去后何迟！"但是她却知道此时此刻她愁绪万端。所以在回家的路上，她只觉得孤孤单单。夕阳西下，本是当归之时，而今却挥袂远别，莺莺眼见爱人远去，自己的心也纷乱如麻。当她就要抬脚登上车子时，她下意识地再一次环顾四周，也许她在寻找什么，而她看到的只是四面暮霭沉沉的青山。她也下意识地望了一下张生离去的远方，那里是一轮如血的残阳即将没入山巅。而突然间，"一鞭残照里"，这是莺莺万万想不到的。残阳的余晖中瞬间出现了一个黑色的骑马人的剪影，他正跃马扬鞭，他是谁？是张生。莺莺两度平静下去的心情再一次空前地激荡不已。这是"再伏再起"。已相思之极的她立即觉得

179

WEN

HUA

ZHONG

GUO

"遍人间烦恼填胸臆，量这些大小车儿如何载得起?"这里把无形的愁绪化成了千钧的重量，让所有人的心里也和莺莺一样，感到沉甸甸的，眼前的车子是如何也载不起的了。无论是谁，也会为莺莺的痛苦难耐一掬同情之泪。真是离愁别恨唱相思，相思不尽恨无穷!

莺莺有太多的话想说，可却不能在即将分别的瞬间痛快倾吐；莺莺有太多的担心和忧虑，可却无法一一让张生明了；莺莺有太多的期望和嘱托，可却悲伤欲绝地再也说不出口；莺莺有太多的绝望和恐惧，可却只能寄希望于梦境；莺莺有太多太多的软弱、孤独、温柔、伤感，挥之不去，她只有望眼欲穿独倚西楼……所以莺莺送走张生后，迟迟不肯归去，她怅然若失，徘徊踟蹰。"两情若是久长时，又岂在朝朝暮暮。"出身名门的崔莺莺未必不懂得这个道理，可他们的"两情"在莺莺看来，存在太多的变数，她就是害怕就是担心不"久长"，所以她更在乎朝朝暮暮。"未饮心先醉，眼中流血，心内成灰"，中国古代妇女的命运悲剧可见一斑。

九、杨柳眉颦，人比黄花瘦

【挂金索】裙染榴花，睡损胭脂皱；纽结丁香，掩过芙蓉扣；线脱珍珠，泪湿香罗袖；杨柳眉颦，人比黄花瘦。

这是西厢记第五本"张君瑞庆团圆杂剧"第一折中的曲辞。前两句写莺莺的衣着妆容，榴花红的裙子，擦着胭脂的脸庞，丁香、芙蓉都是花，凸显纽扣的精致漂亮，重在暗示莺莺服饰的华美。虽然衣着艳丽，但因为没有梳洗打理，心情欠佳又和衣而睡，衣服都已经皱皱巴巴的了。紧接着写人，暗示莺莺的眼泪像断了线的珍珠一样，打湿了衣袖，意在标示情之深意之切。最后一句含而不露，写莺莺起床后对镜梳妆，杨柳叶一样美丽的眉毛紧紧皱着，长期的思念折磨，人已经消瘦得像风中的黄花。

　　这像是一首闺怨词，爱人远去，音信全无，闺中的人儿将你思念。长夜漫漫，难以成眠，想累了就和衣而睡。醒来后仍泪珠儿涟涟，往日美丽的面容，被思念、担忧折磨得消瘦萎靡。这是王实甫笔下焦虑异常的莺莺，也道出了张生眼中的莺莺形象，写出了张生对莺莺的疼惜爱怜之情。

　　读着"杨柳眉颦，人比黄花瘦"，你肯定会想到宋代词人李清照的《醉花阴》吧。"莫道不销魂，帘卷西风，人比黄花瘦。"这首词是李清照早期和丈夫赵明诚分别之后所写，它通过悲秋伤别来抒写词人的寂寞与相思情怀。早年，李清照过的是美满的生活，爱情甜蜜家庭幸福。作为闺阁中的妇女，由于遭受封建社会的种种束缚，她们的活动范围有限，生活阅历也受到重重约束，即使像李清照这样上层知识妇女，也毫无例外。因此，相对说来，她们对爱情的要求就比一般女子更高，体验也更细腻。所以，李清照与丈夫分别之后，面对孤独单调的生活，便禁不住借惜春悲秋来抒写自己的离愁别恨。这首词，就是李清照这种心情的反映。它并没有直接抒写独居的痛苦与哀怨的相思之情，但这种感情却深深地嵌在词里，择都择不掉。

　　但李清照的愁，与莺莺不同。李清照与丈夫恩爱感情牢固，所以她表达的是单纯的相思之情。以"薄雾浓云愁永昼"的"愁"开始，以"人比黄花瘦"的"瘦"结束，情深深愁浓浓。"佳节又重阳"，本应该是夫妻团圆共同饮酒赏菊的，而如今只有自己孤单单一个人，孤眠独寝，寂寞、怨恨、愁苦之情袭上心头，自然是柔肠寸断心欲碎了。她人又怎能不更加思念远方的丈夫呢？相思愁绝，西风凄冷，一边是凄清寂寥的深秋里萧瑟的秋风摇撼着羸弱的瘦菊，一边是寒屋冷衾里憔悴愁苦愁云满布面容的思妇，凄苦绝伦，让人不忍目睹，让"人比黄花瘦"成为千古绝唱，让赵明诚三日未眠冥思苦想作词数阕仍自叹

不如!

而莺莺呢？她除了刻骨铭心的相思之外，心中还五味杂陈，担心焦虑，忧愁苦闷，恐惧不安，都在那"愁"里。

（旦引红娘上开云）自张生去京师，不觉半年，杳无音信。这些时神思不快，妆镜懒抬，腰肢瘦损，茜裙宽褪，好烦恼人也呵！

【商调】【集贤宾】虽离了我眼前，却在心上有；不甫能离了心上，又早眉头。忘了时依然还又，恶思量无了无休。大都来一寸眉峰，怎当他许多颦皱？新愁近来接着旧愁，厮混了难分新旧。旧愁似太行山隐隐，新愁似天堑水悠悠。

（红云）姐姐往常针尖不倒，其实不曾闲了一个绣床，如今百般的闷倦。往常也曾不快，将息便可，不似这一场，清减得十分利害。（旦唱）

【逍遥乐】曾经消瘦，每遍犹闲，这番最陡。（红云）姐姐心儿闷呵，那里散心耍咱。（旦唱）何处忘忧？看时节独上妆楼，手卷珠帘上玉钩，空目断山明水秀。见苍烟迷树，衰草连天，野渡横舟。

（旦云）红娘，我这衣裳，这些时都不似我穿的。（红云）姐姐，正是"腰细不胜衣"。（旦唱）

【挂金索】裙染榴花，睡损胭脂皱；纽结丁香，掩过芙蓉扣；线脱珍珠，泪湿香罗袖；杨柳眉颦，人比黄花瘦。

其实，古诗词中以花木之"瘦"，喻人之瘦的作品还有不少，像李清照的《如梦令》："昨夜雨疏风骤，浓睡不消残酒。试问卷帘人，却道'海棠依旧'。知否，知否？应是绿肥红瘦。"正是花儿开得很艳很美的时候，偏那风雨就来了，让人心绪如潮，担心得难以成眠。不得已，只有喝点酒来排遣。一觉醒来，头还是昏昏的，但心中挂念之事却仍未忘记。这时，她听到外间的丫鬟收拾屋子，卷起帘子，于是便急忙问道：海棠花怎么样了？丫鬟笑着说海棠花一点儿也没受风雨的影响。丫鬟的粗心怎能不让词人心生感叹：唉！你知道什么！你再细看，难道看不出那红的少了而绿的多了吗？词人的爱花之情跃然纸上。宋代无名氏的《如梦令》："莺嘴啄花红溜，燕尾点波绿皱。指冷玉笙寒，吹彻小梅春透。依旧，依旧，人与绿杨俱瘦。"这是一首伤春怀人之作，从自然春光的美好戛然转向悲苦，词中的主人公有着与外界景物格格不入的忧伤情绪。柳絮杨花，标志着春色渐老，春光即逝。飞絮蒙蒙，是那一段剪不断理还乱的念人之情。因为有那刻骨深情的相思，所以忧思绵缠、腰肢瘦损。幽幽的笛声，吹瘦江边绿柳，而只有用灵魂来谛听，才能听得懂那穿越千古的幽怨。另外，还有宋代程垓的《摊破江城子》"人瘦也，比梅花、瘦几分？"秦观的《水龙吟》"天还知道，和天也瘦"等等，都新鲜奇特，形象生动，各具深情。

相思病的症状之一是寝食不安，容颜憔悴。《古诗十九首》之一中这样写道："行行重行行，与君生别离。相去万余里，各在天一涯；道路阻且长，会面安可知！胡马依北风，越鸟巢南枝。相去日已远，衣带日已缓；浮云蔽白日，游子不顾返。思君令人老，岁月忽已晚。弃捐勿复道，努力加餐饭！""相去日已远，衣带日已缓"，"思君令人老，岁月忽已晚"，是用变瘦变老来表示相思之苦。类似的有北齐邢邵《思公子》："绮罗日减带，桃李无颜色。思君君未归，归来岂相识？"女子心情矛盾，既盼君归来，又怕自己红颜消减，对方难以相认。

用"瘦"字来表情达意，虽用法和用意各不相同，但异曲同工，都恰如其分地表现了主人公的愁绪和感思。相思是病，心上人才是治病良药，只有"相偎相抱"，才能药到病除。张生也曾害相思病，"一万声长吁短叹，五千遍捣枕捶床"，可知病患之重。红娘替他开的药方是："我这病患要安，除非是出点风流汗。"莺莺更将自身当成"好药方儿"。果然，后来偷尝禁果，一夕风流，他的相思病立刻好了。

WEN

HUA

ZHONG

GUO

第五章

《西厢记》与作者王实甫

　　五本二十折的《西厢记》，如同一部扣人心弦百看不厌的电视连续剧，直惹得人们因了它的悲伤而悲伤，因了它的快乐而快乐。在"天下夺魁"的西厢故事还余音绕梁之时，我们来认识一下它的作者王实甫，看看他究竟是位怎样的高人，创作出千年之后还在不断上演的好剧本。且《西厢记》经过长时期的流传、唱演、改编，版本繁多，流变很大，对后世戏曲经典、男女婚恋模式以及男女婚姻恋爱观都有着深远的影响。当然，从《西厢记》的众多版本以及它的影响，也可以看出西厢故事受人们喜爱的程度及其恒久的艺术魅力。

一、王实甫是何许人

　　关于元代杂剧作家王实甫，生平资料很少，元代钟嗣成的《录鬼簿》上卷记载他"名德信，大都人"。大都，今北京。但生卒年月不详，生平事迹资料更是缺乏。《录鬼簿》将他列入"前辈已死名公才人"。周德清《中原音韵》在称赞关汉卿、郑光祖和白朴、马致远"一新制作"的同时，也称赞了《西厢记》的曲文，并说"诸公已矣，后学莫及"。由此可以推知，王实甫生活的年代可能与关汉卿等相去不远，他的主要创作活动应当在元成宗元贞、大德年间。

《西厢记》在元代就家喻户晓，明代对王实甫及其作品的评价更高更全面。贾仲明【凌波仙】吊词："风月营，密匝匝，列旌旗。莺花寨，明飚飚，排剑戟。翠红乡，雄赳赳，施谋智。作词章，风韵美，士林中等辈伏低。新杂剧、旧传奇，《西厢记》天下夺魁。"由此可以想见王实甫在当时是多么倜傥，多么潇洒。要知道元代的风月营、莺花寨就是杂剧和散曲演员聚集之地所。一个作家出入那些地方，正是以与演员交流沟通并切磋剧本和演艺为主事，这在元人夏伯和所写的《青楼集》中有详细的记载和说明。朱权《太和正音谱·古今群英乐府格式》："王实甫之词，如花间美人。铺叙委婉，深得骚人之趣，极有佳句，若玉环之出浴华清，绿珠之采莲洛浦。"今读王实甫之曲，确实可知朱权所言不假。请看他所写散曲【中吕】《十二月过尧民歌·别情》：

> 自别后遥山隐隐，更那堪远水粼粼。见杨柳飞绵滚滚，对桃花醉脸醺醺，透内阁香风阵阵，掩重门暮雨纷纷。怕黄昏忽地又黄昏，不销魂怎地不销魂。新啼痕压旧啼痕，断肠人忆断肠人。今春，香肌瘦几分，缕带宽三寸。

这里足以见王实甫的才情，出语俏丽，又委婉含蓄。寓情于景，情景交融。语法修辞甚为讲究。正如元代著名评论家周德清所言，王实甫之曲"对偶、音律、平仄、语句，皆妙"。

王骥德在《曲律·杂论第三十九上》中写道："人之赋才，各有所近。马东篱、王实甫，皆胜国名手。马于《黄粱梦》、《岳阳楼》诸

185

爱情范本
纯真明朗
《西厢记》

WEN

HUA

ZHONG

GUO

剧，种种妙绝，而一遇丽情，便伤雄劲；王于《西厢》、《丝竹芙蓉亭》之外，作他剧多草草你称。尺有所短，信然。"还说他"世称曲手，必曰关、郑、白、马，顾不及王，要非定论"。

虽然王实甫生平史料留下的不多，但他的父亲和儿子却都是元代显赫的官场人物，从他们留下的一些翔实的史料中可以了解王实甫的一些情状。据《元史》记载，王实甫的父亲王逖勋从质子军，跟随成吉思汗西征至西域，曾"赠通议大夫、礼部尚书、太原郡侯"。母亲阿噜浑氏是回回人，曾"赠太原郡夫人"。这样看来，王实甫出身官宦名门之家。他先以县官入仕，因治县有声，后提升为陕西行台监察御史。但总因"与台臣议不合，40岁即弃官不复仕"。王实甫40岁就当了相当于现在省级领导干部的大官，应该说前途无量，可是他却弃官不做，一头扎进关汉卿的"玉京书会"，出入于歌台舞榭之中，厮混于勾栏瓦舍之间，开始了他的戏剧创作生涯。王实甫的儿子王结，《元史》中有传，"以宿卫入仕，官至中书左丞、中书参知政事，地位显赫。"王结大概也不喜欢这样一位不务正业的父亲，他曾劝父亲不要涉足"歌吹之地"，在家安心养老，有"微资堪赡赒，有园林堪纵游"。王实甫混迹于倡优之间，是一个纵情风月的市井文人，虽能体味到社会下层人的生活，但无权无势无地位，元史没有为他立传也无可厚非了。

由于钟情于杂剧创作，王实甫成就斐然。他一生共创作了14种杂剧，名目可考者共13种。现在全本流传下来的有《崔莺莺待月西厢记》、《吕蒙正风雪破窑记》和《四大王歌舞丽春堂》3种。《韩采云丝竹芙蓉亭》和《苏小卿月夜贩茶船》都有佚曲。其余仅存名目而见于《录鬼簿》著录者有《东海郡于公高门》、《孝父母明达卖子》、《曹子建七步成章》、《才子佳人多月亭》、《赵光普进梅谏》、《诗酒丽春园》、《陆绩怀橘》、《双蕖怨》、《娇红记》9种。对王实甫曲目，学术界有不同看法，或认为《娇红记》非出王手，或认为《诗酒丽春园》亦非王作，还有人认为今存《破窑记》是关汉卿的作品，但都非定论。明清时代还有王实甫作《月明和尚度柳翠》和《襄阳府调狗掉刀》的著录和传闻，均不可靠。此外，自明代开始，出现《西厢记》是王实甫作关汉卿续或关作王续等说法，也都不可信。王实甫还有少量散曲流传：有小令1首，套曲3种（其中有一残套），散见于《中原音韵》、《雍熙乐府》、《北宫词纪》和《九宫大成》等书中。其中，小令【中吕】《十二月过尧民歌·别情》较有特色，词采旖旎，情思委婉，与《西厢记》的曲词风格相近。《北宫词纪》所收署名王实甫的散曲【商调】《集贤宾·退隐》中写道："想着那红尘黄阁昔年羞，到如今白发青衫此地游。""人事远，老怀幽，志难酬，知机的王粲；梦无凭，见景的庄周。""怕狼虎恶图谋，遇事休开口，逢人只点头，见香饵莫吞钩，高抄起经纶大手。"这首套曲是了解王实甫其人唯一的第一手资料。从该曲可知王实甫早年曾经为官，宦途不无坎坷，晚年退隐。曲中又有"且喜的身登中寿"，"百年期六分甘到手"，可以推断他至少活到花甲之年。他歌唱自己的退隐生活是"潇洒傲王侯"，"把尘缘一笔勾"。这首散曲又见于《雍熙乐府》，未署名。因此，学术界对它的作者是谁有不同看法。

WEN

HUA

ZHONG

GUO

王实甫是写爱情戏的高手，通过写爱情，表现出重大主题和较全面的社会生活。他的剧作多以儿女风情故事为主，以青年女性反抗封建礼教，争取美好爱情为题材，塑造了崔莺莺、红娘、刘月娥等不同身份妇女的典型形象。《破窑记》写刘员外的女儿刘月娥抛球招赘，打中了穷书生吕蒙正。刘员外嫌贫爱富，企图毁婚，刘月娥执意不从，于是夫妻被赶往寒窑度日。后来，刘员外又设计激发吕蒙正进京应试，刘月娥待时守分，苦等十年，终于盼到吕蒙正衣锦荣归。女主角刘月娥的性格较有特点，她奉父命抛球择婿时，祈祷"绣球儿，你寻一个心慈善，性温良，有志气，好文章。这一生事都在你这绣球儿上，夫妻相待，贫和富有何妨"，虽有依靠"天意"的意思，但她重人品，重才学，实际上抛弃了门第观念。当她和父亲决裂，前往寒窑安身时，她说"我也不恋鸳衾象床，绣帏罗帐，则住那破窑风月射漏星堂"，并说"您孩儿心顺处便是天堂"。她心甘情愿与吕蒙正去作贫贱夫妻。吕蒙正得官回来，故意骗她说"不曾得官"，她说："但得个身安乐还家重完聚，问什么官不官便待怎的。"王实甫所写刘月娥的这种不计门第贫贱，不重功名利禄，看重家庭的团聚、夫妻之间感情契合的思想性格，与《西厢记》中进步的婚姻观念是相一致的。宋代以来，吕蒙正故事在民间颇为流行。《破窑记》中穿插描写的"搠笔题诗"、"斋后击钟"正是带有民间传说色彩的故事。吕蒙正穷愁潦倒到靠搠笔为生，赶斋度日，还遭冷遇的羞辱，被一些人骂作"穷酸饿醋"，作者在做具体描写时，显然也反映了元代儒生沦落生活的若干方面。

王实甫有着驾驭多种语言风格的能力。如他今存的《贩茶船》中【中吕·粉蝶儿】套曲，可能是全剧的第二折，写苏小卿对双渐的思念以及收到负心的书信以后，失望、怨恨的心情，语言风格以本色为主。《破窑记》的语言也是如此，以本色为主，被前人称赞为"白描俊语"，用来刻画主人公刘月娥朴实无华的温厚性格。《丽春堂》运用多种曲调，写金代武将右丞相乐善与右副统军使李圭因赌双陆引出争端，被贬济南府，过着闲散而寂寞的日子。表现乐善对升沉无定的感叹，以及由此而引起的悲哀。第四折越调套曲中，多用女真曲调，当时是新奇的声调，明人称之为"十三换头"，这也是这个剧本的一个特色。《芙蓉亭》是写崔伯英和韩采云的爱情故事。今存【仙吕·点绛唇】套曲，当为全剧的第一折，描写韩采云私自到书房与崔伯英相会，以心理描写细腻委婉见长，语言风格秀美，与《西厢记》相类似。《西厢记》更是妙笔生花，明代著名戏曲评论家徐复祚论及元曲家："马东篱、张小山自应首冠，而王实甫之《西厢》，直欲超而上之。"另一评

论家何良俊则竭力称赞说："王实甫才情富丽，真词家之雄。"他的这类作品戏剧性强，有浓郁的抒情气氛，曲词优美，语言清丽，是文采派的典范，对元杂剧和后来戏曲的发展有很大影响。

王实甫是个不为封建礼教所拘的人，他弃官归隐吟风弄月，写出了流芳千古的名作《西厢记》，还有众多引人入胜描摹现实反映当时社会生活的作品，不愧是才情富丽的元曲写作圣手。

二、《西厢记》的各种版本①

《西厢记》历经元、明、清三代流传，其版本数量众多且情况复杂，记载提法上也较紊乱，现有的影印本、重刊本、翻刻本流传书目又极少，今人注释本难以反映某一版本之原貌。另外，大部分的版本一直被珍藏在北京、杭州、合肥等各地图书馆的善本室里，取阅多有不便，其次是部分珍贵版本因为战乱等种种原因而流至海外，下落不明。凡此种种，都给研究《西厢记》的专家学者们带来了诸多困难。

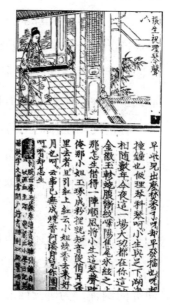

明弘治版本

西厢版本繁多

《西厢记》现存明、清刊本不下 100 种。明刊本《西厢记》至今尚存近 40 种。这些刊本大部分都有评点、注释或考证，还有不

---

① 参照《论蒋星煜的〈西厢记〉考证》，陈丹，上海交通大学学位论文，2007年 3 月。

189

爱情范本
纯真明朗
《西厢记》

WEN

HUA

ZHONG

GUO

少本子附有精美的插图。① 蒋星煜先生通读了国内外的各种刊本，掌握了大量的第一手材料，从体例和曲文异同入手，对明刊本元杂剧《西厢记》的版本系统探索出三大体系和六种类型。具体是：

一、标准的元人杂剧体例型。一本四折，偶尔有"楔子"，题目、正名各占两句，如久已失传的明初周宪王刻本。

二、受到南戏、传奇的一定影响。这其中又有两种不同，一种是既保存了元杂剧的规格，又采用了传奇中每出单独标目，每一出为两字或四字标目，如《重刻订正元本批点画意北西厢》、王骥德本《新校注古本西厢记》等皆属此类；另一种是全剧共分五卷，每一卷以四字标目，今存弘治岳刻本即是如此体例，另有一种虽然未见但有记载的弘治岳刻本亦是如此。

三、最大程度上受到了南戏、传奇的影响。这一点也分为具体的两种情况，一种是将全剧径分为二十出或二十一折，每一出（折）各以四个字标目，没有题目正名，体制上突破了"一人主唱"的元杂剧形式。这种以徐士范刊本和以徐士范刊本为底本翻刻而来的版本为主。另一种情况则是体例上与前者相同，但自称为《北西厢记》，最早的是龙洞山农本，由它继承而来的继志斋本、王李合评本也属此类。

四、仅有曲文而无对白或科介。此种只有两个版本——雍熙乐府本、仇文合璧本。

以上这些虽然还未将所有的《西厢记》版本包罗殆尽，但至少已经为《西厢记》的各种版本理出了一个清晰的脉络，可谓是西厢版本研究的纲领，为研读西厢的学子们提供了能够深入探索的简明导图。

蒋星煜先生又从《西厢记》的各种版本类别和称谓著录入手，将《西厢记》分为五大类，厘清了《西厢记》在中国出版史上的特殊地

---

① 中华诗词网：http://www.zhsc.net/Item.aspx? id＝1258。

位和版本情况，具体如下：

一、总集本。按宫调编辑的兼录散曲和剧曲的整套大型丛书本，如雍熙乐府本和六十种曲本。

二、丛书本。专门收录个人戏曲作品或其他戏曲作品批评汇编的集成丛书，如环翠堂乐府本、六合同春本。

三、专题丛书本。单单以张生和崔莺莺的恋爱故事为题材，精选而成的曲艺和戏曲作品汇编丛书，如合并本、《六幻西厢》本、《汇刻传剧》本等。

四、合刊本。将《西厢记》和《琵琶记》同时刊载在一本之上，如金陵文秀堂的《西伯合刻本》，盘过硕人的《词坛清玩》本。

五、单刊本。这是古代所有戏曲剧本刊行的最多见者，按照其中品类较特殊者，又分为：口述本，由伶人乐工口口相传的表演本，见刘丽华本；演出本，可正式搬演于场上的舞台演出本，如《西厢记演剧》；非演出本，完全从文学批评的角度出发的《西厢记》改编本，如金圣叹的第六才子书；手迹本，由古代名家亲笔书写或绘画的戏曲剧本，具有很高的收藏价值，如《仇文合璧西厢记》；乐谱本，注明阴阳平仄工尺板眼的曲谱本，如《弦索辨讹》本、《娄梁散人曲谱本》等；少数民族语文本——见满汉合璧本《西厢记》，这也是所有古典戏曲作品中唯一有此类版本的情况。

另外，《西厢记》戏曲剧其他本常见的体例和版本形式，如校正本、校点本、题评本、音释本、绘画本等，都是《西厢记》版本研究的主要部分。

明清《西厢记》刊本以"校"标榜者不少，但大多有名无实，有些实际是刊刻者，但却以校刻者身份注明，如香雪居刊本既是王骥德校注，又署了香雪居主人"朱朝鼎"之名。王骥德《新校注古本西厢记》是最著名的校注本，校刻精良，流传广，推崇者众多。其主要特

WEN

HUA

ZHONG

GUO

点，一是用《董西厢》做精校，二是用元剧注方言，三是用典籍注故实，四是从顾玄纬本增删附录，五是体例与标目的影响，六是借助徐渭、沈璟、孙如法研究成果，七是对金在衡本的反映。

万历年间，熊龙峰忠正堂刊本《重刻元本题评音释西厢记二卷》和刘龙田乔山堂刊本《新刊考证全像评释北西厢记四卷》都标明是由"上饶余泸东校正"。这两种本子都是以徐士范刊本为底本的，其中熊龙峰刊本的出版时间又在刘龙田刊本之前。万历四十四年（1616）何璧校刻的《西厢记》版本是解放以后新发现的明刻本之一。《新刊合并王实甫西厢记》，屠隆校正，周居易校刻。这两人还同时合作校正、校刻了董解元的《西厢记诸宫调》和南曲《西厢记》的李日华本和陆天池本，共四种。其中以董解元《西厢记诸宫调》流传最广。而这部明朝刊刻的《新刊合并王实甫西厢记》却最为罕见。万历年间由安徽休宁人汪廷讷校正的《环翠堂乐府》本《西厢记》，没有序跋，也没有详细的校勘记。张道浚校刻的《西厢记》，已收入《古本戏曲丛刊》第一辑，定名为《张深之正北西厢秘本》。张的校刻原则是"诸本莫考者改"，而且改得比较大胆，且改动之处精彩不多、讹误却不少。

近现代以来，国内不少《西厢记》研究专家对《西厢记》的校译研究仍在继续。王季思老前辈是国内近现代最早出版《西厢记》校注本的学者之一，早在1933年就已在浙江龙泉的龙吟书屋出版了《西厢五剧注》。该书以《汇刻传奇》的翻刻本为底本，而且采用它的评注，用以参校的版本为《雍熙乐府》辑本；1938年开明书店再版时，将其略加补充，更名为《集评校注西厢记》；1954年，王季思校注本《西厢记》又一次出版，增加了前版用以参校的版本，内容更加充实，标题也改过了；1987年，王季思先生出版了附有《后记》的新一版《西厢记》校注本——《集评校注西厢记》。除了具有广泛影响的王季思校注本之外，吴晓铃教授于1954年在作家出版社出版的《西厢记》校注本以及弥松颐、张燕谨两人 1979 年在江西人民出版社出版的校注本《西厢记》，都属于目前国内比较重要的《西厢记》校注本。前者以凌濛初刻本为底本，参考王骥德本、弘治岳刻本和雍熙乐府本，注释较简单。后者，因为它是以弘治岳刻本为底本，以王骥德本、凌濛初本和毛西河本为主要参校本，所有的体例、异文和注释的取舍都是以凌刻本为准，所以比较理想。

海外翻译、校注《西厢记》的情况也比较普遍。日本对《西厢记》的翻译早在 19 世纪就已开始，近 200 年来，日文译本已达十多种。如日本著名汉学家冈岛献太郎、盐谷温，采用的是金圣叹的删改本，老一辈的汉学家如远山荷塘先生，曾翻译《西厢记》多达好几种，其中一种的第一本和第二本采用凌濛初的刻本为底本，第三本至全剧结束则采用了王骥德校注本做底本。蒋先生认为凌濛初的本子和王骥德的本子在体现原著精神方面有着很大的分歧，采用这两种不同风格的本子做同一个翻译本的底本，当然是无法完整体现西厢记的原作精髓。直到 1970 年，日本平凡社出版《中国古典文学大系》之《戏曲集》时，京都大学名誉教授田中谦二先生又一次重新翻译了《西厢记》，这一译本是目前为止蒋星煜先生认为最好的日译本。《西厢记》从 19 世纪后期就有了西方诸国的译本，最早出现的是法文译本，其后英文译本和德文译本相继问世，但这些译本大多是依据被改动较多的金圣叹的版本为底本翻译而成，因此读者不能从中了解到明刊《西厢记》版本的真面目。只有一种意大利文的翻译本是采用凌濛初刻本为底本，只可惜流传不广，也不能被大多数西方读者所知晓。英译本《西厢记》最早的一个版本，是 1898 年在英国伦敦出版的一本中国古典戏曲选本中的一折。戏剧家熊式一先生 1935 年正式在伦敦出版了全译本的《西厢记》。这两个版本的书名都译为《The Romance of the Western Chamber》，严格地说这一译名并不是非常贴切，但是由于许多

193

爱情范本

纯真明朗
《西厢记》

WEN

HUA

ZHONG

GUO

原因致使这一译名后来被广泛沿用。1936年美国斯坦福大学出版了名为《The West Chamber》的英译本。1958年洪曾铃先生在北京外交出版社出版了《西厢记》的英译本，译名同熊式一的版本，该书复于1968年在伦敦和纽约再次出版。1973年两位外国翻译家在香港出版了《西厢记》的英译本，书名仍未作改动。以上这些版本都或多或少犯了翻译底本选择失当的错误。美国柏克莱大学韦斯托教授与荷兰莱顿大学汉学研究所的伊维德教授合作，将迄今为止年代最早且非常完整的弘治岳刻本《西厢记》全部译出，书名为《The West Chamber》，1991年由加利福尼亚大学出版社出版，1995年再版。这一英译本弥补了西方对《西厢记》原著精神把握不足的翻译缺憾，译文不仅忠实于原文，而且在翻译过程中把许多典故随手融合于译文之中，减少了大量对于西方读者来说不必要的文献学、训诂学和音韵学上的注解内容。

《西厢记》批评本有李卓吾批评本、汤显祖批评本、徐文长批评本、陈继儒批评本和金圣叹批评本。李贽，字卓吾，是明代万历年间左派王学最有代表性的学者。国内现存包括单评本、合评本在内的李卓吾评本据统计共有八种之多，它们分别是：容与堂刊本《李卓吾先生批评北西厢记》，游敬泉本《李卓吾批评合像北西厢记》，刘太华刊李卓吾本《李卓吾先生批评西厢记》（未寓目），西陵天章阁本《李卓吾先生批点西厢记真本》，现在浙江图书馆收藏的《李卓吾先生批点西厢记真本》，万历三十八年（1610）起凤馆曹以杜刊王世贞、李卓吾合评的《元本出相北西厢记》，明崇祯年间固陵孔氏刊汤显祖、李卓吾、徐文长《三先生合评元本北西厢》。目前国内流传下来三种汤显祖批评本《西厢记》——汇锦堂刻汤显祖、李卓吾、徐文长合评本，闵刻沈璟、汤显祖合评本，以及至德周氏几礼居藏本《汤海若先生批评西厢记》。天才艺术家青藤道人徐文长对《西厢记》的批点有着极其珍贵的文学价值，有多种徐文长批评本《西厢记》出现，目前所知的就有六种以上。除去汤显祖、李卓吾和徐文长的合评本以外，分别还有王起侯刊《田水月山房北西厢藏本》、徐文长之子徐尔兼藏本、《重刻订正元本批点画意北西厢》、《新订徐文长先生批点音释北西厢》、《新刻徐文长公参订西厢记》以及由蒋星煜先生发现的明末山阴延阁主人订正的《徐文长先生批评北西厢记》。现今只存一种的陈继儒《西厢记》批评本——《鼎镌陈眉公先生批评西厢记》，现收藏于上海图书馆古籍善本整理室，分为上下两卷，共二十出，卷首有题署三行，年代定为万历四十二年（1614）前后。从版本系统上看，此书应与熊龙峰刊本、刘龙田刊本一样，同属于徐士范刊本系统。金圣叹（名采，字若采，明亡后改为人瑞，字圣叹）是明末清初的一位誉满艺坛的风流才子，《西厢记》属于他所推崇的天下才子必读书籍之六，金圣叹本人对《西厢记》的批点，俗称"金批西厢"，也颇为可圈可点，而且流传广泛，为后人引用最多，影响甚大。金圣叹从审美的角度，对《西厢记》这部作品进行分析和欣赏，其文艺学的研究与探索达到了前人从未达到过的深度和广度，虽然他的语言有些地方比较偏激，但也有他自己的道理，所以历来存在对"金批西厢"的评价褒贬不一的情况。

另外，还有蒋星煜先生的发现本；有徐士范刊本《重刻元本题评音释西厢记》，是一本刻书年代较早、影响较大的本子；清朝初年康熙中叶著名戏曲家朱素臣校订的《西厢记演剧》，分为上下两卷。古代舞台改编本，有崔时佩、李日华的《南西厢记》；陆采的《南西厢记》；槃过硕人的《西厢定本》，北曲演唱本《西厢记演剧》；吴兰修的北曲演唱本《西厢定本》。此外还有锦、翻、续、新、后，真、正、竟等多种改本《西厢》。有的是生吞活剥，有的是荒唐怪诞，有的是非常庸俗，所以大都被历史淹没。在近代地方戏中，有大量传统本和改编本，如越剧、京剧、赣剧、川剧、豫剧、滇剧、蒲剧、楚剧、评剧以及河北梆子等，都有《西厢》剧目。

195

爱情范本

纯真明朗
《西厢记》

WEN

HUA

ZHONG

GUO

这么多的版本出现，将使得《西厢记》这部伟大的作品被越来越多的读者接受与欣赏，让祖国博大精深的戏曲遗产更加光辉灿烂。

版本的历史流变

《西厢记》原本已经失传，后来的各种版本在体例上又不尽相同，给人们对《西厢记》原貌的了解增加了许多困难。《西厢记》原本是什么样子？郑振铎先生早就提出过这一问题，[①] 也进行了大量的考证研究，后人在他研究的基础上又有补充，直到我们今天看到了五本二十折的西厢故事。至于这五本二十折的《西厢记》是不是就是王实甫的原作原貌，我们暂且不论，但不管怎样流变，丝毫也不影响西厢故事的无穷魅力。

明刊《西厢记》就有近40种：明弘治十一年（1498）金台岳家刻本、明万历三十八年（1610）起凤馆刻本（李贽、王世贞评）、明万历四十二年（1614）香雪居刻本（王骥德、徐渭注，沈璟评）、明万历间萧腾鸿刻本（陈继儒评）、明天启间乌程凌氏朱墨套印本（凌濛初校注）、民国五年（1916）贵池刘氏《暖江室汇刻传剧第二种》重刻凌氏本、明崇祯十三年（1640）西陵天章阁刻本（李贽评）、明崇祯间汇锦堂刻本（汤显祖、李贽、徐渭评）、民国二十四年（1935）上海开明书店排印汲古阁《六十种曲》本。

明代的著名画家仇英和唐寅等都曾为《西厢记》绘制插图或仕女画。李日华和陆采等改编《西厢记》，使之适合弋阳腔、昆山腔和海盐腔演唱，世称"南西厢"。这些改编本虽然逊色于原著，但在西厢故事的流传上仍有它们的功绩。

---

① 《〈西厢记〉的本来面貌是怎样的？》，原载1932年《清华季刊》，后收入《中国学研究》。

《西厢记》在流行过程中，也受到封建卫道者们的诋毁乃至查禁。清代初年的著名文学批评家金圣叹继承了李贽"古今至文"的观点，痛斥了视《西厢记》为"淫书"的谬论。金圣叹认为《西厢记》是可以与《离骚》、《庄子》、《史记》、《水浒传》以及杜诗并传不朽的作品，他赞扬了崔、张的"至情"，赞扬了红娘的义举，从思想内容上对《西厢记》加以肯定。金圣叹也高度评价了《西厢记》在曲词、科白、关目安排等方面取得的艺术成就。尤其他认为《西厢记》应当止于"惊梦"的观点，其艺术见解是可取的。但他认为全剧应当归于人生如梦，反映出他虚无主义的观点。"五四"以后，郭沫若从革命、反抗精神的角度肯定了《西厢记》是"有永恒而且普遍的生命"的伟大艺术品。

　　《王西厢》问世之后，持续地轰动了当时和后世，在文艺接受传播史上声誉卓著，地位崇高，堪称古代戏曲中的抗鼎之作。元末明初戏曲家贾仲明在他的【凌波仙】吊曲中说："新杂剧，旧传奇，《西厢记》天下夺魁。"明代文学家王世贞《艺苑卮言》中说："北曲故当以西厢压卷。"《王西厢》的夺魁、压卷地位为各个时代所公认，继承其主题思想的作品不断涌现，西厢戏更是至今搬演不绝。国际上对《王西厢》评价也很高，如俄国瓦西里耶夫的《中国文学史纲要》说："单就剧情的发展来和我们最优秀的歌剧比较，即使在全欧洲恐怕也找不到多少像这样完美的剧本。"

　　《西厢记》杂剧由于流传的广泛，翻刻的版本非常多，我们今天能够见到的就有四五十种。现在流行的最早的本子是明弘治十一年（1498）北京岳氏刻本，此外流传较广、具有代表性的有张深之、刘龙田、王伯良、金圣叹诸本。现在我们经常用到的是在上海古籍出版社刊行的王季思校注本的基础上重加修订而成的。

　　《西厢记》自问世以来，出现了两次刊刻、评论及演出《西厢记》

的高潮，一是元末明初，一是明中叶至清代初年。明清时期，西厢故事几乎家喻户晓，戏曲舞台热演西厢戏，改编本很多，乃至出现不少"翻案"戏。翻案作品则有《续西厢升仙记》、《翻西厢》、《新西厢》、《东厢记》等等。明清的统治者和御用文人曾诬蔑它"诲淫"而加以禁毁，各种诋毁和"反崔、张之案"的续作、改编本纷纷出笼。清代统治者将《西厢记》列为"淫书"，几次下令禁毁，如乾隆十八年（1753）朝廷下令查禁此书，同治七年（1868）江苏巡抚下令"严行禁毁"《西厢记》、《水浒传》等书。但《西厢记》是禁不了的，在清代它始终搬演不衰，统治者的态度只能从反面证明此剧影响之巨大。

　　"五四"新文化运动之后，西厢戏反封建的主题更加适合新时代人们的文化精神需求，因而搬演之盛超过了旧时代。中国主要的剧种几乎都搬演了西厢戏。京剧有田汉的改编本，以莺莺、张生私奔作结局；昆曲有马少波改编本，以长亭送别收尾。歌剧、评弹也有《西厢记》改编本上演。此外，蒲、豫、川、滇、闽、赣等地方剧种都把它改编上演。由此可以看出西厢故事受人们喜爱的程度，及其恒久的艺术魅力和在文坛曲苑中的地位。

三、《西厢记》的影响

　　元代王实甫的《西厢记》素有"北曲压卷之作"的美誉，它上承《莺莺传》、《西厢记诸宫调》，下启《牡丹亭》、《红楼梦》，不仅在中国古典文学史上有着浓墨重彩的一笔，而且对中国后世文学也产生了极其深远的影响。

作为戏曲经典的示范性

　　《西厢记》在戏剧史上的影响是独特的。自从它问世后，就有改续之作出现；也有些剧作刻意模仿剽袭《西厢记》的创作模式，有的甚至直接套用《西厢记》的情节和关目；有些剧作在主旨上继承《西厢记》注重写爱情而反对封建礼教的思想精髓；还有些剧作多次引用《西厢记》的剧名、人物名、曲词等，进而借助剧中的人物来表达他们对《西厢记》的认可与钦敬。

首先，《王西厢》剧作体制的创新引领剧作家突破元杂剧通例。

元杂剧是在说唱诸宫调和宋金杂剧（另一种小型杂剧）的基础上形成的。它的体制严整，通常是一本四折，原因是为了演出时间和演员的演唱方便。每折一套曲牌，每套曲牌各属一个宫调，元剧共用九个宫调；每套曲词要一韵到底，不能换韵。由一人主唱，男主角主唱的称"末本"，女主角主唱的称"旦本"。它开始流行于北方，唱北曲，又称"北杂剧"。元代后期传到南方。它是一种短小精悍的戏剧形式。王实甫所写的《西厢记》虽用杂剧形式，却比较特殊。共有五本二十折，这是很大胆的破例创新。《西厢记》是按金元时期新兴的杂剧形式编演的，这种长篇杂剧也就是当时的"连台本戏"，其五本式的结构就如同五集一般，这在当时是一种极为特别的创新。在一人主唱方面，它也有所突破，如第一本第四折，正末主唱，但红娘、莺莺也各插进一曲。第五本第四折，正末主唱，红娘、莺莺又各唱三曲。这在元杂剧中很少见。《西厢记》在戏剧形式方面也是个创例，五本二十折的《西厢记》在"四折一楔子"剧本体制的元杂剧中占有特殊的地位。

白朴的《东墙记》全称《董秀英花月东墙记》，在体制上就学习了《西厢记》。它一共五折一楔子，折数突破元杂剧四折的惯例，在一人主唱的同时也出现多人轮唱，楔子为末（马文辅，剧中又标为生）唱，第一、四折为旦（董秀英）唱，第二折旦主唱中间插有梅香唱两支曲，第三折生、梅香、旦互唱，第五折生、旦轮唱。角色标注也与

爱情范本
纯真明朗
《西厢记》

WEN

HUA

ZHONG

GUO

元杂剧规范不一致，除了马生第一次出场时标为冲末外，以后均标为生，崔母标为老夫人，梅香只称以梅香，秀英则始终标为旦。有人认为这种标注也可能是明代人改易所致，即便如此，《东墙记》确实存在与元杂剧体制不一致的地方，这种不一致显然是受到了《西厢记》的影响。

其次，《西厢记》的创作思想、创作范式等对后世戏曲创作产生了普泛性的影响。

黄梅戏《西厢记》

《西厢记》作为戏曲文学经典，在元代即产生了示范性影响，一些剧作如白朴《东墙记》、郑光祖《㑇梅香》等都刻意模仿剽袭《西厢记》的写法，有的甚至直接套用《西厢记》的情节和关目，完全可以看作是《西厢记》的翻版。《西厢记》五本各有题目正名，有的刊本全剧有总目（相当于总的题目正名），总目为："张君瑞巧做东床婿，法本师住持南禅地。老夫人开宴北堂春，崔莺莺待月西厢记。"《东墙记》的剧末题目为："老夫人急配好姻缘，小梅香暗把诗词递。"正名为："马文辅平步上鳌头，董秀英花月东墙记。"其剧名就是正名的后一句，剧作题目正名涉及到剧中的四个主要人物。从题目和正名就可以看出，《东墙记》的写法与《西厢记》总目的写法相似，只是《西厢记》总目中涉及张君瑞、法本师、老夫人、崔莺莺四个人，没有红娘，《东墙记》中以小梅香对老夫人，以董秀英对马文辅，人物对仗更精准一些，这是借鉴《西厢记》而后又有所改进的一个明证。另外，在剧情方面，《东墙记》几乎就套用了《西厢记》的故事演进模式。《东墙记》的故事梗概是：马文辅董秀英年幼时，双方父亲做主为他俩约定婚姻。后来双方父亲均逝，马文辅到松江府游学并探问亲事，因家贫未敢直接去董府，而是借住在山寿家花木堂，此处恰与董家花园仅有一东墙相隔。秀英和婢女梅香到后花园赏春，偶然看到攀墙看花的马文辅，两人一见钟情。秀英因情愁闷致病，梅香为两人递简传情，秀英诗约文辅相见，两人在秀英家后花园海棠轩相合，不料被董母撞见。董母怒责秀英、梅香，梅香向老夫人言说，既然两人幼时即有婚约，不如成全他俩的婚事，以掩家门之丑。董母无奈，允许两人婚事，但逼迫马文辅立即进京赴考。文辅赴考后，秀英相思病重，只得服药调治。马文辅一举中了状元，回松江府与秀英成亲。最后朝廷使臣来宣读圣旨，为文辅晋官为秀英封诰，文辅偕秀英赴京上任。如果更换一下姓名，这几乎就是同《西厢记》一模一样的故事，男女主人公的住处仅一墙之隔，都是偶然邂逅一见钟情，都有月夜听琴、墙角联吟、相思病染、递简传情、夫人拷问、无奈允婚、饯行送别、中举团圆、使臣宣旨等情节，甚至连丫头探病时用手指润破窗户纸的细节都一样。难怪隋树森先生列出了它与《王西厢》的 11 个相同之处，并说："此剧与《西厢记》相似处极多，故其蹈袭《西厢记》，似无问题。"（隋树森《〈东墙记〉与〈西厢记〉》）戏剧史研究专家聂石樵先生也说："白朴还受到王实甫剧作的直接影响，像《墙头马上》、《东墙记》在思想内容、艺术手法上都与《西厢记》相近，特别是《东墙记》可以说是从《西厢记》脱胎而来的。"（聂石樵撰"白朴"条）严敦易先生更是认为："设以为他系受《西厢记》的影响，毋宁直截了当，说他是生吞活剥地剽窃《西厢》之为愈。"只不过与《西厢记》相比，《东墙记》内容单薄，手法单一，缺乏细节描写，对人物的刻画也不够细腻。

　　另外，还有郑光祖的《㑇梅香》（全称《㑇梅香骗翰林风月》），

爱情范本
纯真明朗
《西厢记》

WEN

HUA

ZHONG

GUO

昆剧演出《西厢记》

在创作手法、情节关目的安排和组织语言的技巧方面，也几乎是对《王西厢》的全盘模仿。故事写的是唐代白参军之子、白乐天之弟白敏中与晋公裴度之女裴小蛮的情事。这是双方父亲定下的婚配，在白参军与裴度先后辞世后，白敏中赶考路过裴府，一来吊孝，二来想探问亲事。裴夫人见到白敏中后只让女儿与他以兄妹相称，绝口不提婚事。白敏中和裴小蛮首次见面后互相都有好感，彼此思念不已。小蛮和伴她读书的婢女樊素去后花园游玩，听到白敏中弹琴，引起情思。临离开时，小蛮把绣有情诗和两个合欢同心结子、两个交颈鸳鸯的香囊丢放在白敏中的书房门口。白敏中见到香囊，知道小蛮心意，因相思第二天就病倒了。樊素奉老夫人之命前来看望白敏中，白请樊素成全他和小蛮。樊素对他进行了一番圣人弟子不当如此的说教，在白敏中的一再请求之下，樊素答应帮助他俩。小蛮见到白敏中让樊素带来的信物，佯装发怒，被樊素说破她留香囊给白敏中的事，小蛮转而向樊素告饶。樊素又对小蛮进行了一番大道理说教，最后本着"救人一命胜造七级浮屠"的考虑，帮助小蛮把简帖儿传给白敏中。白敏中与小蛮如约相会，不想小蛮又临时变卦，斥责白敏中无礼，并指责樊素辱门败户。小蛮刚被樊素镇住，老夫人又来到并发现了女儿与白敏中私自相会的事。她拷问樊素，樊素反攻为守，指责老夫人不从相国之言、不能治家、不能报白氏之恩、不能蔽骨肉之丑。老夫人把白敏中赶出家门。白敏中进京赴考，一举状元及第，授为翰林院大学士。皇帝降下圣旨，把裴相国家老小接到京城赐宅居住，并命令李尚书主婚，让白敏中与裴小蛮成其婚事，全剧在喜庆气氛中结束。了解了故事梗概，唯一的感受是它比《东墙

记》模仿得更为厉害，主要情节关目都是从《西厢记》沿袭而来，就像《曲海总目提要》中说："此剧与王实甫《西厢记》，关目大略相似。《西厢》直作张生，此则变作白敏中，换羽移宫以相角胜，点簇唐人姓名，示游戏耳。中间听琴、问病、寄书、佳期、拷问、逼试等，节节相似，其文笔亦不相上下。"（《曲海总目提要》卷三"《㑇梅香》"条）王世贞说得更为直白："《㑇梅香》……套数、出没、宾白，全剽《西厢》。"梁廷枏具体列出了《㑇梅香》与《西厢记》的20条相同之处，并说："《㑇梅香》如一本《小西厢》，前后关目、插科、打诨，皆一一照本模拟"（《曲海总目提要》卷二）。

203

爱情范本
纯真明朗
《西厢记》

WEN

HUA

ZHONG

GUO

《㑇梅香》和《东墙记》一样，虽在故事情节等方面一笔一画地复写《西厢记》，但它们都没有西厢故事情节复杂，矛盾冲突也不够集中。如西厢故事有两条线索，一主一副，剧情安排得精当合理；而上面两出戏，只是男女主人公两人爱情的线索，线索单一，剧情就显得单薄。另外，《㑇梅香》中的丫鬟樊素，怎么看都没有红娘可爱，她的形象塑造有点儿东施效颦之嫌。而且，作者通过这个小丫头，叙写出了他自己的主张：大丈夫生于天地之间，当以功名为念进取为心，立身扬名以显父母。与《王西厢》鄙弃功名利禄相比，《㑇梅香》丢掉了最为宝贵的东西：反对封建礼教。可谓是拣了芝麻丢了西瓜，只学得个皮毛而已。

还有许多剧作在不同程度上受《西厢记》的影响，元剧如郑德辉的《偏梅香》、《倩女离魂》，李好古的《张羽煮海》，明人刘东生的《娇红记》杂剧，孟称舜的《娇红记》传奇等。明初周宪王有《金环记》，《剧品》的作者祁彪佳说周作"刻意拟西厢"，"便不及西厢远矣"。可见《西厢记》对戏剧创作的影响之深。

第三，《西厢记》的名称、故事、曲词等被他人作品广泛称引。

有些剧作者欣赏向往《西厢记》，就通过多次广泛的称引其中的人物或曲辞来表现，他们还借助自己作品中的人物来表达作者对《西厢记》及其中主要人物的褒贬爱憎之情。张人和先生在《〈西厢记〉论证》中曾列举出元杂剧中引用或牵合《西厢记》剧名、人名、情节的若干例子：如宫天挺《范张鸡黍》中称《西厢记》为《春秋》；马致远《青衫泪》中曾提到"待月张君瑞"；曾瑞《留鞋记》中的女主人公王月英把自己"比待月莺莺不姓崔"；吴昌龄《东坡梦》中写到"倒做了普救寺莺莺来闹道场"，其中第一折还提到法聪的名字。有些剧作则在曲辞中较多地称述：

> 【梧叶儿】俺只见舍利塔侵云汉，罗汉堂煞整齐。人静悄，景幽微。那孙飞虎声名大，小红娘识见低，闪的我张君瑞自惊疑。天也，知他这普救寺莺莺在那里？

——无名氏《百花亭》第三折

> 【竹枝哥】你倚着那巡江的威风敢横行，恶哏哏便待生逼俺娘亲为匹聘，兀的不是把河桥的孙飞虎抢莺莺。今日个大人呵做了白马将，我玉兰呵倒做了惠明僧。贼精，看你去那里逃生。

——无名氏《冯玉兰》第四折

> 乍离了普救寺，钻入这打酒亭。你畅好是性狠也夫人，毒心也那郑恒。【紫花儿序】今日远乡了君瑞，逃走了红娘，单撇下个莺莺。

——无名氏《鸳鸯被》第三折

暂且不论这些剧作中称引《西厢记》的目的如何，对《西厢记》的态度如何，他们的评价是否中肯，等等，单就他们称引的频繁程度而言，《西厢记》在当时的影响巨大是显而易见的。还有，苏州派作家朱素臣不仅与其他人共同校订《西厢记演剧》，而且在他的《秦楼月》传奇中把《西厢记》称作"春秋"，并以其来比拟自己的剧作。把《西厢记》比作"春秋"，是把它提高到与经史同等的地位上，以《西

厢记》自比则表明《西厢记》在他心目中的典范地位。另外，还有一些剧作翻改、补编、续写《西厢记》，从这些剧作中都可以看出《西厢记》对戏曲创作所产生的潜移默化的影响。

绝代佳作《红楼梦》是小说家曹雪芹在诗词戏曲传统影响之下的小说化努力的结晶。曹雪芹对《西厢记》情有独钟，小说中写到许多戏曲名目，但唯把《西厢记》和《牡丹亭》写入回目中。《红楼梦》中提及《西厢记》书名、人名、诗词名句竟达20余处。其中第23回、第26回、第35回、第36回、第40回、第51回、第54回尤为突出。第23回回目即是"《西厢记》妙词通戏语，《牡丹亭》艳曲警芳心"。曹雪芹对西厢诗词名句更是信手拈来：第23回宝玉说："我就是个'多愁多病身'，你就是那'倾国倾城貌'。"（见于《西厢记》第一本第四折）黛玉说："呸，原来是苗而不秀，是个银样镴枪头。"（见于《西厢记》第四本第二折）同回中又提到《西厢记》第一本"楔子"中莺莺的唱词，"花落水流红，闲愁万种"。第26回黛玉吟"每日价情思睡昏昏"。（见于《西厢记》第二本第一折）宝玉对紫鹃说："若共你多情小姐同鸳帐，怎舍得你叠被铺床。"（见于《西厢记》第一本第二折）第35回黛玉想起"幽僻处可有人行，点苍苔白露冷冷"句。第40回喝酒行令，黛玉说了一句"纱窗也没有红娘报"，系改《西厢记》第一本第四折张生唱词"纱窗外定有红娘报"句。第49回宝玉引"闹简"上"是几时孟光接了梁鸿案？"出自《西厢记》第三本第二折。除上引文句外，还有"小儿口没遮拦"（第49回）、"僧不僧，俗不俗，女不女，男不男"（第63回）、"惺惺惜惺惺"（第87回）[①]。曹雪芹不惜笔墨引用《西厢记》，通过《西厢记》来编制故事情节，塑造人物，描摹事件，如写宝黛二人看的是《西厢记》，想的却是自己的心

---

① 胡文彬：日月相映照世同辉——论《红楼梦》与《西厢记》，中国文学网。

205

爱情范本
纯真明朗
《西厢记》

WEN

HUA

ZHONG

GUO

事和处境，流露出的是他们对爱情的渴望、苦闷和彷徨。因此，宝玉不断引用《西厢记》中的戏文试探黛玉的心迹，而黛玉内心充满着剪不断、理还乱的痛苦矛盾，所以不断借用《西厢记》的戏文来表达自己的自叹自怜，倾诉自己的愁绪幽情。可见《西厢记》对《红楼梦》的叙事思维、人物性格描写的影响和文化渗透。正如金圣叹所说："世间妙文，原是天下万世人人心里公共之宝。"《红楼梦》中除了宝黛之外，薛宝钗、探春、李纹、贾母、宝琴、邢岫烟、麝月等人也熟知《西厢记》的故事和戏文。他们不可能都看过剧本，但极有可能是从说书、看戏中学来的。这些人都能够随口说出《西厢记》的戏文，说明了西厢故事流传的普遍性和《西厢记》的广泛影响。另外，与曹雪芹同时代的文人，也都喜欢《西厢记》，从现存抄本的脂砚斋批本中就可以看出《红楼梦》对《西厢记》的借鉴，以及脂评者对《西厢记》的评价。脂砚斋的批语很多都是围绕着《西厢记》，当然，更重要的是脂批高度肯定了曹雪芹运用《西厢记》中的故事、人物、诗词来进行小说创作，刻画人物性格的艺术价值。

另外，《西厢记》问世以后，广泛流传。《中原音韵》曾把《西厢记》第一本第三折的曲文作为"定格"的范例标举。元末无名氏的《冯玉兰》杂剧的曲文中，已把王实甫创造的武艺高强的"惠明僧"作为典故来举。到了明代，《西厢记》几乎已经家喻户晓。明代著名戏曲家和评论家如徐渭、李贽和汤显祖等都对它作了很高的评价。李贽认为《西厢记》和秦汉文、六朝诗、唐代近体诗等都属"古今至文"，并在艺术上赞誉它是"化工"之作。这是划时代的杰出见解。而现在，以《西厢记》为蓝本的民间艺术形式更多更普遍，老百姓可在书本中体会它、在戏曲中领略它，还可以在电影中欣赏它。

崔、张恋爱方式对后世经典的影响

王实甫是描写爱情的圣手，张生和崔莺莺的爱情故事在他的笔下绽放出绚丽夺目的色彩。真正的爱情并不一定是他人眼中的完美匹配，而是相爱的人彼此心灵的相互契合，是为了让对方生活得更好而默默奉献，这份爱不仅温润着他们自己，也同样温润着那些世俗的心。真正的爱情，是在能爱的时候，懂得珍惜。真爱是一种从内心发出的关心和照顾，没有华丽的言语，没有哗众取宠的行动，只有在点点滴滴一言一行中你能感受得到，平实而坚定。莺莺和张生的爱情，是真正纯粹明朗的爱情。《西厢记》是对前代爱情文学的大总结、大提高，同时又为后世的爱情文学开辟了新天地、新境界。在中国古代文化史上，它与《牡丹亭》、《红楼梦》形成了爱情文学的三座艺术高峰。

张生和崔莺莺，男才女貌，才子配佳人，他们一见钟情，但好事多磨，最后男主人公科举高中，衣锦荣归与女主人公完婚。这与古代戏曲中婚恋剧的公式化的创作模式看似一样，但《西厢记》不是一部简单的才子佳人小说，崔、张爱情，有真挚的爱情作为基础，他们爱得忠贞不渝，爱得感天动地，爱到幸福团圆。

戏曲理论家李渔在他的传奇《怜香伴》卷末收场诗中说："传奇十部九相思"，可见当时的婚恋剧所占比例还是相当大的。而且，这种婚恋剧大都奉行"才子佳人"的模式。《西厢记》中张生崔莺莺的恋爱方式对戏曲创作中才子佳人剧的创作模式产生了重要的影响，不少剧作部分化用《西厢记》的情节、模仿《西厢记》叙写男女主人公的爱情。如郑光祖成就最高的代表作《倩女离魂》，其中折柳亭送别就是模仿《西厢记》长亭送别的写法，倩女魂离躯体追赶王生则明显参照了《西厢记》"草桥店梦莺莺"一折中莺莺追随张生的写法。明代陆采创作的《怀香记》，写西晋时南阳书生才子韩寿和司空贾充的三女儿才貌

爱情范本
纯真明朗
《西厢记》

WEN

HUA

ZHONG

GUO

双全的午姐的恋爱故事，剧中午姐侍婢春英为韩贾两人递简传情、韩寿逾墙赴约、韩贾得成佳会、贾充拷婢、顾念家声不张扬韩贾私合"丑事"、韩寿取得功名后与午姐完婚等情节，全是沿袭《西厢记》的关目。明代高濂《玉簪记》中潘必正情挑陈妙常、妙常写诗传情达意、妙常姑母催促必正早赴会试、必正妙常两人江畔忍痛离别、必正及第授官归娶妙常等情节，也都有《西厢记》影响的明显印迹。清代黄鈇所作的传奇《四友堂里言》（有《古本戏曲丛刊五集》影印本）写山阴诸生王贞与钱素蟾的爱情故事。素蟾婢女春英为王贞与素蟾传情送简，王、钱两人私自相合，王家发觉后要告官最后又息事宁人，王贞被授官后与素蟾成婚，主要关目也可见《西厢记》的影子。清代黄振《石榴记》传奇（一说为无名氏撰），写书生张幼谦与富家女罗惜惜产生情愫，于石榴花前私订婚盟，中间也有惜惜婢女蕙英传情递简、幼谦逾墙与惜惜相会的情节。这种恋爱模式的形成固然有社会、民族审美心理等方面的原因，但是婚恋题材名作名剧的出现也是促成这一模式不可忽视的原因。《西厢记》张生崔莺莺的恋爱方式就对这一创作模式风行天下产生了重要的影响。才子佳人小说表现出严重的历史局限性，而这种局限性是由历史、时代造成的。时代没有给青年提供自由恋爱的文化空间、滋生爱情的现实空间。才子佳人发生爱情，不是父母包办的。这在一定程度上是反封建的、进步的，张生和莺莺也是如此。他们是叛逆的，张生一看见莺莺，便感觉"'十年不识君王面，始信婵娟解误人'，小生便不往京师去应举也罢"。莺莺是千金小姐但敢以身相许，她蔑视功名利禄，叮嘱张生"若见了异乡花草，再休似此处栖迟"，"你休要金榜无名誓不归"，"作一对并头莲朝夕相对，不强似状元及第衣锦荣归！"他们一见钟情，他们的爱情有着真挚的感情作为基础，因而能够在困难中坚持屹立不倒。

戏曲创作落入千篇一律的模式化俗套中，对戏曲发展而言不是值得提倡的好事，但是一种剧作能够对某种创作模式的形成和风行起到重要影响，也说明这种剧作本身魅力非凡。《西厢记》在情节安排、人物塑造、语言运用等方面长期被剧作家们接受和效仿，许多剧作都能看到《西厢记》的影子。王实甫笔下的崔、张爱情故事，很大程度上摆脱了传统爱情剧中男女主人公才子佳人相配结合的唯一纽带，而是重点强调心灵相吸。尽管许多剧本对这一点的继承还不是很好，但不能否认西厢爱情故事对他们的影响。

崔、张进步爱情观对后世的影响

王实甫突破传统思想的樊篱，关注大胆追求爱情幸福的女子的命运，大胆地提出了一个富有时代进步意义的新的婚姻观，提出了爱情婚姻的理想原则：青年男女应该彼此相爱、忠贞不贰，把爱情放在第一位。他热情讴歌被封建礼教视为非礼非法的崔莺莺和张生的爱情，并为他们的胜利而喜悦，赞美他们"不恋豪杰，不恋骄奢，生则同衾，死则同穴"的忠贞爱情。王实甫在剧作的结尾借张生之口高喊出他的进步的爱情观："永老无别离，万古常完聚，愿普天下有情的都成了眷属。"即青年男女的婚姻不但要以感情为基础，而且还要打破门第等级观念，实现自主和平等。这是对敢于反抗和背叛封建礼教的主人公的美好祝愿，也是对合理的婚姻制度的向往和召唤，反映了现代性爱意识的觉醒，代表了市民阶层进步的婚姻理想。

产生于同一时期白朴的《墙头马上》，也是一部优秀的婚恋剧。《墙头马上》写李千金与裴少俊一见钟情，然后抛下父母与他义无反顾地私奔，并不图名也不图利，而且在裴少俊家的后花园中藏了七年，默默无闻地为他相夫教子。这是对一见钟情、偷情私奔的大胆肯定，对传统父母之命、媒妁之言婚姻的否定。作者让裴少俊与李千金结婚团圆，让他们的爱情没有屈从传统礼教，既展示了新的爱情观，也展

209

爱情范本
纯真明朗
《西厢记》

WEN

HUA

ZHONG

GUO

示了新旧观念的冲突，揭示了封建男女争取婚姻自由的艰苦性，肯定了重情轻利的爱情观。汤显祖的《牡丹亭》，写的是杜丽娘与柳梦梅"因情而梦，因梦而亡，死而复生"的爱情故事。剧中杜丽娘本是一个充满朝气的姑娘，但却被父母深关闺中，连去后花园的权利也被剥夺了。后来无意中闯入后花园，姹紫嫣红的鲜花让她第一次受到了青春的召唤，她感到青春的可悲。尽管杜丽娘在春光明媚的后花园中觉醒了，但她不可能自由地追求自己的爱情与幸福，所以只好求助于梦幻世界。杜丽娘在梦中和柳梦梅相识，相恋。虽然是在梦中，但也充分表达了青年男女对自由爱情的渴望以及对个性解放的强烈要求。《牡丹亭》中杜丽娘对柳梦梅，虽然缺乏情感交往的基础，仅因一梦就情移意夺，之后相思以死、幽媾成欢。它反对封建礼教、宣扬男女爱情自由、歌颂超越生死的爱情，无疑是对《西厢记》爱情观的接受、发展与深化。

此外，郑光祖的《倩女离魂》、周朝俊的《红梅记》、孟称舜的《娇红记》、徐复祚的《红梨记》、袁于令的《西楼记》、吴炳的《情邮记》等，也都是继承了《西厢记》的思想精髓。他们在歌颂男女主人公追求自由爱情的同时，更把批判矛头对准扼杀人性的天理、道学，在剧作中注入更多的时代内容，赋予剧作更多的追求个性解放的色彩，从中都可以看出《西厢记》主题在明清时期的继承、发展与深化。

以宝黛为代表的一代青年男女对爱情婚姻自主自由的向往和追求，是曹雪芹《红楼梦》中描写的重要内容之一。宝玉这位多情公子虽然生在富贵之家，但却不满于封建家庭的种种束缚，他一次次借用《西厢记》的"妙词"表达自己对黛玉的爱，不断用《西厢记》中的戏文透露自己内心深处的"隐秘"，以此试探黛玉内心是否装着"宝哥哥"。黛玉虽是大家闺秀，却早丧慈母，远离严父，寄人篱下。她对爱情婚姻极为谨慎持重。她爱宝玉，渴望婚姻的自由，但她明白这样一个大家族难以让他们自主，所以她内心十分痛苦、矛盾。她多次引用《西厢记》的"妙词"，都是借以抒发自己的"春困幽情"。《西厢记》"妙词"在宝、黛爱情传达上起到了一种催化剂和掩护的作用。但曹雪芹在写宝、黛等人的爱情婚姻时，并没有停留在《西厢记》描写的爱情婚姻水平上。他让宝、黛爱情婚姻观建筑在男女完全平等、自由的基础上。宝、黛的爱情是由双方在生活中不断了解、倾心、自愿决定的，这与单纯的男女之间的性欲之爱是完全不同的。这是《红楼梦》对《西厢记》的继承和发展的结果。

在以男权为中心的封建社会，有些青年男女经过艰难曲折的斗争，得到一时的爱情，但由于受男尊女卑观念和权衡利害的婚姻制度的支配，男子因地位的变化，另攀高门，或因经不起社会的压力对女子"始乱终弃"，往往把女子抛入苦难的深渊。元稹《莺莺传》中的莺莺正是这样的命运，霍小玉也是如此，"为君一日恩，误妾百年身；寄语痴小人家女，慎勿将身轻许人！"

由于《西厢记》猛烈冲击封建礼教，主张男女婚姻自由自主，因而遭到了封建统治阶级的极端仇视。元、明、清三代，《西厢记》均被官方列为禁书榜首。一些地主阶级文人也撰文大加讨伐，痛骂王实甫"沽名钓升，续短添民"，"一派胡言"，"改婚姻，败坏纲常"。但有识之士对《西厢记》则大加赞许，如盛赞《西厢记》"有勾魂摄魄之气力"，将其列为"第六才子书"，并在金圣叹《读第六才子书〈西厢记〉法》中说："文者见之谓之文，淫者见之谓之淫。"

《西厢记》有着永久的生命力，就在于它成功地写出了一个"情"字——爱情，《西厢记》的爱情写得饱满、曲折、细腻。它通过写莺莺和张生对自由幸福的执着追求，从而揭示出只有以忠贞不贰的爱情为基础的婚姻，才是合乎人性的婚姻，这一新的婚姻观是值得肯定的。剧本结尾喊出"永老无别离，万古常完聚，愿普天下有情的都成了眷

WEN

HUA

ZHONG

GUO

属"，这样的结尾处理正符合老百姓心中希望圆满的愿望。元稹的《莺莺传》肯定的是始乱终弃。董解元的《西厢记》没有重点肯定爱情，而王实甫的《西厢记》做到了。他第一个提出以婚姻为目的的爱情观念。尽管戏曲最终通过张生高中，老夫人允婚，"有情的都成了眷属"，消解了崔、张与老夫人之间的矛盾，将他们的爱情追求纳入了封建伦理的范畴之中，削弱了作品肯定人的本能欲望这一主题的力量，但崔、张二人由彼此悦色到最终情感的结合，已经使《西厢记》成为一部人性解放的赞歌，可以说《牡丹亭》、《红楼梦》这些歌颂人性解放的优美华章正是在这种情爱观影响下结出来的硕果。

参考文献

（元）王实甫著，王季思校注：《西厢记》，上海：上海古籍出版社，1978。

（元）王实甫著，张燕瑾校注：《西厢记》，人民文学出版社，2005。

（元）王实甫著，张燕瑾张松颐校注：《西厢记新注》，江西人民出版社，1980。

董解元著，朱平楚注释：《西厢记诸宫调注释》，甘肃人民出版社，1982。

（金）董解元著，凌景埏校注：《董解元西厢记》，人民文学出版社，1962。

王季思主编：《全元戏曲》（十二卷），人民文学出版社，1991。

（宋）赵令畤：《宋赵德麟商调蝶恋花》，民国八年（1919），扬州：广陵古籍刻印社，1979 年重印。

（明）沈泰编：《盛明杂剧》（一、二集），中国戏剧出版社，1958。

（明）高明：《琵琶记》，中华书局，1958。

（明）汤显祖：《牡丹亭》，文学古籍刊行社，1954。

（战国）吕不韦：《吕氏春秋·本味》，三秦出版社，2008。

（清）金圣叹著，周锡山校：《西厢记：贯华堂第六才子书》，万卷出版公司，2009。

鲁迅：《唐宋传奇集》1927年编定，由北新书局出版。1956年文学古籍刊行社重印出版。

鲁迅：《中国小说史略》，北京人民文学出版社，1973。

陈寅恪：《读莺莺传》。

陈寅恪：《元白诗笺证稿》，上海：上海古籍出版社，1978。

陈涛：《晏子春秋译注》，天津古籍出版社，1996。

吴晓铃等编校：《关汉卿戏曲集》（全二册），中国戏剧出版社，1958。

刘大杰：《中国文学发展史》（三卷），上海：上海古籍出版社，1982。

余冠英：《中国文学史》（三册），北京：人民文学出版社，1962。

游国恩：《中国文学史》（四卷），北京：人民文学出版社，1963。

章培恒，骆玉明：《中国文学史》，上海：复旦大学出版社，1996。

傅璇琮：《当代学者自选文库·傅璇琮卷》，安徽：安徽教育出版社，1998。

郭预衡：《中国古代文学史》（四卷），上海：上海古籍出版社，1998。

侯忠义：《隋唐五代小说史》，浙江：浙江古籍出版社，1997。

金克木：《探古新痕》，上海：上海古籍出版社，1998。

李泽厚：《美的历程》，北京：中国社会科学出版社，1989。

胡适：《白话文学史》，北京：东方出版社，1996。

张友鹤：《唐宋传奇选》，北京：人民文学出版社，1964。

宗白华：《艺境》，北京：北京大学出版社，1997。

谢桃坊：《中国市民文学史》，成都：四川人民出版社，1997。

袁行霈主编：《中国古代文学史》，北京高等教育出版社，2005.7。

冯树纯、吴桂藩、别廷峰、于非、曾宪森、宁占英、刘振华：《中国古代文学辅导纲要》，北京：高等教育出版社，1989。

袁行霈、莫砺锋、黄天骥：《中国文学史》，北京：高等教育出版社，2005。

郑振铎：《文学大纲》，长春：时代文艺出版社，2010。

黄季鸿：《西厢记鉴赏与研究》，长春：东北师范大学出版社，2006。

赵山林选编：《西厢妙词》，南昌：江西教育出版社，1999。

叶长海主编：《〈长生殿〉演出与研究》，上海：上海文艺出版社，2009。

张人和：《〈西厢记〉论证》，长春：东北师范大学出版社，1995。

马少波：《改编〈西厢记〉的设想可实践》。

董乃斌：《中国文学叙事传统研究》，北京：中华书局，2011。

乔力主编：《文言小说精华》，南宁：广西师范大学出版社，1996。

乔力主编：《中国文学经典书库》，太白文艺出版，2004。

吴志达：《中国文言小说史》，济南：齐鲁书社，1994。

张人和：《〈西厢记〉论证》，长春：东北师范大学出版社，1995。

李修生：《元杂剧史》，南京：江苏古籍出版社，1996。

么书仪：《元人杂剧与元代社会》，北京：北京大学出版社，1997。

高益荣：《元杂剧的文化精神阐释》，中国社会科学出版社，2005。

爱情范本

纯真明朗
《西厢记》

WEN

HUA

ZHONG

GUO

（美）苏珊·朗格：《情感与形式》，刘大基等译，北京：中国社会科学出版社，1995。

（保）瓦西列夫著赵永穆等译：《情爱论》，三联书店，1984 年版。

胡文彬：《日月相映照世同辉——论〈红楼梦〉与〈西厢记〉》，中国文学网。

陈丹：《论蒋星煜的〈西厢记〉考证》，上海交通大学学位论文，2007。

任莹：《试论〈西厢记〉的威逼流传和演变》，http：//www.qqwwr.com，东京文学，2010 年 01 月 23 日。

徐美杰：《〈西厢记〉的继承与创新》，北方文学（下半月），2011 年第 7 期。

张大新：《元杂剧兴盛的思想文化背景》，河南大学学报，2002 第 6 期。

胡小伟：《元杂剧繁兴原因新探》，上海大学学报社会科学版，2008 第 1 期。